U0049618

看不見的國境線

邱永漢小說傑作選

下

目錄

推薦序

找回被遺忘的小說家——邱永漢的價值

文・野島剛

我在二〇一六年撰寫了一本在臺灣也有發行中文版的作品《漂流日本：失去故鄉的臺灣人》。它雖然是本描述戰後活躍於日本、出身臺灣十位人士的報導文學作品，但其中寫邱永漢的這篇，事實上是我感覺「寫得最好」的一篇。在執筆時，我調查了過去有關邱永漢的各種評論，但就我概括看來，有確切把邱永漢的整體形象清楚描繪出來的作品，就連一部也沒有。關於這樣的空白，我是否有將它填補起來呢？雖然或許有點傲慢，但我自認確實有做到這點。

邱永漢具備經濟評論家、作家、投資家、臺獨運動家等各式各樣的面貌，在各個領域都留下了一流的成績，故此，要回答「邱永漢是怎樣的人」，這個問題其實有點困難。本書雖然介紹了小說家邱永漢的作品，但我也認為邱永漢的本質，不能只從小說家這個面相來加以說明。可是在此同時，若去掉「小說家邱永漢」這個面相，要說明邱永漢這個人，也是相當困難。

在我的作品中，曾經介紹過這樣一段插曲：

年輕時代的邱永漢，從香港渡海來到日本後，便在廖文毅的手下協助臺灣獨立運動。可是，邱永漢並不熱衷於運動，他所希望的是成為一名小說家。邱永漢鎖定的目標，是當時的人氣作家檀一雄。他在報上得知檀一雄受傷住院之後，便趕到醫院毛遂自薦，向檀一雄閱讀自己的小說。一般會覺得這樣的行為相當厚臉皮，但邱永漢還是每天到檀一雄的病房報到，一篇篇朗讀自己的作品。檀一雄也是位奇人，他並不覺得邱永漢厚臉皮，大概是入院有閒暇吧，他一一閱讀了邱永漢尚未發表的作品，並給予建議。之後邱永漢出道的時候，檀一雄作為日本文壇的「介紹人」，推薦了邱永漢；當邱永漢獲得直木賞時，他也是審查委員之一。

檀一雄對邱永漢這樣說：「你雖然無法成為百萬圓作家，但可以成為十萬圓作家」。他的意思簡單說就是，百萬圓作家是像他自己一樣的超一流作家，但十萬圓作家可以靠小說糊口，只是無法成為歷史留名的大作家罷了。

邱永漢敏銳地察覺到這句話的含意。他做為小說家的活動，事實上只持續了十年就告終。他曾經告訴愛女邱世嬪說：「我作為小說家，只是小結的程度」。小結是相撲的位階；相撲地位最高的是橫綱，接下來是大關、關脇，再下去就是小結。橫綱是完全不同等級的存在，大概就是村上春樹那級吧！大關、關脇、小結稱為「三役」，在幕內力士中也是受到特別高規格的待遇。即使是一流作家，只要狀況不好，也有可能掉出三役的地位。

邱永漢看穿了自己的文學才能僅止於「三役」，而無法成為橫綱；這其實是件相當不容易的事。普通的小說家或許會認為，就算這樣也是很不簡單的才能，既然都拿下直木賞了，就在這個世界咬緊牙關，努力奮鬥下去吧！然而，邱永漢卻早早就放棄了小說的世界。

之後，邱永漢以經濟評論家身分出道，在日本獲得大成功。他雖然因為臺獨運動被列入黑名單，之後卻被蔣經國招攬，「凱旋歸國」回到臺灣。他在經濟投資上也相當成功；雖然也有投入過大選[1]，不過卻失敗了。當他過世的時候，報導寫的是「賺錢之神邱永漢過世」；在他的履歷最後雖然有加上「直木賞作家」這行，不過大部分的讀者毫無疑問，都是走馬看花略過吧！

然而，邱永漢在短時間內留下了大量的作品。當我在寫他的傳記時，試著閱讀了這些作品；不管哪一篇都相當有趣，文章簡潔明瞭，深入淺出。邱永漢是現實主義者。好就是好，壞就是壞。這個世界是由人的利害關係所構成的，因此人會背叛人。他要傳達的就是這樣的價值觀。也正因此，在邱永漢的作品中，看不到「留白」、「疑問」與「煩惱」。和太宰治這種東煩惱西煩惱、最後發現「人生是謎」，兩手一攤放棄回答的小說家不同，邱永漢在所有的故事中，都描繪了細節與結局。他的小說也可以稱為某種「紀錄文學」，在我這樣的報導文學作家看來，是非常發人深省、且討人喜歡的風格。

1 邱永漢曾於一九八〇年參選日本參議院議員選舉。

邱永漢是時代創造的天才。他在日治末期受教育，走上臺灣人最優秀菁英的出頭之路，在東京大學經濟學部迎接終戰。回到臺灣的邱永漢因為對國民黨政府不滿，所以被趕出臺灣、逃到香港。之後，他在香港持續進行獨立運動，接著更遠渡日本，和獨立運動產生關聯。在這樣的過程中，他目睹了臺灣的大變化、被捲入其中，也被人所背叛；所有這一切，都成為他文學的養分。在寫下這些東西之後，邱永漢作為小說家，想寫的東西恐怕就沒剩多少了吧！

只是，邱永漢到死都沒有放下筆桿。「我父親的本質是作家」，他的女兒如此斷言，而我也這樣認為。在爬格子還是作家工作的時代，邱永漢經常拿著稿紙，針對經濟和國際情勢，不斷接受出版社的邀稿。對於自己撰寫的稿子，邱永漢常常以「某時候在某媒體上刊登的某篇報導」這種風格，來加以回顧。

邱永漢過去是「在日本被遺忘的小說家」，但二〇二一年中央公論社出版了《香港・濁水溪》的文庫本，迴響的熱烈超乎預期，邱永漢作為小說家的存在，現在也重新成為焦點。這次臺灣能刊行他的傑作集，我實在不勝喜悅。邱永漢不只在日本，在臺灣也被過度低估。他作為小說家的成就，其實絲毫不遜於同時代的吳濁流。但是，邱永漢在獨立運動家之間被視為背叛者，其文學成就也長期不被人所注意。只是，那個時代的臺灣與臺灣人，究竟發生了什麼事？想要知道這點，作家邱永漢與其作品，就是絕對不可或缺的一塊拼圖。

（鄭天恩譯）

香港

第一章　自由的俘虜

一

他正遭人追捕，逃走是他現在唯一的目的。為何自己會遭人追捕？為什麼只能逃走？他根本沒有心思如此自問。原因說穿了，就是世人只能住在地面上，而他在人與人之間的鬥爭中嘗到了敗果。他既沒有殺人，也沒有奪人財物，卻必須不斷逃命，這就是戰後臺灣的現況。由此可知要保住性命，逃跑的速度比思考的能力更加重要得多。所幸他似乎與生俱來逃跑的才能。但是對於自己到底要逃往何方，卻完全沒有概念。他只是在臺灣這座島內有火車搭火車，有貨車搭貨車，最後終於溜進一艘正要離開臺灣的機帆船，苟延殘喘地逃到了廈門。離開廈門的時候，他搭乘的是飛機。時值一九四九年初夏，國民黨即將面臨南京決戰，卻已抱了腳底抹油的主意，開始陸陸續續往臺灣遷移。

這架飛機的目的地應該是香港。飛機離地之後，朝著天空不斷上升，這令他頓時感覺心情輕鬆不少。彷彿身體的高度愈高，肩膀上的空氣壓力就愈小。上升吧！繼續上升吧！把一切都忘得一乾二淨吧！

……不知過了幾個小時，賴春木依然尚未完全從夢中醒來。螺旋槳的聲音不斷在耳畔迴盪。明明坐著不動，卻感覺意識逐漸遠離。

就在這時，坐在他前面的男人突然張口哈哈大笑。

「你剛剛好像嚇了一大跳。」

這句話讓春木霎時回過了神，同時整件事的來龍去脈也在腦海清晰浮現。此時的春木依然驚魂未定，恐懼彷彿在血液中竄流。

如今的他，正坐在九龍半島機場附近的一家旗亭[1]之中。這家旗亭位於郊區的貧民窟內，老闆是個上海人。雖然美其名為旗亭，其實與攤販相去不遠，只是一棟骯髒簡陋的小屋，裡頭擺了三張油膩的桌子。除了春木與坐在前方的男人之外，店內沒有其他客人。店門口有座大蒸籠，正在蒸著饅頭，從剛剛就不斷發出蒸汽的嘶嘶聲。那聲音令他聯想到引擎。

旗亭裡沒有電燈，只有一盞煤油燈掛在天花板上。煤油在鍍鉻的新型煤油燈裡轉為氣體，有如小小的太陽一般劇烈燃燒，將狹窄的店內照得有如白晝一般明亮。

坐在前方的男人正以手拄著臉頰，那張骨瘦如柴的臉孔在燈光照耀之下有些泛黃，看起來頗為詭異。原本男人就是一臉苦命相，加上身上所穿的短袖襯衫磨損嚴重，一看就是個無足輕重的庸俗男人。

然而這個男人卻是春木的最後希望。為了見他，春木特地從臺灣來到了此地。這個男人就是鼎鼎大名的李明徵。春木愈是如此告訴自己，胸中的寂寥愈是有如燈火盡滅一般湧上心頭。

春木遭到警察通緝，在臺灣東逃西竄，不斷變更藏身之地。就在大約一個月前，春木投靠了某個朋友。同伴們一個接著一個落網，那朋友於是建議春木偷渡至香港，他說自己在香港有個叫李明徵的朋友，平日投資各種事業，不僅擁有一座大宅邸，甚至還有自己的私人用車，一定會願意對春木提供協助。那朋友不僅為春木寫了介紹信，還親自到基隆港尋找開往香港的機帆船，並代替春木進行偷渡的交涉。春木付了高額的偷渡費用後，躲進了船裡，沒想到這艘船竟然沒有開往香港，而是直接開往了廈門。春木的目的地並非廈門，因此在船抵達港口後一直躲在船內不出來，不久之後，竟然有一群攜帶著行李家當的避難民眾坐上了

1　旗亭：即餐廳。

船。一問之下，才知道這艘船接下來會載著躲避內戰的難民開回臺灣。到了這個地步，春木知道就算向船長抗議也無濟於事，只好拎著一只皮箱踏上了廈門的土地。

長達兩個月的逃亡生活，已令春木身心俱疲，一心只想早日抵達目的地，安安穩穩地睡上一覺。口袋裡的錢已所剩無幾，但春木心想只要能順利抵達香港，一切事情都好辦。於是一咬牙，買了一張從廈門飛往香港的機票。

沒想到抵達香港之後，事態完全出乎春木的意料之外。他拿著筆記本裡的地址請一名滿州苦力帶路，對方帶他前往的地區卻不是什麼高級住宅區，而是機場後方小山丘上的貧民窟。原本兩人走在寬大的柏油路面上，經過一座石橋後，腳下突然變成了狹窄且顛簸不平的坡道。坡道的兩旁盡是簡陋的木造棚屋，看起來像是兩排參差不齊的牙齒。春木踏入這個區域時，太陽已沒入海平面下，昏昏暗暗的機場另一頭，是如夢似幻的美麗香港夜景。但這一側卻連電燈也沒有，只到處掛著光芒黯淡的煤油燈。

「喂，你帶錯路了吧？」

春木滿懷不安地叫住了走在前面的苦力。

「沒錯啊，就在這後頭。」

苦力斬釘截鐵地說道。有著鑽石山（Diamond Hill）美稱的區域，怎麼可能會是這樣的地方？香港數一數二的大富豪，怎麼可能住在這樣的環境裡？不，絕對沒這個道理。春木跟在苦力的身後，心裡想著自己多半是找了個對這一帶不熟的人問路。

兩人愈往深處走去，道路便愈狹窄。潮濕又黑暗的空間裡聚集了不少廣東販子，各自發出古怪的叫賣聲，地面擺著沒賣完的蔬菜及魚肉。兩人從這些攤販之間穿過，走往更深處，兩側的簡陋棚屋變得較為稀疏，到處是種著蔬菜的空地。

「就是這一間。」苦力突然停下了腳步。

「怎麼可能？」

春木不禁懷疑起自己的眼睛。那是一棟相當粗製濫造的棚屋，看起來簡直不像住家，只像是山中供人休憩用的小木屋。屋裡甚至沒有燈光，眼前只看見皎潔的月光自屋頂的上方灑落至地面。

「李先生在不在家？」苦力大喊。

「來了。」

屋裡傳出一道沙啞的男人聲音。不一會，一個身材矮小的男人從裡頭緩緩走了出來。那就是綽號「老李」的李明徵，也就是如今坐在春木眼前的男人。

春木瞠目結舌，好一會說不出話，半晌後才問道：

「你真的是李明徵、李先生？」

「我就是李明徵，你找我有什麼事？」

矮小男人的語氣意外地沉著冷靜。春木費了好一番功夫才說明了來意，對方顯得有些驚訝。他沒有邀春木進屋裡坐，直接把春木帶到了附近的這家饅頭店。

春木腹中早已飢腸轆轆，一口氣吃掉三大顆肉包子。解決了飢餓的問題之後，另外一個問題頓時浮上心頭。與其說是問題，或許該稱之為恐懼更加精確。當初四處逃竄的時候，春木一心只求活命，根本沒有心思對未來做長遠的盤算。原本以為只要成功逃到了香港，就會有個俠義心腸的大富豪對自己伸出援手。在春木的心裡，早已把老李想像成了這樣一個人物。

但如今眼前這個矮小男人既不有錢，多半也沒有什麼俠義心腸。看起來一副營養失調的模樣，搞不好連自己的三餐溫飽都成問題。而且粗大的眉毛底下有著一對敏捷靈動的眼睛，令春木聯想到盯上了獵物的老鷹。像這樣的人，肯定是個機警狡獪的人物。就連春木心中的驚惶，也早已被他看得一清二楚。

「你大概是聽人說，我在這裡飛黃騰達，事業做得相當成功，對吧？」

「……」春木一時不知如何回答。

「對吧？」老李又問了一次。「這麼看來，臺灣人多半是都這麼認為了。大家多半都說，李明徵在香港賺了大把鈔票，就把故鄉的妻兒忘得一乾二淨。人在窮困的時候就算再怎麼忠厚老實，一旦手頭有了錢，馬上就會鬼迷心竅。你在臺灣的時候，有沒有聽人這麼批評過我？」

老李並非真的想從春木口中聽到答案，因為他根本沒有給春木說出答案的時間。

「一定不會錯的，肯定是這樣。否則的話，你也不會來投靠我。雖然我不知道你心裡如何盤算，但我不希望你把這個祕密傳揚出去。李明徵在香港出人頭地，這其實是我自己放出去的假消息。但真相就如同你所見，我過的是有一餐沒一餐的貧窮生活。明明悽慘落魄，故鄉的熟人們卻誤以為我在香港功成名就，這不是很有趣嗎？你心裡一定很納悶，我為什麼要撒這種無聊的謊，對吧？關於這一點，我想過陣子你就能體會了。說穿了，流浪到香港卻過著有如乞丐般的生活，這聽起來一點意思也沒有。倒不如讓大家認為我是個有了錢就忘恩負義的負心漢。何況俗話說得好，謊言中也帶了三分真實，要是大家都以為我很有錢，搞不好有一天我真的會變有錢也不一定。只要有了錢，那可就走路有風了。常有人說金錢並非萬能，有錢沒什麼了不起，但是到頭來沒有人不羨慕有錢人。算了，不談這個。現在輪到你說說，你為什麼會跑到香港來？」

春木聽完了對方的這番話後，實在提不起勁老實說出自己的遭遇。甚至可以說心中充滿了懊悔，責怪自己為何不經深思熟慮就突然跑來香港。身為一個二十六歲的年輕人，為什麼做事如此魯莽胡來。但從另一個角度來看，春木能如此自我反省，證明他多少已恢復了冷靜。在來到這裡之前，春木根本沒有多餘的心思去想關於過去及未來的事情。他的眼前只看得見當下這個瞬間，而且是充滿了恐懼的瞬間。就好像是獨自在高架橋上狂奔，背後有一輛火車正飛快地撞上來。只要踏錯一步，就會墜入萬丈深淵；但是逃得太慢，又會成為鐵軌上的亡魂。因此他只能不斷向前奔跑，即使上氣不接下氣也不能停步。跑到鐵軌盡頭處時，他豁出性命一躍而下。就在那一瞬間，他原本以為應該得救了，沒想到戰戰兢兢地抬頭一看，自己竟深陷在無邊無際的泥沼之中。

「這麼說來，你是政治犯或思想犯之類？」

「可以這麼說。」春木低聲說道。

「若是這樣，你大可以放心。現在的香港就像你所看見的，既沒有國民黨，也沒有共產黨。在這座鑽石山上，還住著幾個國民黨的戰敗將領，每個看起來都跟難民沒有什麼不同。」

「真的嗎？」

「我騙你做什麼？比起聽我嘮嘮叨叨地說明，你可以親眼看一看，親口問一問，你會發現這裡是個完全不同的世界。只要在這裡住上一陣子，你的想法就會改變，你會不願再想政治的事，你會開始認為政治能拯救百姓的美夢實在太過愚蠢。沒有什麼東西能夠拯救百姓。救不了，絕對救不了，你明白嗎？」

老李明明沒有喝酒，說話卻像個醉漢一樣顛三倒四。春木心裡頗不以為然，但實在沒有力氣與他爭辯。何況比起這個，更重要的是今晚要睡在哪裡。春木直接了當地問了出口，老李突然露出一臉困擾的表情，說道：

「你在香港沒有其他認識的人嗎？」

「呃，沒有。」

「嗯……」老李沉吟了半晌，不再開口說話。投射在牆壁上的巨大黑影一動也不動。

春木心中的不安感愈來愈強烈。蒸籠持續發出嘶嘶聲響。此時的春木就好像坐在飛機上，而飛機航行於烏雲之中。雖然很想降落，但下方黑壓壓一片，什麼也看不到。燃料馬上就要用罄，飛機可能會直接墜落。強大的恐懼感讓春木顧不得羞恥心，大喊：

「我可以睡在房間角落。不，走廊也沒關係。求求你收留我一陣子。就算是一晚也好，我真的無處可去。」

「不是我不肯收留你，而是房東恐怕不會答應。」老李冷冷地說道：「說起來慚愧，我已經好幾個月沒有繳房租了，隨時有可能被趕出去。連我自己都沒付房租，怎麼有臉再讓一個人住進來？如果只有一個晚上，房東多半會通融，可是你一旦住進來，絕對不是一天兩天的事情，對吧？」

「房租要多少錢？」

「放一張帆布床的空間要十港幣。我現在住的房間稍微大一點，要二十港幣。對現在的我來說，二十港幣也是一筆大錢。」

「只要付了房租，房東就會讓我住下來？」

「那是當然，房東出租房子本來就是為了賺錢。你老實說，你現在身上有多少錢？」

老李突然將身體湊過來，目光如電地凝視著春木。

「沒有多少，真的。」春木慌忙搖頭，左手下意識地緊緊按住了放著錢的口袋。「離開臺灣時，我確實帶了一些錢，但在廈門的那段期間，我的錢被偷了。人家說屋漏偏逢連夜雨，我自己也很無奈。那時我發起了不明原因的高燒，在飯店裡昏睡，原本放在行李箱裡的錢竟然不翼而飛了。否則的話，如今我也不會這麼落魄。」

「行李箱裡放了多少？應該不是你的全部財產吧？」

老李似乎明白春木只是隨口胡謅，對於被偷走的錢並不特別關心。春木尷尬地擠出微笑，說道：

「如果是全部財產，我現在已經在廈門的大街上乞討了。幸好我身上還放著一點錢，要不然的話，一想到要身無分文地待在那個到處是乞丐的地方，我就頭皮發麻。所以我才拿出身上僅剩的錢，買了飛往香港的機票，現在回想起來實在是失策。」

「如今說這些也沒有用，你應該煩惱的是現在該怎麼辦。我不知道你身上到底有多少錢，但在香港這個地方，如果一毛錢都沒有，你能做的唯一一件事就是從港邊跳下去自殺。所以你要花每一毛錢，都必須好好想清楚才行。房東那邊我會盡量幫你殺價，你身上有二十港幣嗎？」

「有……」

春木點頭說道。在如今的春木眼裡，老李就像某種神明一樣。這種擅於利用人性弱點的神明，是最不入流的神明，但愈是不入流的神明，往往愈是靈驗。春木從口袋裡掏出兩張皺巴巴的綠色港幣紙鈔，遞了出去，神明立即笑逐顏開，喜孜孜地說道：

「從現在起，你每一毛錢都要花在刀口上。如果不想落得我這個下場，你就必須在錢花光之前想好下一步該怎麼做。不過今晚你就好好休息，這些事等明天再來煩惱吧。有什麼拿不定主意的事情，可以找我商量。」

二

老李的房間在簡陋棚屋的閣樓裡，要進入房間必須爬上一排狹窄、陡峻的樓梯。由於牆壁皆與鄰家共用，所以除了屋頂上那一扇採光窗之外，並無其它窗戶。大約一坪的空間裡本應能夠放得下兩張帆布床，但裡頭已經擺放了一張老舊的木床，因此房間裡幾乎已沒有其它空間。襯衫、外套等衣物都只能掛在牆壁上，炊煮道具及其它雜物則全都塞在床底下。

這天晚上，春木住進了老李的房間，與老李睡在同一張床上。但春木翻來覆去，實在是難以入眠。五月的香港已是又悶又熱，但房間裡除了從採光窗灑落的月光之外，幾乎完全與外界隔絕，空氣可說是紋風不動。老李躺下沒多久就睡著了，春木聽著老李發出斷斷續續的鼾聲，思緒反而變得更加清晰。不僅如此，就連住在隔壁的男人的鼾聲，也清清楚楚地鑽進春木的耳裡。春木不禁心想，自己一定是被逮住了。雖然逃亡了好些日子，但如意算盤終究還是沒打成，被關進了監獄裡。沒錯，一定是這樣。如今自己就在監獄裡。除了監獄之外，還有什麼地方會令自己這麼痛苦？春木接著又想，自己實在是鑄下了大錯。當初倘若在臺灣乖乖自首，頂多是在火燒島上被關個十年。在島上種個十年地瓜，就可以回家了。換句話說，只會浪費十年青春。那些跟自己一同組成祕密組織的同志們，落網後有些被判九年，有些被判七年。自己不願入監服刑，逃到了遙遠的香港來，卻被關進了這座沒有鐵欄杆的監獄裡，而且不知得等到何年何月才能出獄。

春木完全沒料想到自己竟會落得這個下場。從小到大，春木早已習慣了不自由、貧困及痛苦。出生於殖民地的春木，從來沒有決定自己要怎麼做的權利。春木出生於臺南某個靠近海岸的半漁半農村落，公學校畢業後，進入嘉義的農林學校就讀。從農林學校畢業的時候，正好是太平洋戰爭期間。春木遭半強迫地指派為拓殖公司的員工，駐紮於菲律賓的內格羅斯島。後來爆發了雷伊泰灣海戰[2]，他與日軍及當地日本居民一同逃進山中躲藏，抓蜥蜴、啃樹皮充飢。投降美軍之後，他過了長達六個月的俘虜生活。直到戰爭結束，才終於被遣返回臺灣。剛開始的時候，他回到原本任職的拓殖公司當員工。但是當國民黨從大陸來到臺灣後，公司的接收委員想要將自己從大陸帶來的親信安插進公司，因而開除了不少原本的員工，春木也是其中之一。在這些遭裁員的員工之中，有一個讀過大學的男人號召其他人組成了一個反政府的組織。這是個稱不上左派或右派的古怪組織，說穿了就是一群對政府抱持不滿的烏合之眾。後來這個組織遭到舉發，不少人都被逮捕。不過也有一些人順利逃走，春木正是其一。到目前為止的人生裡，不論任何一個時期，都不存在快樂的回憶。春木能夠忍受到今天，只有一個理由，那就是這些痛苦都有期限。有期限的痛苦只要熬過了期限，痛苦自然會消失。就算期限長達十年，日子一天一天地過，也總有一天會結束。但這次的狀況截然不同，這就像是一場無期徒刑。至少在春木的心中有著這樣的感想。

難道這就是我的青春？抑或，我根本沒有青春？春木愈想愈覺得「青春」對自己而言是多麼珍貴之物。光是聽到青春兩字，便有一種莫名的悸動。但是事實上，春木根本沒有談過戀愛。過去春木只與女人建立過兩種關係，一種是動物性的關係，另一種則是點頭之交的關係。因此青春對春木而言就像是在夜空中閃爍的星辰一樣。必然存在，卻是遙不可及。春木

2 雷伊泰灣海戰：太平洋戰爭時期，發生於菲律賓雷伊泰島附近的一系列海戰，日本主要海空戰力在此役中幾乎消耗殆盡。以軍艦總噸位而言，堪稱是歷史上最大的海戰。

的心中總是懷抱著一個幻想，那就是星辰將會在「某個夜晚」突然飛入自己的口中。而且春木認為這「某個夜晚」必定發生在痛苦告一段落的那個瞬間。因此痛苦如果沒有結束的一天，當然青春也永遠不會到來。

春木開始後悔自己走上了這條沒有審判也沒有宣判的逃亡之道。身旁的老李正睡得人事不知。春木不禁佩服起這個人的隨遇而安。難道過了幾年自己也會變成這樣嗎？春木看著老李，彷彿是看著未來的自己，心情只能以欲哭無淚來形容。

就在半夢半醒之際，春木忽然作了一個遭國民黨憲兵追捕的夢。舞臺竟轉移到了內格羅斯島，春木無處可逃，只好拚命爬上一棵椰子樹。熱帶的耀眼陽光自深藍色的天空射來，令春木眼花撩亂。下一瞬間，春木聽見了轟炸機大隊的轟隆聲，地面上的高射炮陣也發出了火光。

「啊！」

春木從椰子樹上跌落，不禁大聲尖叫，也在這時從夢中驚醒。察覺這一切都是夢境之後，春木才鬆了一口氣。

天色還未亮，家門前的路上已傳來汽車及行人熙來攘往的聲音。這附近似乎有座工廠，持續傳來單調而規律的機械聲。路上的男人多半是要上碼頭尋找工作機會，女人則多半是要到紡織工廠上班。窮人的城市總是比富人的城市更早迎接天明。

春木坐了起來，愣愣地看著採光窗逐漸由灰轉白。

「怎麼，你已經醒了？」

春木轉頭一看，老李正瞇著惺忪的雙眼，不耐煩地說道：

「時間還早，最好再睡一下。」

「嗯。」春木應了一聲。

「你昨晚似乎沒睡好？但你不用擔心，再過幾天你就只會煩惱睡不飽，不會再煩惱失眠了。」

春木不再答話，打開了房門，走下狹窄的樓梯，來到棚屋的後門外。眼前是一條擁擠的暗巷，兩側各是一排棚屋的背面，兩排棚屋的形狀長得一模一樣。一個年輕男人以扁擔提著兩桶水，自暗巷的另一頭走了過來。年輕男人一看見春木，輕輕點頭打了個招呼，說道：

「你就是昨晚才搬進來的那個人？」

「對。」

「聽說你是搭飛機來的？」

「嗯。」

男人走到春木的面前，放下了扁擔。春木搭飛機來到香港這件事，似乎令他對春木肅然起敬。他伸出手掌，抹去了額頭的汗水。那手掌光滑細緻，頗不像是勞動者的手掌。原本應該相當白皙的額頭及脖子，也都曬成了古銅色。

「你跟老李是舊識？」男人問。

「不，第一次見面。」

「這麼說來，不是老李特地將你從臺灣叫來香港？我說嘛，我早猜到不可能。」

「老李跟你這麼說過？」

「沒有。」

男人露出敷衍的笑容，拉開汽油桶上的吊環，接著取下廚房水甕的蓋子，將水一股腦往裡頭倒。

「你到哪裡取水？」

「一公里外的地方，只有那裡才有水管。」

「真是辛苦。這附近連水井也沒有嗎？」

「這裡太靠近海，就算挖井，也只會挖出鹹水。」

「真不方便。」

「不過多虧了這一點，我才能混口飯吃。要是這附近有水管或水井，我可就要餓肚子了，哈哈哈……」

男人扛起空汽油桶，以奔跑般的速度沿著巷子離開了。

直到太陽已高高掛在天上，老李才帶著春木離開了住處。春木在陽光底下重新打量老李這個人的外貌，發現他並不像昨晚所看見的第一印象那麼陰沉，年紀看起來也小得多。雖然眼角有不少皺紋，但多半是過度勞累所導致。若要推估其歲數，肯定不超過四十歲。

兩人走在丘陵地帶的坡道上，兩旁大多是蔬菜田。天氣相當晴朗，一座外觀雄偉但上頭一片光禿的岩山矗立在前方，據說那叫獅子山。站在山丘的頂端，可以看見機場的跑道、大海及位於大海另一頭的香港島，而且彷彿近在咫尺。海面上有一些閃閃發亮的小點，那是往來航行的戎克船。

「我大約在兩年前來到這裡。雖然只是短短兩年，但兩年的貧窮日子可是相當漫長。」老李感慨萬千地說道。今天早上的老李比起昨晚更平易近人得多。或許是因為他整個人看起來相當有朝氣，也或許是因為放眼望去盡是耀眼的陽光。

「不知道是哪個喜歡諷刺的詩人，竟然把我們住的這座窮酸的小山丘命名為鑽石山。」

「沒有分寸的諷刺，就是一種罪過。」春木說道。

「沒錯，真是罪過。天底下的窮人，誰能禁得起鑽石的誘惑？只因為住在鑽石山，我每天晚上都夢見自己找到了鑽石，就好像基督山伯爵一樣。有時就在我得到了一整山寶石的那個瞬間，夢就這麼醒了。每次遇到這種事，我就會懊惱得一整天吃不下飯。若不是兩年前我所搭乘的機帆船在航行途中故障，我也不會落得現在這般田地。」

兩年前，也就是一九四七年，老李計劃了一場走私，搭著船從臺灣出發。但是就在來到香港近海時，引擎發生故障。當時所有船員合力搶修，卻是徒勞無功。船就這麼在海上漂流了兩天兩夜，好不容易看見的香港島就這麼消失於眼前。所幸當時有一艘廣東人的機帆船通過附近，老李等人於是懇求對方拖曳自己的船，對方竟獅子大開口，索求四萬港幣的報酬。但不管怎麼說，總好過繼續在海上漂流，老李等人只好硬著頭皮答應了對方開出的條件，請對方將船拖曳至香港的港內。然而按照《海事法》的規定，這種情況照理來說不能要求這麼高的金額，雙方於是打起了官司，老李等人的船也遭到假扣押，直到訴訟結束。這場走私計劃原本就是到處募集小額資金後才勉強成行，一旦船被假扣押，下場當然相當悽慘。船上貨物的貨主共有十多名，每個都有不同的意見，船隻的主人更堅持無論如何絕不支付這四萬港幣。僵持了一些時日之後，資金所剩無幾，連船員們的薪水也付不出來，船員們竟明目張膽地賣掉船上的機械器具來抵債。如此一來，就算船拿回來了，也已無法航行，等於是一艘廢船。老李無計可施，只好帶著船員們搬到鑽石山上的簡陋棚屋居住。最後資金全部花光了之後，船員們一個個離去，最後只剩下老李自己還住在這裡。雖然處境艱困，但老李並不打算回臺灣。不，應該說是想回也回不了。一來老李與那些貨主及船主之間已有了嫌隙，二來老李拿出的資金其實是向親戚們借貸而來。一旦回臺灣，肯定會遭人催討債務。

「做生意失敗，是最悲慘的一件事。需要錢的時候沒一毛錢進袋，不缺錢時錢財卻滾滾而來，這就是人生。總之絕對不能變窮，不管用什麼方法都可以，就算要出賣朋友也在所不惜。」

「你在開玩笑吧？」

「不，我很認真，這並不是玩笑話。」老李一臉嚴肅地說道。「你以為我在開玩笑，證明你還沒有真正吃過苦。這不能怪你，畢竟你原本也算是小資產階級。只要在這裡像我這樣生活個幾年，你的想法就會變得跟我一樣了。如果沒有變得跟我一樣，那你一定是瘋了。看看我們住的那棟屋子，裡頭就住了將近二十個人。每個都很窮，每個都想要鹹魚翻身。想要鹹魚翻身的人，會跟你講義氣嗎？」

「對了，我今天早上遇見一個男人在挑水，他也是臺灣人嗎？」

「你說周大鵬嗎？」

「我沒問他的名字。他看起來是個腳踏實地的人。」

「腳踏實地？你別說笑了。」

老李的口氣充滿了不屑，嘴角更流露出輕蔑之意。

「那傢伙是個蠢蛋。據說他原本在臺北的銀行上班，薪水少得可憐，卻每天都面對大把鈔票，最後終於動起了歪腦筋。他偽造了銀行的支票，借給人當作投標時的保證金，再從中收取利息。能想到這種點子，或許算是有些小聰明吧。但有一次他搞丟了那張支票，有個人撿到了，真的拿到銀行想要換現金，才讓他的犯行曝光。不過這也沒什麼，每個人都有想要動歪腦筋的時候。問題是他現在的工作實在太愚蠢，一公里的路程來回走一趟才賺十五仙[3]，連餵飽自己都不夠，有什麼意義？我要是有他的年輕跟體力，我寧願去當有錢女人的小白臉，反正都是肉體勞動。」

機場圍牆外的寬大柏油路面曝曬在太陽下，散發著盛夏般的熱氣。兩人沿著這條路走了一會，便進入了九龍城。

九龍城是勞動階級的城市。由於香港的地價太高，即便是在九龍城，房屋也大多是三、四層樓建築，但放眼望去全是戰前的舊式建築。牆壁覆蓋著黑黴，家家戶戶皆把衣物晾在騎樓上，這些衣物在風中上下翻舞，有些甚至還在滴水。路面髒汙不堪，騎樓底下擠滿了販賣雜貨及食物的攤販。

老李從攤販之間穿梭而過，走到路旁一張竹椅處坐了下來。那椅子相當低矮，只能算是小竹凳，共有四、五張。這似乎也是一家販賣食物的攤販，但設備簡陋寒酸，甚至連攤販也稱不上。老闆是個帶有鄉土味的廣東老婦人，頭上綁了個巨大的髮髻，正在等著客人上門。老婦人的前方擺著兩座小火爐，火爐上各有一個汽油桶，桶裡有菜有肉，正冒出騰騰熱氣。

「你朋友？」老婦人望著老李問道。

「嗯，他昨天才從家鄉來。似乎很多人以為只要來香港就有好日子過，真是荒唐。」

老李以廣東話回答了老婦人的問題。春木在一旁發著愣，老李接著轉頭以臺灣話說道：

「我研究過了，想要找便宜又好吃的攤販，來婆婆這裡準沒錯。一碗白飯五仙，一盤菜五仙，有肉有菜的話一盤十仙。算起來只要二、三十仙，就能填飽肚子，比自己煮飯還便宜。所以只要天氣好，我天天來這裡吃飯。」

春木雖然腹中飢餓，卻沒什麼食慾。看著老李狼吞虎嚥的模樣，更是不禁反胃。

「為什麼不吃？身體不舒服嗎？」

「沒有。」春木搖了搖頭。

「能來這裡吃飯，還算是有救，但如果一直遊手好閒下去，遲早有一天會連來這裡吃飯的錢也沒有。我就是你最好的借鏡，無論如何要在一毛錢都不剩之前找到活路才行。」

「話是這麼說沒錯，但這裡根本沒有我能做的事。」

「什麼都還沒做過，你怎麼知道做不了？我在變這麼窮之前，也曾嘗試過很多賺錢的方法。我製作過甜納豆，也製作過水羊羹及乾麥芽糖，甚至還想出了以糖果為獎品的抽籤遊戲，拿來賺小孩子的錢。可惜這些嘗試全都以失敗收場。」

「你以前是做生意的？」

3 仙：cent 的譯音，一圓港幣等於一百仙。

老李淡淡一笑，說道：

「我說了，你可別吃驚。從前在滿州的時候，我可是當過政府官員。可惜人家說窮久了腦筋會變笨，這句話一點也沒錯，哈哈哈……」

吃完了飯，老李從口袋裡掏出一張十圓港幣的紙鈔，要老婦人找錢。春木仔細一瞧，那正是昨晚自己交給他的紙鈔。他向自己收了二十圓，肯定只拿了其中的十圓交給房東。回想起來，昨晚吃的肉包子也是春木自己付了錢。

但老李似乎完全沒有察覺春木的表情變化。也或許是察覺了，卻裝作沒看到。

「老實告訴你，我現在就有一門穩賺不賠的生意。」

「那應該是一門無本生意吧？」

春木酸了一酸。老李完全不當一回事，繼續說道：

「當然不能完全無本，但資本只要一點點，而且你一定做得來。」

「你若以為我有資本，那可是天大的誤會。」

「你放心，五萬圓有五萬圓的生意門路，五十圓有五十圓的生意門路。我這門生意只需要五十圓，而且保證賺錢。」

老李突然變得口齒伶俐，兩眼綻放出異樣的神采。春木聽到只要五十圓，也不禁有些心動。口袋裡的錢還足夠支付這筆資金。

「你說的到底是什麼生意？」

「在市場裡賣烤魷魚片。」

「烤魷魚片？」

「沒錯，就是將魷魚烤了之後壓成長片的日式烤魷魚片。」

老李接著解釋，香港的鬧區裡幾乎什麼樣的食物都找得到，但說起來奇妙，日本人常吃的那種以滾筒壓扁的烤魷魚片卻從來沒有見過。日本進口的北海道魷魚，一斤的零售價約兩圓左右，但烤過並加工之後不僅份量會增加，而且是香港人沒吃過的稀奇食物，肯定能以兩倍的價格賣出。一天只要能賣個五至十斤，生活就不成問題。

「但麻煩的是我們沒有營業執照，一旦被警察抓到，可是會吃不了兜著走。那些警察就像獵犬一樣，每天都會來巡邏，只要逃得太慢，就會遭到逮捕。但若要說餓死跟被警察抓哪一邊可怕，當然是沒得比。我們剛剛走來的一路上，道路兩旁的攤販幾乎全都沒有執照，就是最好的證明。」

老李這番話說得相當具有說服力。春木不禁暗自埋怨自己此時的立場，以及眼前的合作對象。如果對方是個耿直木訥的男人，即便跟他一起賠光了這最後的五十圓，心中也不會有半點悔恨。但如今明知道對方只是覬覦自己身上的錢，猜疑心也跟著油然而生。然而春木的戒心愈強，老李臉上的笑容就愈明顯。那笑容彷彿在訴說著水果成熟了一定會掉下來，自己只要在樹下等著就行了。

「呼，好久沒吃這麼飽，我們散一下步吧。」

老李慢條斯理地站了起來。蔚藍的天空自騎樓與騎樓的縫隙之間露出了臉。

三

老李是個閒不下來的男人。春木還沒有答應要做這門生意，他已開始調查摩羅街的中古市場裡何處能買到滾筒，以及南北行上哪一家海產批發商能買到最便宜的魷魚。接著他還帶春木走遍了香港、九龍的各大鬧區市集，實際觀察攤販種類。確實如同老李說的，沒有人販賣烤魷魚片。

親眼確認了狀況之後，春木也開始認為賣烤魷魚片是不錯的主意。身上的錢一天比一天少，春木的心中充滿了「得趕快找到謀生之道」的焦慮。而且每天在房間裡朝夕相處，春木也看出老李這個人其實沒那麼壞。既然要做生意，總得要有個語言相通的幫手，而且只要自己嚴格監視，也不必擔心販賣所得的金錢會被對方私吞。更令春木感到值得信賴的一點，是老李擁有極為優秀的工作才能。

在為數眾多的鬧區之中，老李選擇了香港島灣仔蕭頓球場的旁邊作為擺攤地點，理由是那裡的人潮最多。兩人於是購買了滾筒、火爐及魷魚，並商量好了遇上警察盤查時的因應對策。火爐體積龐大且沉重，若情況危急可以棄置不理。除此之外，老李負責搬滾筒，春木則負責搬魷魚。

球場的寬度可比賽足球或籃球，周圍以鐵絲網圍住，鐵絲網旁聚集了大量攤販。有的賣雲吞麵，有的掛起了臘腸及鴨肉乾，有的榨甘蔗汁，有的賣香蕉、芒果、山竹等熱帶水果。有的掛起得了花柳病的性器官照片，專賣來路不明的膏藥。此外還有拉著胡琴的女表演者，以及在地上擺滿了日本製廉價玩具及鋼筆的男人。有些攤商是原本的居民，有些攤商則是後來才加入的難民，每天都有數不清的人潮湧入此地，從早到晚都是人滿為患的狀態。白天熾熱的陽光自頭頂灑落，大量的塵埃、叫喚聲、嘆息聲、汗水及體臭幾乎令人發狂。入夜之後，則到處都是電土燈，數不清的人影圍繞在青色燈光周圍，將其灰暗而憔悴的影子投射在大地上。聚集在這裡的每一個人似乎都不存在明天的概念。他們時而前進，時而停下腳步，時而流露出渴望的眼神，不久後又舉步前進。走在鬧區裡的每一個人皆步履蹣跚，營造出一種陰鬱沉重的氣氛。他們到底為了什麼而前進？或許連他們自己也說不出個所以然來。不，或許打從一開始，便不存在所謂的目的。全都是因為人生實在太長，多餘的時間實在太多。每個人只好靠吶喊、歡笑、感嘆、販賣及購買等行為來打發時間。其中當然也包含了將沾滿血與汗的紙鈔放在他人手上的單純運動。

春木及老李擠進了這樣的環境裡，開始做起生意。開張的第一天相當平穩，並沒有遇上警察。一如老李的預期，烤魷魚片在這裡是相當稀奇的食物，兩人的周圍聚集了不少人群。春木以生疏的動作烤著魷魚，老李則負責將魷魚塞進滾筒裡、淋上醬油，以及招呼客人。

「來喲！來喲！只要吃一次，保證會上癮的烤魷魚！」

老李叫賣的模樣落落大方，一點也不扭捏，反倒是負責烤的春木臉紅了好幾次。

辛苦了一整天，收攤時進帳約十圓，其中有一半是獲利。兩人面面相覷，半晌說不出話來，早已將疲勞拋到了九霄雲外。

時間已過十二點，兩人買了雙層電車的三等票，搭電車到了碼頭後又買了渡輪的三等票，搭渡輪前往九龍。這是個星星特別多的夜晚，就連海風的腥臭味也令人心曠神怡。春木有種錯覺，彷彿有種類似希望、類似安心的東西悄悄浮出了那有如黑色鱗片般閃耀著光澤的海面。老李果然是個了不起的男人，自己完全比不上他。他能夠無中生有，化不安為安心，轉幻滅為希望。

「如果每天都這麼順利就好了。」

春木凝視著有如鑽石般閃閃發亮的對岸燈火，忍不住呢喃。

「好事多『魔』。」老李笑著說道：「生意太好，馬上就會出現競爭者，沒有辦法長久維持。不過總歸一句話，能賺的時候盡量賺。」

到了隔天下午，警察的巡邏車突然出現在鬧區外。鬧區裡的攤販們早已派人站在遠處把風，一看見警車旋即大聲呼喊，沒有執照的攤商們全都搬起了商品倉皇逃走。一時之間，整個鬧區宛如遭遇空襲般亂成了一團，逃得太慢的女人及小孩的尖叫聲此起彼落。春木與老李根本不敢回頭，推開了眼前看熱鬧的群眾及行人，使盡吃奶的力氣往前奔跑。春木捧著一大包袱的魷魚，感覺自己的心臟彷彿也在包袱裡，而且正劇烈跳動。包袱裡還有著跟自己的心臟一樣重要的生財道具，為了不被奪走，春木的雙腿持續向前狂奔，像是已不受自己控制一樣。

不知道跑了多久，當回過神來時，春木發現老李已不在身旁。警察不可能追到這麼遠的地方來，他的兩個膝蓋卻依然不停顫抖。雖然自己成功逃脫，但春木不禁擔心起老李的下落。一想到老李有可能被逮住了，春木只好壓抑下心中的恐懼，轉身走回剛剛的鬧區。冷冷清清的鬧區地面上到處是舊報紙及灰塵，只有少數幾家有執照的攤販依然留在原地，剛剛人潮擁擠的景象已消失無蹤，就連客人也寥寥可數。

春木走回了自己數十分鐘前還在手忙腳亂的地點。剛買沒多久的火爐似乎遭人踢了一腳，不僅翻倒在地上，而且裂了開來。春木一臉茫然地愣愣站著，心中充滿了無盡的感慨。凡人的小小希望，竟然就這麼遭到了無情踐踏。為什麼那些人要打著不衛生、妨礙交通等冠冕堂皇的口號，摧毀窮人對抗飢餓的最後手段？

春木拖著沉重的步伐離開廣場，穿過了熱鬧的街道，朝著沿海道路前進。那裡有座連接九龍油麻地的小渡船碼頭。就在春木走過有著遮陽板的騎樓地時，背後突然傳來呼喚聲：

「喂，賴春木！」

春木吃驚地回頭一看，老李從路旁茶樓內探出頭來。

「原來你在這裡，我擔心死了。」

春木一面說，一面放下了心中大石。

「我哪有那麼容易被抓到，你才讓我擔心死了。」

「總之你沒事，真是太好了。但我們的火爐壞了，看來今天我們得從頭來過了。」

「你先進來休息一下吧。反正要等好幾個小時之後才有可能繼續做生意，我們先吃了晚餐再說吧。」

兩人在茶樓裡隨便吃了點東西，買了新的火爐，便回到鬧區。在電燈、煤油燈、電土燈等各式燈火照耀下，數不清的攤販與民眾聚集在鬧區裡，又形成了車水馬龍的市集。一切都與昨晚毫無不同。白天遭警察取締後那副滿地狼藉的景象沒有留下一絲一毫的痕跡。賣藥的女人依然拉著胡琴，旁邊的觀眾依然聽得入神，看手相的老爺爺依然想盡各種藉口慫恿路人算命。市集的熱鬧程度比之前有過之而無不及，彷彿只要人類存在一天，這裡的夜燈就永遠不會熄滅，像是一場永無止盡的貧窮祭典。

這天兩人一直賣到三更半夜，因此算下來並沒有虧錢，但也沒賺多少。

「雖然火爐不貴，但每次遇上取締就得損失火爐跟木炭，實在太傷本了。」

春木一想到揮汗工作所賺得的收入全因一座火爐而化為烏有，便感到無比惋惜。

「這也是沒辦法的事，如果為了火爐而遭到逮捕，那就得不償失了。」

「真不知道這新的火爐能有幾天壽命。」

春木一邊收拾一邊說道。這讓春木有種錯覺，恐怕自己的生命也會跟這火爐一樣，活不過明天。

「有形之物必有歸於無形之日，壞了也沒什麼大不了。你只要記住，有樣東西絕對不會損壞，那就是人的慾望。人只要活著一天，就會不斷製造麻煩。」

老李苦笑著說道。春木沒料到他竟然這麼看得開，反而有些吃驚。

兩人就這麼賣了大約一星期的烤魷魚片。期間共損失兩座火爐，獲利還算差強人意。雖然賺不了多少錢，但要放棄又覺得有些可惜。然而就在某一天，警察的巡邏車突然毫無預警地出現在鬧區裡。

整座鬧區頓時天下大亂。由於事情發生得太突然，當老李驚覺時，警察已近在咫尺。

「來了！快逃！」

春木這時正背對著老李，忙著在火爐裡生火。老李在春木的背上用力一拍，接著拔腿就跑。

這時春木如果也立即逃走，多半不會有事。但春木的腦海閃過了那一大包魷魚，竟在千鈞一髮之際轉身想要去拿。就在這時，春木感覺腳下似乎踢到了東西。低頭一看，原來滾筒掉到地上了。春木於是迅速將滾筒夾在腋下，另一手抓起那一包袱的魷魚，正想要拔腿奔跑，領口已被人揪住。

「這裡有一個！這裡有一個！」

春木吃驚地轉頭一看，眼前赫然是一名身材魁梧的山東巡查。春木拚命想要拉開對方的手掌，身上的襯衫頓時被撕裂。

「喂，別掙扎了。」

對方抓住春木的手腕，力氣大得驚人，春木只好放棄抵抗。鬧區裡的慘況令人目不忍睹，來不及逃走的攤商的尖叫聲及哭泣聲不絕於耳。偶然間，春木抬頭望向蕭頓球場的鐵絲網。球場裡有一群看起來像中學生的少年，正在開心地踢著足球。老李多半是爬過鐵絲網，逃到球場的另一頭去了。因為那些警察採取了前後包夾的戰術，若不越過球場根本無路可逃。球場裡的少年們對於警察取締攤販似乎毫無興趣，沒有一個人轉過頭來。春木看著那些開朗而天真的臉孔，甚至忘了自己正遭警察逮捕。

當春木回過神來，蕭頓球場的鐵絲網已變成了巡邏車上的鐵絲網。自己正跟其他遭逮捕的攤販一同坐在巡邏車的鐵絲網內。從鐵絲網往外看，灣仔街道的景色如走馬燈般不斷向後飛逝。一棟棟高樓大廈的騎樓玻璃窗正反射著夕陽，看起來格外令人感傷。

身穿制服的可怕警察開著巡邏車，不一會便抵達了警署。春木手上的滾筒及魷魚因是證物，全都遭到沒收。就連身上的其它雜物及褲帶也全都被警察取走，放在值班檯上。接著警察像驅趕野獸一般，將春木趕進了鐵牢裡。落網的女人及小孩進入警署後依然哭個不停，但男人中有幾個似乎已是慣犯，二話不說便走向值班檯，朝著坐在值班檯上的英國督察說了兩句話。不一會，春木恍然大悟，原來他們是在進行保釋的交涉。英國督察似乎早已習慣這一切，臉上帶著泰然自若的微笑。他拿起面前的一大張保釋金收據，在上頭簽了名，接著向男人們收了二十圓港幣，將收據交給男人。帶頭的三個商人將收據折成四摺，放進懷裡，舉手說了聲「Bye bye」，便推開當初進來的門，走出了警署。

此時春木身上並沒有二十圓。昨天跟今天的獲利共有二十多圓，但全在老李身上。只要老李前來搭救，自己就能離開。春木想到這裡，不禁有些擔心。老李既然沒有在這裡，應該是順利逃走了，問題是他知道自己被抓住了嗎？但春木轉念又想，如果老李在上次那家茶樓等了兩、三小時，自己遲遲沒有出現，他應該會到警署來找人吧。

太陽轉眼已下山，進入又悶又熱的夏夜，老李卻遲遲沒有現身。春木等得疲累不堪，竟在拘留室的鐵牢內睡著了。

隔天早上，春木與其他攤販商人一同被帶到了法庭上。春木活到二十六歲，從沒有這樣的經驗，不禁感到又羞又愧。戰後的臺灣對道德及犯罪的社會觀感已與從前不同，尤其是因政治理由而遭國民黨逮捕的人，在社會上會受到英雄般的尊敬。春木逃出了國民黨的追捕，如今卻因違法擺攤而遭起訴，實在令春木覺得丟臉得不敢抬頭。

但起訴眾人的英國警察說起話來只像是例行公事，坐在庭上的法官雖然認真聆聽，表情也有些興致索然。起訴的宣告結束之後，法官告訴在場的數十名被告：不分男女老幼，須繳交二十圓罰金，否則將處三天徒刑。

此時法庭上聚集了不少被告的親人，大家想必都在昨天晚上設法籌到了錢。大部分的人在繳了二十圓後便匆匆離去，但老李直到今天依然沒有出現。這個人對香港並非一無所知，照理來說應該知道要來這裡繳錢才對。

羞慚的情緒逐漸高漲，轉變成了激烈的怒火。唯一可能的解釋，是自己遭到了背叛。原來老李會為了區區二十圓背叛同伴，看來他是個連二十圓的價值也沒有的男人。春木心想，既然你對我無情，休怪我對你無義，等著瞧吧。

裝設了鐵絲網的囚車載著春木通過俗稱快活谷的賽馬場的外側坡道，駛向位於香港島另一端的赤柱監獄。開上山道之後，隔著鐵絲網能將香港的港口一覽無遺。一艘乘風破浪的汽船清晰地浮現在深藍色的海面上。船尾插了一面旗子，看起來似乎是法國或丹麥的國旗，但太渺小而無法辨識。那艘汽船的目的地多半是西貢[4]或新加坡吧。去哪裡又有什麼分別？船也好，人也好，天底下能去的地方寥寥可數。

第三天的清晨，春木終於獲得釋放，回到了鑽石山的棚屋。他躡手躡腳地爬上樓梯，打開房間的門一看，老李正躺在床上，愣愣地看著自天花板的窗戶透入的耀眼陽光。

「噢，你回來了。」

老李轉頭望向春木。春木感覺對方的視線射向自己的頭頂，內心更是怒不可遏。這幾天自己不但被關在牢裡，而且頭髮也被剃得精光。

「你還有臉跟我說話！」春木氣沖沖地揪住了老李的衣領。老李氣定神閒地說道：

「你先聽我解釋，別這麼激動。」

「我不想聽你強辯！」

「這可不是強辯。我知道你今天要回來，從一大早就在等著你，沒有出門吃飯。」

「你既然知道，為什麼沒來接我？為什麼那天沒有立刻來接我？」

「如果可以，我也很想去接你，但我不能這麼做。」

「你倒是說說看理由。」

4　西貢：胡志明市的舊稱。

春木微微放鬆了握拳的力道。

「理由很簡單，如果那天我前往警署，我就必須支付二十圓。」

「那些本來都是我的錢，你連滾筒也沒顧好，竟然敢說這種話。」

「你以為只有你倒楣嗎？看看我的腳！」

老李微微拉起了自己的褲管。春木一看，緊握的雙手不禁全放開了。老李的腳上有一道極深的傷口，足足有三寸長，雖然已塗了膏藥，但小腿的肉整個裂開，露出了可怕的鮮紅色肉塊。

「逃跑時被鐵絲網勾到了。我當時只顧著逃走，根本沒發現，直到血滲出褲管外，路人告訴了我，我才知道自己受了傷。」

「……」

「沒錯，我逃走時沒有把滾筒帶走。但你認為我若有時間拿滾筒，我會不這麼做嗎？別說是自己的東西，如果被我逮到機會，我連別人的東西也想拿走，難道你沒有想過我為什麼要丟下滾筒不管？我早就警告過你，情況危急時什麼都別拿，只管逃命就對了。你沒有成功逃走，這是你的錯，你竟然還有臉怪我？」

「但你拿走的可是我的錢。」

「對，錢是你的，我只是替你保管而已，全都在這裡。」

老李從口袋掏出皺巴巴的紙鈔，共有二十多圓。

「我拿了一圓多買膏藥，其它全都在這裡了。我知道你心裡很不滿，因為你被抓，而我逃走了，我能體諒你的心情。但如果是我被抓，我也會像你一樣蹲三天苦窯。如果可以的話，我也很想拿出保釋金，把你給救出來。我看你在牢裡被剃光頭，難道我會鼓掌叫好嗎？你認為我是那麼惡劣的人嗎？但你想想看，我們能付這筆保釋金嗎？如果為了不蹲這三天苦窯，付出了二十圓，接下來我們兩個大男人要吃什麼？只要有二十圓，我們省吃儉用，可以撐好幾個星期。這段期間足夠讓你重新振作起來了。但如果照你所想的，我們把錢付了出去，當天我們可能就要餓肚子。我可是仔細衡量了兩邊的結果，才忍住了沒去救你。如果我跟你立場對調，你拿著保釋金要來救我，我也一定會拒絕。」

老李說得頭頭是道，春木卻無法打從心底認同。畢竟老李這個人實在太能言善道，春木暗自警惕自己絕不能被他牽著鼻子走。當然春木這三天所受的屈辱實在太大也是原因之一。

既然是同志，當然有權利要求對方與自己同生共死。但在這個連同志也會輕易叛變的時代，如何能要求一個萍水相逢的男人為自己付出多少犧牲？何況被關了三天出來，如今仔細想想，老李這種寧願不付罰金也要把錢存下來的謹慎態度，確實令人敬佩。

「我知道這麼做對你很不好意思。」老李再次強調。「但沒有人會照顧我們的生活，我們只能靠自己的力量活下去。我們當初是為了自由，才不惜離鄉背井來到此地，但我們所得到的自由，卻是滅亡的自由、餓死的自由、自殺的自由，以及各種不被當人看待的自由。活在這樣的環境之中，如果還想當個善良的老百姓，那可是最天真的傻子。我們不需要故鄉，也不需要道德。在這個時代，那種東西一點屁用也沒有。錢才是一切，只有錢才能幫我們解決問題。」

「真是荒唐。」春木氣呼呼地脫口說道：「猶太人！你這是猶太人的想法！」

「沒錯，我是猶太人。我現在的目標就是當個猶太人。」老李冷冷地說道。「或許你心裡瞧不起猶太人，但猶太人雖然失去了自己的國家，卻有不少人在這世上成功存活了下來。你瞧瞧香港猶太人的勢力有多麼龐大！你看看建在半山腰的猶太人會館有多麼奢華！你應該瞧不起的不是猶太人，而是你自己！你失去了自己的國家，遭到自己的民族拋棄，你卻連猶太人也當不成，這才是最應該恥笑的事情！」

春木的腦海驀然浮現了故鄉的山河。無邊無際的嘉義平原上，放眼望去全是青翠耀眼的甘蔗田。為什麼自己會拋棄如此美麗的故鄉，來到這個異域之境？為什麼當初不像其他同志一樣選擇接受制裁？當時臺北市的景象依然歷歷在目。同伴之一被迫穿上了寫著「共匪」兩字的紅色背心，坐在大貨車上繞著臺北市遊街。那個同伴是臺灣南部數一數二的富翁之子，家境與春木有著天壤之別。如果那個人是共產黨，或者該說如果天底下的有錢人都樂意加入共產黨，這個社會肯定會更加美好得多。那個同伴心裡一定不明白自己為何會被迫穿上這樣的紅色背心。直到最後一刻，恐怕他心裡都認為一切只是一場噩夢。但春木如今回想起來，那同伴雖然被綁在臺北車站前的廣場上，並在群眾環視之下遭到槍殺，卻還是比自己幸福得多。

第二章　走私船

一

「我早就猜到你會遇上這種事。」

周大鵬看著春木那光溜溜的頭頂說道。春木不悅地轉過了頭，大鵬這才察覺失言，趕緊又說道：

「不過受害者並不是只有你一個。老李那傢伙腦筋好得不得了，加上舌燦蓮花，每個人都得上一次他的當。我早就想要警告你，但畢竟跟你不熟，怕你認為我只是吃不到葡萄說葡萄酸。不過換個角度想，因為相信他人而被騙並不是什麼丟臉的事。至少第一次被騙不能算是你的錯。或許我這麼說有些不中聽，但我想這對你也是一劑良藥。」

春木心想，這豈止一劑良藥，根本是藥效過強。

在這個人口多達兩百五十萬的香港，被警察逮捕、遭受體罰及繳罰金都只是家常便飯。若是能登上報紙版面的大案子當然另當別論，但像春木這樣因違法擺攤而被關了三天的小事，根本不會有人在意。即便如此，春木卻對自己蹲了三天苦窯一事耿耿於懷。春木感覺自己在這棟住滿了窮人的棚屋裡已經成了笑柄。尤其是在獄中被剃了個大光頭，更是讓春木無法釋懷。這裡的中國人沒有一個理著光頭，就連英國士兵的頭髮也分得整整齊齊。沒有頭髮的頭頂，就像是在到處宣揚自己剛從監獄裡出來。不過這種每個人都在笑著自己的想法，倒也不能完全算是春木心中的被害妄想。事實上春木剛回來的時候，房東太太就對他說了一句：「哎呀，沒想到賴先生的腦袋這麼好看。」從那天之後，春木就不再與房東太太說任何話。房東太太還為此向老李發牢騷，直說春木這個人開不起玩笑。棚屋裡的居民確實都在笑著春木，但並非恥笑他曾經蹲過苦窯，說起來也沒有什麼太大的惡意，頂多只能算是笑他太傻，竟然被警察逮個正著而已。但是站在春木的立場，即便是路人偶然朝他瞥了一眼，他也會認為對方在看自己的光頭，心中湧出一股莫名的敵意。

敵意。沒錯，那確實是如假包換的敵意。住在這棟簡陋棚屋裡的居民，有找不到工作的碼頭苦力，有從上海流浪到香港的中年夫妻，還有整天往外頭跑卻不知道做的是什麼工作的可疑人物。這些人的共通點就是過一天算一天，不知道明天會在哪裡。像這樣的一群人，相互之間卻抱持著敵意。剛來到這個家的時候，春木感到百思不解，不明白為什麼大家會互相憎恨，不肯互助合作。但如今的春木已逐漸能體會這種窮人心態。說穿了就是恐懼，一種永無止盡的恐懼。害怕只有他人得救，自己卻永遠留在貧窮的深淵。正是這股恐懼感讓窮人變得暴躁、絕望及冷酷。換句話說，倘若住在這屋子裡的人都永遠不可能得救，想必大家一定能更加和睦相處，也能夠互相加油打氣吧。但現實是，即使拋下他人也要獨自求活的欲望實在太強烈，導致每個人無時無刻都在互相監視，眼睛裡充滿了猜疑與嫉妒。要讓眾人眼紅相當簡單，只要讓其中一人的口袋多了一點錢就行了。在那些想盡一切辦法要爬出泥沼的靈魂背後，是一對對從不曾有半分鬆懈的監視之眼。眼神中流露出的是無止盡的詛咒，彷彿在訴說著：失敗吧、失敗吧、快失敗吧。這些詛咒會像細菌一樣在空氣中蔓延，當失敗化為現實時，這些眼睛就開始流露出笑意。那是象徵著淚水的笑意，也是象徵著救贖的笑意。

春木置身在這樣的笑意之中，內心自然而然產生了敵意。而且在不知不覺之間，這股敵意變得愈來愈強烈，連春木自己也不禁愕然。或許這一方面也印證了春木已習慣當一個窮人。

春木與老李雖然住在同一間房間裡，兩人卻幾乎不再說話。春木雖然知道自己被關是因為逃得太慢，算不上是老李的錯，卻還是不由得對老李抱持恨意。明明恨著對方，卻不得不終日看著對方的面目過日子，這全是基於經濟上的理由。如果有錢就好了。只要有錢，就不必受這種罪了。但除非發生奇蹟，否則自己絕不可能變得有錢。原本口袋還有二十多圓，如今也幾乎花光了。別說是搭巴士外出，就連吃飯都得猶豫再三。

棚屋在入夏之後簡直不是人待的地方。由於屋頂貼著黑色防水紙，加上沒有窗戶，住在裡頭的人簡直就像是悶在乾燥室內的香蕉一樣，原本就蒼白而營養失調的臉孔，更會逐漸變得枯黃憔悴。

「你每天窩在家裡，太不健康了。」大鵬說道。

自從那天的對話之後，大鵬就對春木頗為關心。由於他每天只在早晚的放水時間才工作，除此之外一整天無所事事，因此每當老李外出不在家時，他就會跑來春木的房間串門子，聊一些閒話。大鵬與老李不同，個性頗為隨和，春木只是有一句沒一句地隨口敷衍他，他竟還把春木當成了好朋友。

但對春木而言，健康一點也不重要。自己過的是沒有青春的人生，空有肉體的健康有什麼用？春木雖感謝大鵬對自己的關心，內心卻不禁對大鵬有些瞧不起。大鵬為了一日兩餐溫飽，每天必須抬著裝了水的汽油桶走上一公里的路，而且得來回走四趟。這種消磨青春的人生，實在可笑至極。與其過那樣的生活，春木寧願整天躺在床上，作著枯黃而病態的美夢。閉上眼睛，讓強烈的太陽光照射在眼皮上，想像自己正仰躺在大草原的中央。雖然附近醬油工廠不斷傳來規律的機械聲，但只要學會忍耐，勉強也能當作是蜜蜂的微弱振翅聲。春木總是幻想著自己在野花的包圍下逐漸死去。沒錯，至少自己還有死這條路可以走。死就像是大自然所贈與的最後法寶，能夠解決一切不能解決的問題。

春木的臉上不由得浮現了笑容。除了笑之外，春木已喪失了其它表達感情的手段。

「放水時間快到了，反正你閒著也是閒著，要不要陪我走一趟？」

這一天在大鵬的邀約下，春木前往了汲水場。汲水場的位置在貧民窟之外，就位在一條寬大的馬路旁。爆發戰爭之前，香港的人口只有一百萬，戰後來自各地的難民大量湧入，人口暴增至兩倍以上，但供水系統卻沒有擴建，因此香港一直有著缺水的問題。水管每天只供應五小時的自來水，分別為早上六點至九點，以及傍晚的五點至七點。鑽石山的貧民窟原本是政府的公有地及農地，上頭的簡陋棚屋都是難民違法擅自興建而成，因此當然沒有自來水可用，每天的生活用水都得從公共的汲水場取回來。

這時才剛過四點，數不清的男男女女已在水管前排起了長長的人龍。有的是頭戴黑布斗笠的廣東女人，有的是理著短平頭的年輕難民，還有身材魁梧壯碩，看起來從前至少是連長級的除役軍人。這些人都站在大太陽底下苦苦等著取水。明明大海就在眼前，世人卻必須為了一滴水而每天站在此地枯等。

春木的腦海不禁浮現了一片沙漠景象。茫茫沙漠之中，一群人追逐著水草，而自己也是其中之一。春木覺得口乾舌燥，只希望獲得一杯水。雖然只是區區一杯水，卻沒有人願意施捨。他已經再也走不動了，只想獨自脫離隊伍，即使就這麼倒在地上死了也無所謂。但就連這最後的小小心願世人也不允許。快工作！不准脫離隊伍！別奢望他人的施捨！從太古時代到遙遠的未來，只要人類還存在一天，這便是不可能改變的定律。因為這個定律，他只能咬緊牙關繼續走下去。

「我從前也沒想過我會跑到香港來過這種生活。」

大鵬一邊說一邊抹去額頭上的汗珠。畢竟從前是白領階級，大鵬的身體削瘦得令人不禁為他感到悲哀。但大鵬的一對瞳孔卻有如藍天一般清澈無暇。

「如果你沒弄丟銀行支票，現在在臺北的銀行裡至少當上主任了吧？」春木說道。

「是啊。」大鵬漾起天真的笑容。「只能說我運氣太差，被最糟糕的對象撿到了支票。否則的話，大可以跟對方私下解決。畢竟通貨膨脹嚴重，從董事長到經理，每個都拿各種名義向銀行貸款，買房子或囤積貨品。銀行利息低，只要三、四個月就能連本帶利歸還。偽造支票當然是我不對，但類似的事每個人都在幹，我只是運氣比較差而已。」

「過去的事說再多也沒用。」

「是啊，不過風水輪流轉，人生不會全是壞事，所以我說你也不用太悲觀。」

「呵呵……」春木嗤嗤笑了兩聲。

大鵬似乎沒有理解這兩句笑聲的意義，繼續說得煞有其事。

「所以只要忍一時，自然會海闊天空。人家說媳婦也會熬成婆，只要過個三年，時局有了變化，或許你也有機會衣錦還鄉。最近這一陣子，你就跟我一起去抬水如何？一來可以鍛鍊身體，二來也可以轉換心情。」

春木心裡很清楚，自己沒有說不的權利。想要活下去，有些事情非妥協不可。

從隔天開始，春木也挑起了扁擔。不管颳風下雨，每天必定在那條一公里遠的路線上來回走八趟。春木太久沒有從事肉體勞動，感覺扁擔彷彿陷入了肉裡，隨時會把自己壓垮。剛開始的兩、三天，春木在抬完水後總是累得一句話也說不出口。雖然是如此辛苦的工作，一天的報酬卻只有六十仙。如果拿來付房租，就沒錢吃飯；一旦吃了飯，房租就繳不出來。

「馬上就會時來運轉了，再忍耐一陣子吧。」大鵬經常這麼鼓舞春木。或許是這工作已做得駕輕就熟的關係，大鵬雖然長得高高瘦瘦，力氣卻著實不小，抬著水桶還能健步如飛。春木雖然累得上氣不接下氣，聽了大鵬這句話還是忍不住罵道：

「別說夢話了，混蛋！」

「你憑什麼說這是夢話？」大鵬在路上停下腳步，聳起了肩膀回罵。「有個男人去年還跟我一起抬水，今年已聯絡上了住在日本的朋友，幹起走私生意，據說賺了不少錢呢。最近他會從日本回來，到時候我會叫他拉我一起幹。」

「哼，那可真是個好消息。」

「他叫洪添財，是個相當講義氣的朋友。他曾說過，只要他出人頭地，一定會拉我一把。我完全沒有資本，剛開始得靠他接濟，但過一陣子等我打下了基礎，我會讓你也加入。」

「聽起來挺好，我等著瞧。」

春木沒好氣地說道。

春木每天抬水，老李皆看在眼裡，臉上帶著譏諷與憐憫的微笑。事實上老李比春木更缺錢，但不論他再怎麼窮，也不曾唉聲嘆氣，或是像春木這樣做起抬水的工作。老李向來瞧不起苦力，因為他認為光靠出賣勞力絕對無法變有錢。若要靠出賣勞力過活，他寧願選擇餓死。事實上老李想過許多賺錢的法子。如果他手上有一些資本，或是有人在背後持續資助，他或許有一天真的會賺大錢。但他到目前為止已失敗過太多次，因此早已信用掃地，再也沒有人願意與他合夥做生意。

「唉，如果我有一千圓就好了。」老李呢喃自語。「我就可以從日本買進切割積木的機械，製作積木玩具來賣錢。」

一旁的春木只是充耳不聞。一來自己沒那麼多錢，二來就算有錢也不想跟他合作。而且如今春木正打著孤立老李的主意，這算是一種無言的復仇。

老李已經跟所有認識的人都借過了錢。但為了活下去，他只能厚著臉皮不斷向同樣的人伸手討錢。雖然搭巴士到碼頭只要花十分鐘，但為了節省交通費，老李每天總是花三、四十分鐘的時間走路到碼頭，掏出十仙買三等船票，搭渡輪到香港島。老李有幾個同鄉的熟人在香港島經營貿易事業，老李經常去找他們，一耗就是五、六小時，不拿到錢絕不肯走。大多時候對方都會妥協，拿出一點零錢給老李，但也曾發生過對方像趕乞丐一樣把老李趕走的情況。為了應付這種狀況，老李的身上總是會留下十仙不用。否則的話，就得在海裡游一哩遠才能回到棚屋。這天他一進房間，突然仰頭咆嘯：

「該死！該死！為什麼我不是女人？假如我是女人，只要脫光衣服就能賺錢！老天爺真是太不公平了！該死！該死！」

這點春木也頗有同感。這陣子春木經常夢見女人。每當窮人夢見女人，那夢境往往是感傷、虛幻且猥俗不堪的。由於春木每天都快步走上八公里的路，身體已完全恢復健康。但肉體雖然重獲新生，精神卻有如鑽進了死胡同。

白天閒來無事的時候，春木開始會走出棚屋，在附近一帶的山道上散步。渡過一條水量稀少的小溪，前方不遠處便是一座被竹林包圍的尼姑庵。常常有剃光了頭髮的尼姑自圍牆的上方往外看。雖然尼姑也是光頭，但差別在於頭頂有兩點以香頭燒出的戒疤。每當通過尼姑庵的前方時，春木總是忍不住輕輕撫摸自己的頭頂。這陣子頭髮已長出不少，如果繼續長下去，反而要擔心沒錢理髮了。

離開了尼姑庵，在田埂之間朝上坡前進，會看見一棟三層樓的巨大廢屋。據說是戰爭期間遭美軍空襲炸毀的，戰後一直無人修繕，窗戶的鐵框破損嚴重。若從這棟廢屋的位置往山下看，進出港口的船隻及飛機全都一覽無遺。自從大陸風雲變色之後，香港的交通量與日俱增。廣東與香港之間有「空中巴士」定期來回載客，鑽石山上空的螺旋槳聲音幾乎從不曾間斷過。機場前方柏油路一分為二的地方是巴士的終點站，平常總是停著三、四輛鮮紅色的大型雙層巴士。每天一到下午，總是會有最新型的私家汽車一輛接著一輛通過那條道路。握著方向盤的男男女女，大多身穿紅、綠、黃之類色彩鮮艷的泳裝。那些都是打算前往海邊的遊客。

春木遠遠地看著包覆在美麗泳裝下的豐滿胸部，內心的猥褻幻想令他不由得嘆了口氣。明明住在海邊附近，他卻一次也不曾踏入海中。南洋的海灘相當美，宛如以無數閃閃發亮的珍珠所鋪成。即便是正在氣頭上的人，看了這裡的海灘也不得不稱讚。但是對如今的春木而言，海灘再美也沒有意義！

二

秋風漸起。

某天傍晚，春木正要去抬水。走在路上時，肩膀突然被大鵬狠狠拍了一下。春木不禁大聲喊疼，轉頭一看，大鵬正笑容滿面地望著自己。

「洪添財這兩、三天就會回香港。」

這陣子大鵬幾乎每天都對春木提起洪添財這個朋友。根據大鵬的轉述，添財是個受過大學教育的高知識分子，而且當初同樣是基於政治因素才會流浪到香港。剛開始的時候，添財因生活拮据而住進了這棟簡陋棚屋，每天跟大鵬一同抬水賺錢。但添財是個相當有辦法的人，馬上就聯絡上日本的朋友，爬到了窮人的「監視之眼」看不到的位置。大鵬還說，當初一同抬水的時期，添財曾跟他借過錢，因此一直對他感激在心。每次添財回香港時，大鵬去找添財，添財總是熱情款待，讓他飽餐一頓。而且添財曾說過，將來如果缺人手，一定會讓大鵬加入賺錢的行列。不過添財這個人在棚屋居民之間的評價似乎相當差。尤其老李更是毫不留情地說過：「那個人根本不能信任，大鵬竟然會相信他那些推託之詞，真是無可救藥。」然而話說回來，從沒有一個人能在有了錢之後還會在這裡的窮人之間有好名聲。何況老李據說曾向添財借錢卻遭到拒絕，當然會對添財恨入骨髓。因此春木認為，就算添財被罵得再難聽，也不影響他這個人的真正價值。雖說大鵬的話有幾分可信實在值得懷疑，但高學歷與遭到政治迫害這兩點在春木的心中留下了深刻印象。加上大鵬三天兩頭就提添財的事，春木久而久之也開始對添財這個人抱持期待。

據說兩、三天內船就會抵達，春木一直有些坐立難安。春木一整天都待在山坡上，看著進入港口的大小汽船。有英國船、法國船、荷蘭船、丹麥船、瑞典船……每艘汽船所插的國旗顏色都不相同，不曉得添財到底在哪一艘汽船裡。由於添財既沒有正式的護照，也並非購買正式的船票，因此在本人抵達之前，根本無法查出他所搭乘的是哪一艘船。大鵬曾說過，每搭一次走私船就得支付一千圓。即使支付了這麼龐大的費用，還是能賺得到錢，可見得走私的獲利有多麼驚人。倘若能加入他們的行列，可不知有多好。

大鵬每天都忙著打電話與對方聯繫。不是打給添財，而是打給添財的情婦。那名情婦據說住在對岸的香港島。過了三天，情婦的回答依然是添財還沒回來。到了第四天早上，兩人終於按捺不住，抬完了水之後便不顧一切地跳上了巴士。

油麻地碼頭邊擠滿了準備到對岸上班或上學的人潮。大貨車及私人汽車也可以直接開上渡輪，因此廣場上排了不少貨車，上頭皆滿載著貨物。渡輪抵達碼頭，棧橋一放下，一輛接著一輛的汽車頓時自巨大的船身中湧出，宛如鯨魚吐出了口中的潮水。隨著腹中物的減少，鯨魚的腹部彷彿也逐漸縮小。等到吐盡了所有乘客及車輛後，鯨魚開始用力吸氣，再次將潮水般的人群及車輛吞入腹中。原本停在廣場上的車子就像是小魚一樣，全都進了鯨魚的肚子裡。鯨魚發出滿足的低鳴聲，緩緩離開岸邊。

就在渡輪航行到了大海正中央時，剛好與一艘有著黑色煙囪的汽船交錯而過。那汽船正要進港，渡輪一邊鳴起汽笛，一邊減速慢行。黑色汽船劃開波浪，自渡輪的正前方穿過。那是一艘載貨的汽船，看起來至少有一萬噸，船員皆在甲板上看著港口景色。

「啊，這艘船來自神戶！」大鵬喊道。

「這麼說來，應該就是這艘船？」

「沒錯，一定是的。除了這艘船之外，這兩、三天根本沒有來自日本的船入港。」

兩人的視線不由得追著那艘黑色汽船移動。汽船在海面上朝著西環的方向緩緩前進。海岸邊停泊著不少船隻，大小及新舊皆不相同，各自隨著波浪搖曳著。船體與船體之間的海面上懸浮著稻草、水果皮、報紙及油漬。一艘小小的舢舨停靠在碼頭邊，一名苦力扛了個大簍子從上頭走下來，簍子裡塞了十多隻雞。每當簍子劇烈搖晃，裡頭的雞便發出「咕咕咕」的虛弱叫聲。

洪添財的家位於干諾道西。那條街上聚集了不少海產店及鹹魚店，瀰漫著一股鹹魚發酵後產生的獨特臭氣。由於許多老字號店鋪是在這條街剛形成時就開始營業，氣味早已滲入牆壁，就算捏著鼻子不呼吸，還是會鑽進鼻孔裡。

一個發了大財的男人竟然會把情婦包養在這種骯髒的街道裡，實在令人匪夷所思。但不管怎麼說，還是比春木所住的棚屋要高級得多。

「就是這一棟的二樓。」大鵬說道。

那是一棟三層樓建築，一樓同樣是鹹魚店。由於通往二樓的樓梯在後門旁，兩人必須先走進旁邊的橫巷。一來到門口處，便看見一個水桶擺在石階角落，裡頭的水發出陣陣惡臭，似乎是洗魚用的水。春木跟著大鵬走上樓梯，來到一扇油漆斑駁的門前。大鵬按了門鈴，門上的小窗開了一道縫隙。

「誰呀？」裡頭傳出女人的聲音。

「洪先生還沒回來嗎？」大鵬問道。

「哎呀，周先生。船剛好到了呢。」

門一開，裡頭走出一個年約二十三、四歲的年輕廣東女人。她似乎才剛睡醒，一頭燙過的捲髮凌亂不堪，反而增添了一股性感的魅力。

「不過他說要從船上搬一些貨下來，所以還沒回家，你們要進來等嗎？」

「不用了，我們到船務行等他。請問是哪一家船務行？建隆嗎？」

「是啊，你們可以去那裡問問。」

「好，那我們等等再來拜訪。」

兩人沒有進門，直接轉身下樓，來到了屋外。

「真美的姑娘。」

兩人走在電車道上，春木忍不住說道。

「嗯，聽說是在舞廳認識的。」

「真有一套。」

「有錢就是這麼回事，沒什麼稀奇。」

「但她好像對你挺有好感。」

「不可能吧？」大鵬的表情既靦腆又開心。「總之我跟她是不可能的。我根本沒有錢。」

「就算沒有錢，長得帥就是占便宜。她老公經常不在家，她一定很需要朋友。你要勾搭上她，肯定不是難事。」

「我要是這麼做，可沒有臉見老洪了。」大鵬雖皺起眉頭，嘴角卻帶著笑意。

「所以這種事要偷偷幹。你自己也說過，機會隨時會找上門來。這麼好的機會若不把握，實在是太傻了。如果我是你，絕對不會放過。」

春木不知不覺學起了老李的口氣。大鵬這個人實在太有趣，不管說什麼都會當真，春木才會忍不住跟他開起這樣的玩笑。

大鵬聽了之後竟認真思考起這個問題。他低著頭走路，差一點就被車子撞個正著。

「丟那媽[5]！」

大鵬遭開車的人這麼一喝，不禁又驚又羞，連脖子也脹得通紅。

建隆行就位於濱海道路上一棟建築物的三樓，昏暗的木製樓梯從早到晚皆點著黃澄澄的電燈。這家船務行在表面上的業務是幫忙將貨物搬上船或搬下船，除此之外也提供廉價的房間給從世界各地來到香港的水客（經營船運貿易的人）居住。但其背地裡的真正賺錢門路，卻是仲介走私及偷渡。兩人一走進店內，便看見洪添財正坐在大廳喝茶。

根據大鵬的形容，春木原本以為洪添財應該是個身材高䠷，個性有些神經質的男人。沒想到實際一見，本人不僅又矮又胖，而且其貌不揚，說起話來也絲毫沒有斯文人的謙沖及體貼。

「我等等還得到船上一趟。」

添財一看見大鵬便皺起了眉頭。

「我們可以陪你一起去。」大鵬說道。

「好，那就走吧。」

添財說完便快步走下樓梯。店門前停泊著一艘蒸汽小艇，三人跳了上去，小艇旋即發出氣勢十足的轟隆聲，朝著停在大海中央的黑色汽船疾馳。

「日本現在應該很冷吧？」大鵬問道。

「是啊，很冷。」

「你這次會在香港待一陣子嗎？」

「不，我馬上就會離開。」

「馬上是多快？」

「能多快就多快。現在正是賺錢的好時機，只要明天有船，我明天就會出發。」

5 粵語的髒話。此處保留原文用字。

「這麼快就走，你太太實在有些可憐。」

春木在一旁插嘴說道。添財彷彿這時才察覺春木的存在，搖頭晃腦地說道：

「這有什麼大不了，人生到處有青山，哈哈哈……」

眾人登上黑色汽船的甲板，船員們全體動員，將藏在船艙裡的貨物搬到小艇上。一群船員同心協力，不一會已將貨物全部搬完。

「只要有錢賺，中國人是最勤快的民族。要是中國人肯為國家付出這麼多心力，根本不會發生內戰，哈哈哈……」

添財是以船員身分偷渡至香港，因此身上穿著粗製濫造的船員制服，但他的姿態卻比其他船員威風得多，就連水手長也必須對他鞠躬哈腰。春木實在很難想像這個人一年前曾經跟大鵬一起抬水。難怪大鵬會說人生不必太悲觀，似乎有些道理。但大鵬沒有想通一件事，那就是從前一起抬水的男人發達了，並不代表自己也一樣能發達。春木心裡不禁感到有些悲哀。掠過領口的海風實在太冷，春木忍不住打了個大噴嚏。上下吊鍊的刺耳聲響令春木感到非常不舒服。

這天晚上，添財說要招待兩人吃飯。但兩人的服裝實在太寒酸，進不了一流餐廳及酒家。

「喂，把我的舊衣服拿出來。」添財對情婦說道。

「你的衣服他們不能穿啦。他們都太高了，穿起來不合身。」

「別囉嗦，拿出來就對了。」

兩人穿上情婦拿出來的衣服，確實長度太短，胸口部位也鬆垮垮，一看就知道是借來的衣服。但是勉強將就穿著，總好過原本的棉布衣服。尤其是大鵬穿上白襯衫、打上領帶後，看起來有如玉樹臨風，簡直像變了一個人。特別是頸項之間散發出一種男人的魅力，連春木也嘖嘖稱奇。

「今晚我們要去不少地方，你就跟著我們吧。」

添財坐上計程車後說道。計程車行經掛滿了霓虹燈的皇后大道，開上一條位於香港上海銀行後方的坡道。右手邊可看見聖約翰大教堂，接著進入了綠意盎然的維多利亞公園。通過這片靜謐的地區後，車子轉而向左，彎進了麥當奴道[6]。這一帶是豪宅區，住了不少大富豪。每一戶住宅都大得嚇人，令人不敢想像這裡是寸土寸金的香港。門前的車庫皆停著高級汽車。

「停車，在這裡等著。」

添財說完後便下了計程車。

6 麥當奴道：已於一九五七年改名為麥當勞道。由於〈香港〉內的時空背景與作品發表年代皆早於改名，故特地保留舊稱。

春木在夜色中抬頭一看，一棟氣派的全新三層樓建築矗立在眼前。雖然尚未落成，但已大致完工。

「嗯，蓋得差不多了。」

添財一邊呢喃，一邊拉開尚未塗油漆的鐵門，走了進去。

「這是你的房子嗎？」大鵬問道。

添財點了點頭。他似乎看出大鵬已嚇傻了，笑著說道：

「我工作忙，一切都交給建築商，也沒來理會。不過我挑了個能夠看見海的地點。」

這裡甚至不必走上屋頂，只要站在庭院就能將整個港口一覽無遺。海上稀稀落落地散布著汽船的亮光，對岸的九龍半島更是燈火輝煌，有如美女的身上掛滿了奢華的珠寶。

「好棒的房子。」

「我在神戶也蓋了一棟差不多大小的房子，不過那邊的是日式建築。」添財若無其事地說道。

「住在裡頭的太太也是日本人嗎？」

春木問道。添財沒有回答，臉上掛著賊兮兮的微笑。

三人接著便下了山，前往位於石塘咀的一家外觀豪奢的廣東料理餐廳。添財畢竟身材肥胖，食量也不小。而且他說一來自己吃不慣日本的中華料理，二來長達一星期的船上生活只能帶一根牙刷及一條毛巾，必須與其他船員一同吃飯，想不瘦也難。因此每次一下船，他的第一件事總是先飽餐一頓。添財確實是不折不扣的大食客，但大鵬與春木卻也不遑多讓。三人皆是狼吞虎嚥般地大嚼大飲。

許久不曾喝酒的大鵬幾杯下肚後頓時滿臉通紅，連額頭上的血管也浮現得一清二楚。酒過三巡之後，他開始不斷向添財搭話，似乎想在春木面前表現出自己與添財交情深厚。但每當大鵬以充滿懷念的口吻說起從前一起抬水的往事，添財就會不悅地皺起眉頭。春木看在眼裡，內心不禁抱怨大鵬實在太不識相。但是另一方面，春木也想拉近自己與添財的關係。於是春木看準了時機，對著添財說道：

「聽說你也是基於政治因素才離開臺灣？」

這話一出口，添財吃驚地轉頭望向春木，臉上流露出悲痛的表情。春木心想，果然他也有類似的遭遇。但添財臉上的表情一閃即逝，只像是流雲輕輕掠過了太陽。

「別談這個。我現在是商人，對政治沒興趣。」

這句話令春木的自尊心大大受損，對添財這個人暗自抱持的期待也化為烏有。畢竟添財如今是春風得意的暴發戶，而自己卻是只能靠抬水勉強餬口的窮人。兩人之間若有一絲一毫的親近感，必定來自於同樣背負亡國命運所產生的共鳴。如今這唯一的可能性已不復存在，自己沒有任何辦法能與對方拉近關係。春木不禁埋怨自己不該下意識地想要依賴一個萍水相逢的陌生人。這股自我厭惡的情緒愈來愈強烈，也讓春木愈來愈難以忍受大鵬那假裝熟絡的說話方式。

三人吃完了飯之後，又逛了三間酒店。每間酒店的舞孃都認識添財。要做到這點得投注多少資本，光看添財給小費的方式就可以窺知一二。離開酒店的時候，添財從口袋掏出一疊百圓紙鈔，每個舞孃都給了一張。這點花費對現在的添財而言一定是不痛不癢吧。但在春木看來，添財這麼做只是故意要讓自己及大鵬嘗嘗絕望的滋味。舞孃們皆對金錢有著敏銳的嗅覺，從頭到尾不斷向添財獻殷勤。自己與大鵬只像是被硬拉來撐場面的跟班小弟。一想到這點，春木便覺得就算能飽餐一頓，此行也是得不償失。

三人在好幾名舞孃的目送下離開酒店，添財上了車之後顯得相當得意，對兩人說道：

「明天開始我會很忙，沒時間陪你們。不過我大概兩個月後還會再回來，到時候你們再來找我玩吧。」

車子行駛在冷冷清清的深夜街道上，不一會抵達了統一碼頭。

春木突然想起身上還穿著添財的衣服，說道：

「對了，我們得把衣服換回來才行。」

「不必了，反正是我不要的衣服，你們穿回去吧。」添財說道。

計程車的車門開了，大鵬卻扭扭捏捏地不肯下車。

「其實我最近手頭很緊，想請你幫幫忙。」

大鵬尷尬地說道。添財一聽，臉色登時沉了下來。但他似乎嫌拒絕太麻煩，二話不說便伸手到口袋裡，掏出一枚十圓紙鈔遞給大鵬。

春木忍不住別過了頭。大鵬伸出瘦弱的手掌接下錢的模樣，可說是個徹頭徹尾的乞丐。那是多麼汙穢、墮落且不知羞恥的手。春木心想，如果那隻是自己的手，寧願拿菜刀把手剁下。

「為什麼你不順便跟他要錢？」

上了渡輪之後，大鵬一臉滿不在乎地問春木。春木心中充塞著對大鵬的輕蔑，只想張口大喊「我可不是乞丐」。但春木沒有這麼做，因為內心深處擔心自己有一天也會淪落到像大鵬這樣。這樣的擔憂在春木的心中激起了一道漩渦，心靈彷彿遭到滅頂，在漩渦的深處迷思了自我。

「因為我不像你跟他那麼熟。」春木最後只能有氣無力地這麼回答。

「這麼說也對。不過我說得沒錯吧。他是個很講義氣的人，以後你可以多跟他親近。」

「好。」

春木不想再跟大鵬多說一句話，只是倚靠在渡船的欄杆上，凝視著深邃的夜晚之海。海面反射了星光，閃爍著藍白色的光輝。今晚的海潮似乎比平常更加湍急，這讓春木有種錯覺，彷彿自己正獨自駕著小舟，漂流在波濤之間。隨波逐流是自己唯一的選擇，沒有辦法逆流划行。放眼望去完全看不到陸地，甚至不見一隻海鳥。糧食已幾乎耗盡，只能靜靜地等待肉體消滅。

三

到了隔天，大鵬又邀春木一起去找添財。

「他昨天不是要我們別再去了嗎？」

「那是他的口頭禪。只要我們幫他一些小忙，他又會開開心心地招待我們。」大鵬滿不在乎地說道。

但春木實在提不起勁。或者該說就算腦袋想去，身體也沒那個力氣。昨晚一下子塞進太多食物，腸胃似乎受了驚嚇，今天從一大早就開始腹瀉。別說是去找添財，就連抬水也有困難。就當作昨天是給墮落的腸胃一記當頭棒喝吧，但不需要再來第二次。

最後大鵬只好獨自出門去了。當天晚上，大鵬直到深夜才扛了個大紙包回來。打開一看，竟是一條常有人在路旁兜售的美軍棉被。在昏暗的燈光下，春木一摸到那條棉被，竟忍不住打了個哆嗦。冬天馬上就要到了。那就好像是一頭猛獸，正躡手躡腳地來到眼前，隨時會撲上來。

「今天真是丟臉丟大了。」大鵬一邊摺起包棉被的紙，一邊說道。

「怎麼了？」

「你看我穿得這麼體面，卻拿著這種東西，哪像個紳士。」

春木聽得啞口無言，好一會不知該回答什麼話。明明是個比女傭、服務生更低賤的苦力，每天全靠抬水才能勉強維持生計，卻還如此在意這些虛榮。

「這棉被是老洪給你的？」

「不是，他今天也給了我十圓，我回程時在深水埗的市集買了這條棉被。我今天穿著西裝，卻跑到市集買這種東西，路人都盯著我看。」

「你別說這種傻話了。光是有錢買棉被，就已經羨煞了人。如果我是你，我一定會大搖大擺地走回來。」

「你會這麼說，是因為你曾經跟老李一起賣過烤魷魚片，我可沒有你那麼強的心臟。」

「你抬水，我賣烤魷魚片，有什麼不同？」

「差得遠了。我們這棚屋裡每個人都抬過水，我混在這麼多人裡頭，一點也不顯眼。我可以忍受偷偷貧窮，但我不能忍受每個人都知道我很窮。就好像一個五官端正的男人，不會光著身子走在公共場所。」

「原來如此。」

「對了，我把你的衣服也帶回來了。」

大鵬扔出了一包報紙，裡頭包著春木的衣服。

「我跟老洪說你吃壞了肚子，他非常擔心，要我跟你說一聲保重。」

「你今天沒見到美女？」

「你在胡說什麼啊？」

「美女沒要你傳話給我？」

「你別胡言亂語，難道我會對她說，你吃得太多在家裡休息嗎？這種會損及你形象的話，我是絕對不會說的。」

「老洪離開香港的日期確定了嗎？」

「他沒說什麼時候，但似乎快了。我今天一整天都忙著幫他打包盤尼西林、鏈黴素之類的藥品，完全沒得休息，吃飯也是在船務行的附近隨便吃吃。」

「你明天還會去找他？」

「當然。」

到了隔天，大鵬剛過中午就回來了。他說添財今天要陪太太，兩人一起出門去了。

「他是個大忙人。聽說古代的蒙古人會先大吃大喝一頓，等到開始打仗時可以一、兩個星期不吃東西。說起來，老洪就像是海上的成吉思汗。」

大鵬對添財讚不絕口，足見他對添財的信任。他深信等添財想要擴大走私事業時，一定會拉他入行。

「等我出人頭地，接下來就輪到你了。我已經抬了兩年水，也該畢業了。」

聽說隔天大鵬又到鹹魚店的二樓拜訪，海上的成吉思汗已經出門遠征去了。美女邀大鵬進屋，還請他吃了午飯。大鵬回來後得意洋洋地說道：

「經你上次那麼一說，我今天仔細瞧瞧，才發現她真的是絕世美女。尤其是笑的時候，那眼波流轉真是美艷不可方物。在看女人的眼光上，你確實很有一套。」

「那當然。對了，你知道受女人歡迎的第一條件是什麼嗎？」春木煞有其事地說道。

「是什麼？是什麼？」

大鵬將身體湊了過來。

「我可先告訴你，絕不是長相帥氣。」

「不然是什麼？有錢嗎？」

「有錢並不是最重要的條件。當然只要有錢，女人就會自己貼上來，這的確是事實。畢竟人得要有麵包才能填飽肚子，這是萬古不變的真理。但是另一個真理，卻是人生不能只有麵包。這世間並非只有錢才能吸引女人。」

「不然是什麼？愛情嗎？」

「別開玩笑了！我在說的可不是王子與公主的故事。」春木臉上漾起戲謔的笑容，露出了雪白的牙齒。

大鵬頓時一頭霧水，臉色變了又變，令一旁的春木不禁莞爾。

「你別賣關子了，快告訴我吧。」

「好，那我就教你。其實很簡單，第一條件是要對女人好。」

「什麼嘛，這種事你不說我也知道。」

「我早就猜到你一定會這麼說。但我告訴你，對女人好可不是件簡單的事。舉例來說好了，你就算不愛這個女人，也得演得好像愛她愛得死去活來。女人叫你舔她的腳底，你就得舔；女人叫你幫她搓背，你就得搓。」

「這對我來說一點也不難，我很樂意做這些事。」

「所以我才說，我很看好你的才能。最重要的就是讓女人認為這個男人願意為自己赴湯蹈火也在所不惜。只要讓女人產生信賴感，就會任男人予取予求。就算要她做再危險的事，她也不會皺一下眉頭。」

「這麼說也沒錯，剛開始男人還是應該積極一點。」

大鵬本來就頗注重自己的服裝儀容，自這天之後更是對外表變得相當神經質。或許一方面也是因為他從前在銀行任職時，每天必須面對客戶的關係吧。自從住進這棟棚屋之後，明明過著有一餐沒一餐的日子，他卻還保留著一套西裝、一雙磨損嚴重的紅皮鞋，以及將近一打的領帶。若要他舉出他在這世上僅次於性命的寶物，他一定會說是這些妥善保管在行李箱裡的紳士必備之物吧。就像從前的武士就算瘦得像皮包骨，也絕對不會賣掉盔甲一樣。像大鵬這樣隨時未雨綢繆的心態，確實可以說頗有紳士風範。

但是要當個紳士，就必須表現得像個紳士，這當然必須付出慘痛的代價。譬如他總不能穿著皮鞋走將近一小時的路到碼頭。渡輪的船票倒是可以買三等票無妨，因為待在渡輪裡的時間很短，而且只是站著也不會磨損鞋底。但是在搭渡輪之前，他必須先搭巴士，兩種票加起來至少就得花上六十仙。換句話說，他為了當個紳士，不僅每天必須扛著扁擔，汗流浹背地走上八公里的路，而且那一整天還不能吃飯。像這樣極端折磨自己的事情，當然不能每天幹，但他相當有毅力，每個星期都會找一天渡海前往香港島。

大鵬說老洪蓋在半山腰的大宅邸已經落成，情婦也搬了進去。車庫前總是停著四九年款的別克汽車，塗上了銀漆的鐵門上貼著「內有猛犬」紙條。庭院裡種滿了歐丁香、紫陽花等花花草草，還有一座小池塘，裡面漂著睡蓮。這天大鵬深夜才回到棚屋，把大宅邸裡的景象鉅細靡遺地描述得一清二楚，但對於最重要的女人的事情，卻絕口不提。

「看來你跟她處得還不錯。」

春木出言調侃，大鵬只是微笑不語。由於大鵬不肯多說，春木也無法推測他跟那女人的關係發展到什麼樣的程度。

但是過了一陣子，大鵬突然開始變得相當多話。有時說那女人開著別克汽車載他到淺水灣兜風，有時說兩人一起到皇后戲院看電影，有時說在金陵酒家用餐，聽在春木耳裡有如夢境一般。

「聽說那女的從前當過舞孃，那檔事的技術應該挺不錯吧？」

大鵬聽春木這麼一說，慌張的程度令春木忍不住感到同情。

「就算你是我的好朋友，也不該問這種事。」

「別這麼自私，說出來分享一下吧。我稍微瞥了一眼，她的胸部形狀挺好看。」

「你太下流了。」大鵬打斷春木的話。「我不跟你說了，免得被你傳染。」

但大鵬的這番說詞裡包含了一些疑點。譬如，倘若他真的跟那女人發展出了非比尋常的關係，照理來說他不會老是穿著同一套西裝。大鵬的口袋裡沒有錢，這點女方應該心知肚明，她為什麼沒有盡心盡力地花錢為大鵬打理裝扮？這點實在是有些說不過去。

這一天，大鵬一如往常穿上西裝出門去了，春木決定偷偷跟蹤在後頭一探究竟。春木等到大鵬上了雙層巴士的二樓之後，才偷偷坐進巴士的一樓。為了趕得及與大鵬坐上同一艘渡輪，春木還特地花大錢買了一等船票。到了香港島後，春木躲在柱子後頭，等大鵬出來再繼續跟蹤。

大鵬緩緩在街上漫步，到了專賣流行服飾的名店櫥窗前，忽然停下步伐，花了很長的時間端詳櫥窗裡的商品。櫥窗裡有著一雙一百圓以上的富樂紳牌皮鞋、英國製的睡袍、克什米爾羊毛的襯衫等等，全是窮人絕對買不起的紳士用品。大鵬站在櫥窗前，似乎打從心底享受欣賞商品的樂趣。接下來他到了手錶店前及鞋店前，也同樣佇足許久，看得非常認真，實在不像是只看不買的客人。

接著大鵬穿過了十字路口，進入了中央市場。就在這時，大鵬的身影竟消失在人群之中。春木急忙追上前去，才發現他走進了一間位於潮濕走廊深處的公共廁所。一名老人坐在廁所門口，賣著衛生紙。春木等了一會，便看見大鵬從廁所走了出來。

大鵬接著又走進了百貨公司裡。此時百貨公司正在大拍賣，客人非常多。大鵬似乎不趕時間，緩緩穿梭在人群之間。最後他在販賣菸草用品的店鋪前停下腳步，要店員從玻璃櫥櫃裡取出 DUNHILL 牌的菸斗及 RONSON 牌的打火機等商品，不一會，取出的商品已擺滿了整個櫥櫃的檯面。大鵬說了一句不知什麼話，突然笑了起來。那笑容宛如是個生活無憂無慮的上流紳士。春木以為他會買東西，沒想到他最後什麼也沒買便轉身離開。

接著大鵬來到電影院前，猛盯著看板上的海報及照片，足足有數十分鐘之久。這麼長的時間，別說是這星期的上映場次表，恐怕就連下星期上映電影的演員名稱及服裝都能記得滾瓜爛熟了。從大鵬離開家到離開電影院前，已過了三小時以上，但從大鵬的態度看來，時間似乎還相當充裕。雖然冬季天黑得早，但此時太陽甚至還沒有碰觸到山頂。大鵬抬頭望著鐘塔，春木已漸漸感到不耐煩。驀然間，大鵬再度舉步。這次他停在一間咖啡店前方。咖啡的香氣不斷自店內飄出。大鵬裝出一副正在等人的模樣，但春木清楚地看見他深呼吸了好幾次。

香港的繁華街相當狹小，春木實在想不出大鵬還能在這條街上做什麼。大鵬終於離開了這個地區，走過銀行前方，登上通往公園的坡道。春木原本以為大鵬終於要前往山上的添財宅邸了，沒想到大鵬在通過聖約翰大教堂及登山纜車的車站後，竟然轉身走進了維多利亞公園。

此時天色已完全變暗，冬天的冷風將椰子樹葉吹得瑟瑟作響，春木感覺有一股寒意自身體的內裡向外湧出。公園裡幾乎沒有人影，大鵬獨自坐在長椅上，靜靜地看著大海的方向。此時他所看見的港口景色，應該與從添財宅邸所看的並無不同。

春木心想，或許他在等人吧。或許那個女人為了避人耳目，會偷偷到這裡與他相會。只見大鵬以手托腮，看起來既像是在沉思，又像是在等待佳人。

大鵬就這麼坐了數個小時。對岸的燈火在天色變暗後逐漸增加，但在進入深夜後又逐漸減少。春木心想，現在不知幾點了？大鵬想必也不知道答案，因為他也沒有手錶。大鵬終於站了起來，在漆黑的公園裡沿著原路往回走。冰涼的石階上方只有風聲沒有人聲。

春木比大鵬晚了兩、三分鐘才走進棚屋。一看見大鵬，劈頭便說：「你回來得真晚。今天實在太冷，我凍得受不了，所以出去吃了飯，現在才回來。你呢？今天過得如何？」

「她捨不得我走，一直要我今晚住下來。我心想這麼做太對不起老洪，沒有答應她，她竟罵我冷酷無情。果然你說得沒錯，現在我已經能體會女人有多可怕了。」

「原來如此。」春木回答得煞有其事。

「最近我已經對女人失去興趣了。女人還是遠遠欣賞就好，相處起來真是折騰人。老實說我對香港也厭煩了，下次老洪回來，我打算叫他帶我去日本。」

春木聽到這裡，已失去了揭穿一切的勇氣。大鵬接著語重心長地說道：

「這陣子我看每艘船都像是要開往日本，心裡真是愈來愈羨慕老洪。就算是國色天香的美女，相處久了也會膩。」

從這天之後，大鵬不再聲稱要去那女人的家，只是望眼欲穿地等待添財回香港。他每天抬著水桶走八公里的路，即使冬天也會流下碩大的汗滴。有次他一邊拭汗一邊說道：

「等見到老洪，我打算跟他要些錢來買衣服、鞋子等必需品。聽說東京物資匱乏，外國製品都貴得嚇人。等我添購了新衣褲後，舊的可以送你。」

又過了幾天，耶誕節到來，街上的玻璃櫥窗皆裝飾著不斷閃爍的紅藍燈泡，不時可看見捧著一大包禮物的西洋人。但鑽石山上冷風依舊，絲毫不見耶誕老人的蹤影。

就在這一天，大鵬前往對岸，帶回了好消息。

「老洪明天抵達香港。」大鵬在棚屋內快步繞著圈子。「你要不要跟我一起去接他？」

「下次吧。」

「機會難得，不去太可惜了。你只要別像上次那樣吃那麼多，應該就不用擔心又拉肚子。跟他保持交情，對你的將來一定有幫助。」

「你幫我跟他問聲好吧。」

「這你不說，我也知道。」

但是到了隔天，大鵬卻是氣沖沖地回來。他是個不懂掩飾情緒的人，整張臉及脖子都脹得通紅，有如喝了酒一般。

「我把他當好朋友，他竟然背叛了我！澈澈底底地背叛了我！該死！只不過是靠走私賺了點小錢，有什麼了不起，他以為他是天皇嗎？」

「我早就猜到會是這種結果。」

春木一點也不驚訝。大鵬接著又說道：

「真是人心隔肚皮！他從前對我根本不是這樣。跟我一起抬水的時候，我們曾互相發誓，若有一個人發達，一定會幫助另一個人。但他有了錢之後，簡直像鬼迷了心竅。」

「落魄時誰都會這麼說。但只要是對自己不利的話，事後都會忘得一乾二淨，這是人的天性。」

「沒那回事。等我變有錢，你就知道了。我一定會盡全力幫助你，不僅給你零用錢，而且不管你有任何困難，我都願意跟你一起想辦法解決。我對老天爺發誓，我絕對不是說謊。」

春木幾乎要笑出聲音，好不容易才忍住了。

「他到底為什麼跟你鬧翻？難道是你跟那女人的事，被他發現了？」

大鵬霎時抬起了頭，一臉錯愕地瞪著春木。他張口結舌了好一會，才終於說道：

「我可不會犯這種愚蠢的錯誤。」

「或許是那女人見你不敢負責，決定把心一橫，對老洪坦承了一切。女人是很可怕的。」

「不，我處理得很好，絕對不可能發生這種事。一定是老洪那傢伙自己的問題。他是個大混蛋！」大鵬不斷大聲嚷嚷，似乎隨時會掉下眼淚。

「錢、錢、錢！有錢有什麼了不起！人家說錢財是身外之物！何況風水輪流轉，惡棍總有遭報應的一天！我現在雖然窮，但誰能斷言我不會變成百萬富翁！你看看這個！」

大鵬突然從口袋掏出一枚紅色紙片，遞到春木面前。那是香港每年於春、秋兩季定期舉辦的賽馬大會的馬券。

「這張馬券只要中頭獎，從明天起我就是百萬富翁。港幣一百萬圓，也就是美金二十萬圓。即使買下一棟大樓，再環遊世界一趟，也花不完這筆錢。整個香港一定有一個人會中頭獎，誰能斷言那個人不會是我？」

他每天靠抬水賺取微薄的收入，卻還忍著飢餓買下了一張價值兩圓的馬券。每期賣出約兩百萬枚的馬券中，只有一枚能中頭獎，他竟把所有的希望寄託在這上頭。以機率而言，就像是要從海岸邊倉庫裡的那些堆積如山的暹羅米[7]之中，挑出唯一正確的一顆。如此低的機率，竟沒有讓大鵬感到絕望。這一期運氣不好沒中，還有下一期；下一期又沒中，還有再下一期。他深信只要不斷買下去，總有一天好運會降臨在自己頭上。

「誰能斷言那個人不會是我！」

大鵬像發瘋了一樣不斷重複這句話。春木聽到這裡，再也按捺不住。原本想要嚎啕痛哭，一張嘴卻是不由自主地哈哈大笑。笑了幾聲之後，淚水自眼眶滾滾滑落。

7　暹羅為泰國的舊稱。

第三章 海上沙漠

一

吉貝木棉樹的黃色花朵宛如樹子般紛紛掉落的時期，維多利亞公園開出了一朵朵淡紫色的歐丁香花。

春天終於來了。香港雖不下雪，但整個冬天都吹著冰冷的西北風，拂上皮膚會帶來有如刀割般的疼痛。入春之後，風向開始改變，來自海上的東南風帶來了和煦的暖意。公園樹木同時冒出了翠綠色的嫩芽，草坪美得令人不敢直視。

賴春木坐在這座位於半山腰的公園的長椅上，遠眺著斜下方的汽船。九龍半島與香港島之間的海峽極深，形成天然的良港。這座港口不僅以景色優美著稱，更以船隻進出頻繁聞名。坐在公園的尤加利樹下，整座港口盡收眼底。春木已在這裡坐了三小時以上，但由於入春後白天變長了，此時太陽還高高掛在天上。這三個小時之間，春木看見三艘汽船出港，四艘汽船入港。此外還有不少往來於香港及澳門之間的小型船、戎克船進進出出，但春木沒有加以計算。像這樣放空心思地欣賞遠方景色，確實是打發時間的好方法。

教了春木這個方法的人，正是周大鵬。去年年底的寒冬時期，他聲稱出門與女人幽會，卻是偷偷坐在這座公園裡看著船隻進進出出，直到三更半夜才回家。有很長一段時間，大鵬將這個祕密藏在心底，直到有一次，春木趁閒聊時再三詰問，大鵬才終於說出了真相。原來剛開始的時候，那女人確實對大鵬相當友善，時常請大鵬吃飯，但那只是因為大鵬是添財的朋友，並沒有其它意思。大鵬沒有搞清楚狀況，還以為有機可趁，於是一天到晚跑去找她。久而久之，女人即使遇到大鵬登門拜訪，也會假裝不在家。但別克汽車還停在宅邸的門口，照理來說女人不可能不在家，大鵬心生疑竇，於是有一次躲在附近學校操場偷看。不久後，大鵬親眼看到女人從屋內走出來，開著車子出門去了。這件事讓大鵬的自尊心大受打擊，從那天起，他不再去找那女人。但是大鵬又沒有臉老實說出自己的失敗，只好每星期來這裡一天，從早到晚等著添財從日本回來。大鵬打算只要添財一回來，就立刻向他要一筆錢，搭船偷渡到日本。沒想到添財回來後聽了大鵬的請求，竟毫不留情面地斷然拒絕。大鵬畢竟期待太大，為此深受打擊，從那天之後就不曾再來過這座公園。

大鵬不來了之後，春木卻反而經常來此散心。每天為他人抬水而走八公里的路，卻只能換來勉強餓不死的生活，這樣的日子可說是毫無希望可言。如果是被關在牢裡，還可以夢想著服刑期滿重獲自由的那一天，但如今春木置身於這座藍天下的牢籠，刑期可說是無窮無盡。可想而知，春木的觀念也會逐漸改變。雖然不至於像老李那樣以當個猶太人為目標，但春木已心知肚明，若不努力追求出人頭地的機會，自己將永無獲得救贖的一天。「沒有人會照顧我們的生活，我們只能靠自己的力量活下去。我們所得到的自由，是滅亡的自由、餓死的自由、自殺的自由，以及各種不被當人看待的自由。錢才是一切，只有錢才能幫我們解決問題。」老李當初在狂怒下說出口的這段話，深深烙印在春木的腦海。對春木而言，這已不再是單純的觀念，而是逐漸化成了活生生、血淋淋的現實。

春木並不像大鵬那樣認為風水輪流轉，好運遲早會降臨到自己頭上。春木認為要獲得好運，唯有自己努力爭取。因此必須隨時睜大眼睛，看清楚機會藏在哪裡。不管是坐在前往香港的渡輪上，或是走在人潮之中，春木從不曾像大鵬那樣一對眼珠只盯著流行服飾及有錢之後想買的東西看。例如在行經告羅士打酒店前的騎樓商店街時，春木絕不在販賣冷氣機、電冰箱的店鋪前面停步，卻總是會在花店的前面佇足。從玻璃窗往內看，整個店裡擺滿了劍蘭、三色堇、香豌豆等花卉，但其中春木感興趣的只有擺飾在玻璃窗上方的一盆嘉德麗雅蘭。春木曾問過那盆嘉德麗雅蘭的價格，店員的回答是三百圓，春木聽了咋舌不已。原本以為這麼貴的花絕對不會有人買，沒想到就在這時，一個妙齡女子走進店內，也來詢問那盆花的價格。那女子年約二十歲，身上穿著時髦的服裝，身旁跟著一個年齡相仿的年輕男人。店員回答三百圓，妙齡女子竟說：「我買了。」旋即打開手提包。手提包裡塞了滿滿的百圓紙鈔，女人從中抽出三枚交給店員。店員問：「要不要幫您送到府上？」妙齡女子回答：「不必。」

接著轉頭對年輕人說：「你拿著。」那年輕人多半是她的情人或護花使者，他乖乖捧起了那盆嘉德麗雅蘭，跟在妙齡女子的身後，兩人一同走向停在街口的私家汽車。自從目睹了這一幕後，春木每次來到香港島，都一定會刻意通過花店的前方。經過觀察之後，春木發現嘉德麗雅蘭這類洋蘭似乎賣得非常好。人家說賣藥可獲利九倍，但比上洋蘭恐怕還是小巫見大巫吧。從前春木就讀農業學校的時候，曾經跟著日本教師學習栽種洋蘭。熱帶地區不像日本多霜雪，栽種洋蘭不須仰賴溫室，因此栽種起來相當簡單。只要能租一塊地經營洋蘭事業，肯定能賺大錢。可惜不管要做什麼生意，都需要一定程度的資本。春木左思右想，到頭來還是只能唉聲嘆氣。

走路是春木這陣子的唯一興趣。除了閒得發慌時會走路到公園之外，如果在公園裡坐得膩了，春木也會像條野狗一樣在街上到處亂逛。多虧了這個興趣，春木得到了一些意想不到的知識。例如百貨公司也能殺價，以及九龍城的魚貨價格比中央市場還便宜等等。但這些知識對如今的春木沒有任何幫助。做什麼事情都要有錢，沒錢的人不管再怎麼努力都是白費力氣。

這天春木一如往常放空了心思坐在公園長椅上。忽然間，五、六個男人一邊嘻笑一邊走過春木的身旁。春木聽見其中一人向其他人說話時使用的是日語，而且混雜了一些閩南語。

春木差一點大聲尖叫。他們是臺灣人！一定是臺灣人！春木一察覺這點，一股思鄉之情頓時湧上心頭，於是春木猛地起身走向那群人，問道：

「你們是臺灣來的？」

那群人吃驚地望向春木。其中一個特別高大、魁梧的壯漢率先開口說道：

「能在這裡遇見臺灣人，真是太好了。我們確實是從臺灣來的，在這裡語言不通，正不知怎麼辦才好。」

一群男人察覺春木也是臺灣人，全都湊了過來，將春木圍在中間。另一個身穿開領襯衫的男人向同伴說道：

「我們請他幫忙吧。」接著他轉頭向春木說道：「我們對這裡不熟，什麼事也做不了，能不能請你先跟我們回旅館一趟？」

「對呀，請你幫幫忙。」另一人也說道。

這幾個男人自稱是船員，如今住在西環濱海道路上的旅館裡。春木一問詳情，原來他們十天前才開著一艘「半走私」船從臺灣來到香港。所謂的「半走私」，是因為國民黨雖然嚴格禁止稻米出口，但某將軍卻能以賑濟大陸難民為藉口，讓載滿了稻米的船大刺刺地從基隆港出海。香港的米價是臺灣的兩倍以上，將軍的船一抵達香港，船艙裡的稻米立即讓他賺進大把鈔票。但將軍的計謀更加辣狠得多，他以船要進廠維修為由，讓船員們全都搬進現在所住的旅館裡。就在船員們開開心心地在香港觀光時，將軍將船賣給了他人，從此不見蹤影。

「兩、三天前，我們到船廠一看，船早就不見了。一問船廠的人，對方竟然說船已經開到菲律賓一帶了。那艘船是從前日軍搶灘用的登陸艇，不僅有無線電裝備，而且最高速度可達十六節，可說是最適合拿來走私的船。」

壯漢說道。另一人跟著補充：

「那混蛋打從一開始就計劃好在香港把船賣了，否則不可能那麼快找到買主。如果船是他自己的，那也罷了，但那艘船可是租來的。」

「現在抱怨這些也沒有用，總之我們得趕快搬到便宜一點的地方住，否則我們可能明天就會破產。」

他們如今所住的那間旅館，春木也曾經從前方路過好幾次，那是濱海道路上最便宜的旅館，但住一晚也要六圓。船員們實在花不起這筆錢，紛紛對著春木喊窮。春木答應幫他們想辦法，這天獨自回到了棚屋。到了隔天，春木把這六個人都接進了棚屋裡住。

當初第一個向春木說話的壯漢叫楊金龍，自稱出生於澎湖島。他長得虎背熊腰，外貌簡直像個野人。一行人如今身陷絕境，他卻似乎不太擔心，說起話來氣定神閒。

「香港美女真多，就這麼回臺灣實在有些可惜。」

「香港可是全天下最不適合住人的地方。口袋裡要是沒錢，就只能跳海自殺。」

春木跟金龍說話時，口氣竟有點像老李，連春木自己也有些吃驚。但金龍的反應與當初的春木截然不同。

「錢再賺就有，沒什麼大不了。我想先在香港待一陣子再說。不知道有沒有船公司需要人手？」

「在香港要找到船員的工作可不容易。」

「我有豐富的跑船經驗，而且相當擅長潛水。若是打掃船底之類的工作，我有自信不輸給任何人。」

「噢，原來你是個水遁高手。」

「別說得這麼難聽。在我出生的澎湖，每個孩子從小就習慣在海裡抓蝦撈貝，不是我愛自吹自擂，這可不是每個船員都做得到的。」

春木聽到這句話，心裡大喊一聲：「有了！」西餐食材之一的龍蝦在香港價格不菲，但本地的漁民不具潛水技術，只能從海面上垂釣。只要好好利用金龍的才能，肯定能大賺一筆。想到這裡，春木已覺得每天抬水是件非常愚蠢的事。

這一天，雖然海水依舊冰冷，春木決定帶著金龍前往一處名為石澳的海邊。石澳位於香港島的太平洋側，是一片布滿岩石的海岸，小山丘上建著一棟棟有紅色屋頂的西洋別墅。這一帶是香港有錢人的夏季游泳勝地，不僅波浪小，而且海面上散布著點點島影，景色相當秀麗。這麼冷的季節，當然不會有人在海裡游泳，但金龍聽到有龍蝦可捉，早已按捺不住。他立即脫光衣服，跳入了海中，在岩石之間游動。只見他的身影數次從海面上完全消失，半晌後他將頭探出海面，大喊一聲「喂」，並且高高舉起了手。

春木仔細一看，金龍的手中正抓著一隻龍蝦。

就在這一瞬間，春木感動得全身顫抖。一股激昂的情緒自體內竄上胸口，視線因淚水而變得模糊。太好了，太好了。啊啊，真是太好了。終於找到活路了。我終於能從飢餓中解脫了。神啊，祢就是最好的證人。

金龍爬上岸邊，抹去臉上的潮水，說道：

「這裡太淺了，我們到更深的地方去。」

金龍手上的龍蝦約只有五寸長，確實相當小，卻已充分證明這裡的海底能捉到龍蝦。

「你不冷嗎？」春木問道。

「冷有什麼大不了，快去租一艘小船，我們到外海去。」

「但我們什麼也沒準備，甚至沒有裝龍蝦的容器。」

「抓龍蝦靠的是我這雙手，還需要準備什麼！」

春木一聽確實有道理，趕緊跑到附近的船艇出租店租了一艘小船，兩人就這麼划向外海。

南方的大海沐浴在清爽的陽光下，有如睡著了般沉穩平靜。若將北方的深藍色大海比喻為沉思，眼前的海就像是做著美夢的瞳孔。閃耀著美麗光澤的午後海面，就像是光滑稚嫩的美女肌膚。這裡不存在悲傷、嘆息、怒罵與焦躁，有的只是光與風交織而成的曼妙歌聲。

金龍到了外海後，更是發揮了大海男兒的看家本領。春木見了他一絲不掛的肉體，全身上下肌肉盤根錯節，忍不住發出了讚嘆聲。

「你將船停在這裡等我。」

金龍說完後一個翻身便跳進海裡，濺起了水花。春木雙手握著船槳，惴惴不安地望著海面。一分鐘、兩分鐘、三分鐘……水面驟然晃動，浮出了金龍的黑色頭頂。

「這裡真是好地方。」

下一瞬間，春木不禁發出一聲歡呼。金龍的手上抓著一隻巨大龍蝦，比剛剛那隻更大得多。春木趕緊脫下衣服，把袖子及領口打結，接著把龍蝦塞了進去。龍蝦為了活命而拚命掙扎，春木看在眼裡，感覺自己的心臟也跟著劇烈彈跳。一股許久不曾體會過的喜悅湧上心頭，令春木久久不能自已。

「好冷！好冷！若不喝點酒，恐怕會凍僵！」金龍喊道。

「那我們改天再來吧。可別搞壞了身體。」

「不行，我再去抓一些，至少得賺到回家前喝一杯的錢。」

金龍說著又鑽進了海底。

這天金龍只抓了大約十隻龍蝦，兩人的心情卻像是成了百萬富翁一樣雀躍。回程的時候，兩人將龍蝦拿到香港仔的魚市場以低廉的價格賣掉，接著便走進了市場附近的酒館。

「喂，拿酒來！快拿酒來！」

此時兩人只要有酒喝就行，根本不在乎喝的是什麼酒。服務生送上酒瓶與杯子，金龍懶得倒在杯子裡，直接拿著酒瓶大口喝乾了。

「好酒，好酒。」

金龍發出心滿意足的低吟。

春木已許久沒有喝酒，兩杯下肚就已有些醉意。金龍的臉更是變得像關羽一樣紅潤。喝醉了之後，金龍的脾氣變得更加暴躁，對著服務生大喊：

「別這麼小家子氣，多拿一些酒來！」

春木看著桌上的大量酒瓶，突然開始擔心今天賺到的錢夠不夠付酒錢，原本的醉意也完全醒了。金龍已喝到興頭上，就算勸他不要再喝，他也一定不會答應。這種時候最好的做法，就是假裝自己醉倒了。

於是春木故意趴在桌上。金龍見狀大喊：

「喂，你太沒用了，怎麼才喝幾杯就倒了？」

金龍雖然看起來喝得醉醺醺，但思緒依然相當清晰。

「這裡離家還很遠，你別睡，快醒醒。」
「我不行了，動不了了。」
「別說這種傻話。來，快站起來。」
兩人身上的錢勉強夠付酒錢。春木在金龍的攙扶下走出店外，兩人沿著排滿了漁船的濱海道路走向巴士站牌。春木這時才逐漸有了醉意，腦袋裡有種飄飄然的快感。碩大而皎潔的月亮高掛在一根根船桅的上方，照亮了夜晚的海面。春木看著月亮，心頭想起了故鄉，不禁變得有些感傷。春木刻意想要壓抑這股惆悵感，但強烈的鄉愁有如狂潮一般排山倒海而來。即使再怎麼懷念，也不可能再回到故鄉了。春木如此告訴自己。不，或許打從一開始，我根本沒有故鄉。不止是我，天底下的世人都沒有故鄉！
「明天準備一些酒，看我大顯身手。」
金龍高聲說道。

二

從隔天開始，兩人正式靠捕捉龍蝦來賺錢。
短短的時間裡，春木已確認金龍是個相當優秀的潛水夫。每當金龍鑽出海面，手上必定抓著龍蝦。在海中待了將近一小時後，他爬上小船，拿起酒瓶直接對著嘴猛灌，只見他吞了一口又一口，完全沒有換氣。由於船上沒有女人，他全身赤裸地坐在春木面前，一點也不扭捏。

「好幾年前，我在基隆附近的岸邊當工人，那時天氣炎熱，所有的工人在工作時全都一絲不掛。有一天，監工的老婆竟然來到了那個全是男人的地方。到了隔天，奇妙的事情發生了。明明沒有人下令，工地裡大約兩百個工人竟然全都穿上了褲子工作。女人的威力實在不能小看，哈哈哈……」

「你那時也穿上了褲子？」

「是啊，我也穿了。我跟你說，像我們這種經常赤身裸體的人，穿上了衣服反而更加有魅力。」

「噢？真的嗎？」

「就好比女人與其全部脫光，不如穿著一件粉紅色襯褲，看起來更加性感。好，今天我多抓一點，我們一起去看女人的襯褲吧。」

金龍說完後又從船上跳入海中。

當太陽完全沒入海中時，金龍抓到的龍蝦已塞滿了魚籠的一半。他摸黑抓起魚籠，彷彿忘了一整天的疲勞，說道：

「嗯，這些至少有五十斤了，我們回去吧。」

沙灘上依然殘留著陽光的暖意，但一個人影也沒有，山丘上的別墅紛紛亮起了電燈。入夜之後，滿天的星辰不斷閃閃發亮，但兩人根本無心欣賞，一心只想立即趕到香港仔。春木的胸中瀰漫著溫暖的喜悅之情。以這樣的收穫量來看，雖然實際獲利得看當天市場價格波動，但應該能賣到將近一百圓。扣掉酒錢、租船的錢及餐費，也還剩下不少。假如每個月只休息幾天，整個夏天都來捉龍蝦，一定能存到不少錢。光想像那情況，春木便雀躍不已。

但春木還沒盤算好要怎麼運用這些錢，這場美夢就破滅了。因為兩人賣掉了龍蝦之後，金龍竟然將錢全部放進了自己的口袋裡。春木頓時驚愕不已，半晌說不出話來。照理來說，自己應該有權利得到獲利金額的一半。一來這點子是自己想出來的，二來金龍潛進海裡時，自己一直在船上幫忙做些雜事。但金龍卻完全不把錢分給春木，而且在口袋裡的錢花完之前，金龍絕不再出海捉龍蝦。他晚上會到色情旅館玩女人，白天若不是出門看電影，就是從早喝酒到晚。

金龍出不出海，關係到春木的生計問題，因此春木相當不滿。

「就算我們不每天出海，至少你也該勤快點，先存錢買一艘船再說。光是能省下租船的錢，獲利就會與現在完全不同。」春木提出建議。

「我又不是魚，哪能每天鑽進海裡。」

「這件事只有夏天才能做，如果不趁現在多賺一點，要怎麼熬過冬天？」

「船到橋頭自然直，你別瞎操心。煩惱這麼多，小心禿頭。」

金龍雖然塊頭大，卻是個不折不扣的莽漢。春木原本正是看準了這一點，才想要利用金龍，沒想到自己完全使喚不了金龍，而且跟金龍在一起時，反而會因其壯碩的身材而感受到無形壓力。在金龍的眼裡，顯然只把春木當成了臨時雇用的船夫。心情好的時候，他會給春木五圓或十圓。兩人一同在外喝酒吃飯時，他也會擺出一副頭家的架子，替春木付酒飯錢。但除此之外，春木無法得到任何好處。春木很清楚就算跟金龍打架也打不贏，心情不禁鬱悶萬分。正因為鬱悶的原因相當簡單，更讓這股鬱悶的心情沉重得無可救藥。

就在這一天，春木決定大膽做一件自己從不曾做過的事。兩人一如往常出海捉了龍蝦，回家前進酒館喝酒。金龍喝得微醺時起身上廁所，春木趁他離開時，從金龍放在椅子旁的外套口袋裡迅速抽出一張十圓紙鈔，塞進自己的懷裡。雖然春木認為自己只是取回一點原本就屬於自己的錢，但心臟噗通亂跳，根本無法保持冷靜。金龍從廁所回來後一看春木的臉，說道：

「怎麼了？你為什麼臉色蒼白？」

「我不太舒服，可能是喝多了。」

「這可真糟糕，我們到附近找一間旅館休息一下吧。」

「不，我要回家。」

「這時候回家，你也只能跟老李擠在床上，有什麼意思？」

「沒關係，我要回家。我突然很想回家。」

金龍聽春木如此堅持，也不再勸阻。

「你一個人能回去嗎？要不要我送你回去？」

「不用了。」

金龍似乎還沒喝夠，春木於是向他道別，獨自搭上了回程的渡輪。海風迎面拂來，亢奮的情緒稍微平緩了些。春木告訴自己，根本沒有必要畏畏縮縮。自己不是偷錢，只是把被偷的錢拿一些回來而已。但春木轉念又想，為什麼金龍能夠如此毫不在意明天有沒有錢過日子？難道是因為他認為，只要肯付出勞力，錢要賺多少就有多少？但不管他再怎麼身強體壯，總有不適合賺錢的季節，也總有生病的時候。為什麼金龍能夠完全不擔心這些狀況？總而言之，春木認為自己絕對沒有金龍那樣的膽子。一想到這裡，春木不禁覺得自己實在是個懦弱的男人，心中又湧出了另一股自我厭惡之情。

到了隔天早上，那個在花完口袋裡的錢之前絕不會回來的金龍，竟悻悻然地走進了棚屋。

「他媽的，我被昨晚那娼婦害慘了。」

春木正睡在床上，金龍突然來到床邊，一屁股坐了下來。

「她竟然趁我喝醉酒時偷了我的錢。今天早上我要離開時，發現口袋裡的錢少了十圓。」

春木聽到這裡，頓時一顆心七上八下。為了不讓金龍察覺異樣，春木故作鎮定地問道：

「你怎麼知道是被偷了？如果要偷，應該會全部拿走才對。你昨晚喝得爛醉，搞不好是掉在路上了。」

「我絕對不會笨到讓錢掉在地上。就算喝得再醉，我還是會記得口袋裡還有多少錢。她以為只抽走一張，沒有整疊拿走，我一定不會察覺。光看這手法，就知道一定是娼婦才會做的事。我實在氣不過，狠狠揍了她一拳。」

「噢？你揍了她，她就這麼善罷甘休？」

「你說對了，她不肯善罷干休。明明是她偷了我的錢，她竟然大聲嚷嚷，吵著要報警。我不想把事情鬧大，只好又給了她十圓。香港娼婦的厚臉皮真是讓我開了眼界。」金龍憤恨不平地說道。

春木不禁有些尷尬，不知此時該笑還是該哭。原來就連平常天不怕地不怕的金龍，也不敢驚動警察。否則的話，像他這種人絕對不會願意給錢了事。總而言之，唯一可以肯定的是，以後沒辦法從金龍身上偷拿錢了。

「既然你不知道，那我就告訴你。在香港這裡，不管你多麼站得住腳，先動手打人就是理虧。」

原本在一旁默默聽著的老李突然插嘴說道。金龍惡狠狠地瞪了老李一眼，說道：

「對就是對，錯就是錯，我教訓做錯事的人，有什麼不可以？」

「這不是對錯的問題，法律就是這麼規定。否則的話，每個壯漢都可以在街上橫著走路了。在這個文明社會，人跟人比的不是腕力，而是智慧。」

金龍哼笑一聲，說道：

「這麼說來，像你這麼聰明，一定很有成就吧？」

「有時間諷刺我，不如再好好想一想，上酒館喝酒時有沒有找錯錢，或是到旅館找一找，看看有沒有掉在地上。那女的突然挨你一拳，實在很可憐。」

「可憐的是我吧。他媽的，我是招誰惹誰了。」

「總而言之，暴力在這裡是行不通的。如果你想發洩，就揍桌子吧。」

「真沒意思。」金龍伸出拳頭，朝著另一手的掌心重重一搥，說道：「喂，春木！我們去看電影！明天要開始工作了，陪我去散散心。」

「我不想去，你找別人吧。」

春木斷然拒絕，金龍也不生氣，獨自大搖大擺地走了出去。老李看著金龍的背影，臉上露出若有深意的微笑，轉頭向春木說道：

「他是典型的苦力性格，你應該把握機會，從他身上多挖一點錢。」

「但你剛剛也聽見了，他其實很精明。心眼小力氣卻大，我根本拿他沒轍。」

「這種時候就要用用腦袋。既然沒辦法偷錢，那就偷龍蝦吧。」

春木吃驚地抬頭望向老李。自從春木開始跟金龍合夥捕捉龍蝦之後，春木一直很害怕老李藉故接近金龍，因此在老李面前絕口不提龍蝦的事。沒想到老李早已探聽得一清二楚。此時春木承受著老李的視線，再也無法遮掩，只好老實說道：

「不可能啦。那艘船太小，根本沒地方藏。何況就算有地方藏，我總不可能叫他先走，自己留下來取龍蝦。」

「你可以偷掛一個袋子或網子在海裡，把偷來的龍蝦放在那裡頭，不就得了？」

「要是這麼做，他浮上來時看見偷藏的龍蝦，我可就吃不了兜著走了。」

「他浮出海面的位置，總不可能是船的正下方吧？」

「嗯，那倒是不會。通常會離船數公尺遠。」

「爬上船的時候，都是從船尾吧？」

「嗯，是啊。」

「那簡單，你只要把網子掛在船頭的水面下就行了。回程的時候，你跟他一起離開，我偷偷去幫你取回龍蝦。賣龍蝦得到的錢，你我兩人對分，如何？」

春木依然猶豫不決，老李繼續慫恿道：

「只要我們手法乾淨俐落，就不會穿幫。富貴險中求，要賺錢就是得冒險。鑽進海裡的風險較大，但待在船上也不是毫無風險。像你這樣畏畏縮縮，怎麼賺得了錢？」

春木最後還是答應了。並不是輸給了老李的遊說之詞，而是輸給了自己的欲望。

老李想出的這個手法相當高明，金龍果然沒有察覺。每次他爬上小船，往往會一臉納悶地說道：

「感覺我今天已抓了不少，怎麼才這樣一點？」

每當聽見金龍這麼說，春木就會忐忑不安。實際上春木能偷藏的龍蝦量並不多，每次大約只有十斤左右，獲利還得與老李對半分，因此一整天下來極度消耗心神，獲利卻只是差強人意而已。剛開始的前幾天，春木在工作結束後總是累得連走路也有困難，好幾次都想洗手不幹，但老李總是在背後推上一把：

「這麼好的賺錢機會，放掉實在太可惜了。如果我會划船，我很願意跟你交換工作，可惜我不像你是海邊長大的孩子，而且金龍那傢伙很討厭我。總而言之，這工作比抬水、擺攤都好賺得多。趁現在多存一些錢，接下來就可以過一陣子清閒的日子了。」

後面幾句或許這才是老李的真心話吧。老李每次都會告訴春木今天賣了多少錢，並將其中的一半交給春木，但春木並不清楚龍蝦的精確重量，除了聽信老李的一面之詞外別無它法。春木一想到老李並沒有付出多少勞力卻能坐收漁翁之利，總是不禁氣得直跺腳，有時甚至會想要拋下這一切，讓老李跟自己都拿不到一毛錢。但如果這麼做，獲利就全進了金龍的口袋，這又讓春木感到難以忍受。明明想要錢，卻又覺得錢是世上最可恨之物。人生遭金錢擺弄是一件多麼愚蠢的事。而且就算咬緊牙關苦撐下去，也存不了多少錢，根本不足以作為洋蘭栽培事業的資本。這陣子春木或許是受了金龍的影響，也或許是神經極度緊繃的關係，開始變得揮霍無度，口袋裡一有錢就忍不住想要花掉。

最近金龍邀春木出門看電影或玩女人，春木不再拒絕。金龍花光了自己的錢，反而一天到晚追著春木跑。

「你最近變得比以前豪爽得多。」金龍如此感嘆。

春木露出狡獪的笑容，回答：

「這都是受了你的薰陶。」

「沒什麼不好。總比過死氣沉沉的日子好得多，哈哈哈……」

金龍張口開懷大笑。春木不禁心想，如果能在那張嘴裡扔一顆炸彈，把這個男人炸得粉身碎骨，人生不知將會有多麼快樂。就算不提自己，那些在海底活得死氣沉沉的龍蝦們肯定會開心地手舞足蹈。

三

整個夏天期間，石澳的海邊擠滿了擁有私人汽車的有錢人。路旁停滿了 MG、Sunbeam、Talbot 等速度感十足的汽車，女人皆穿著上下兩件式的尼龍材質泳裝。五顏六色的遮陽傘底下盡是裸露金色胸毛的西洋人，有的躺成了一長排，有的懶洋洋地眺望著遠方的船隻。沙灘潔白無瑕，大海則是淡青色。

不知不覺已進入九月，但熱帶的海邊依然有著盛夏般的氣溫。最近來海灘遊玩的學生人數有減少的趨勢，但是一到星期六，私人汽車的數量跟盛夏期間比起來似乎有增無減。

金龍潛入海底的時候，春木總是任由小船隨著波浪漂流，自外海處眺望著海灘上的遊客。此時的心情，或許就跟船員看著船客時的心情大同小異吧。只有拚命往海裡扔錢的人，才會覺得大海是個浪漫的地方。對船員、漁夫這種想要從海中撈錢的人來說，大海是天底下最枯燥無聊的地方。

某天傍晚，春木照樣一臉茫然地看著海灘，金龍爬上小船，突然走到春木面前。春木吃了一驚，才剛抬起頭，那砂鍋大的鐵拳已打在臉上，根本來不及閃躲。

「他媽的！」

小船劇烈搖晃，春木差點摔入海中。就在春木努力維持平衡之際，猛然看見金龍手上提著一袋龍蝦。

「我早就懷疑有鬼。你竟敢玩這種小把戲，信不信我會殺了你！」

「敢殺就殺吧！」

怒火在春木的胸膛爆發，令春木豁出了一切。但春木只能對著金龍咆嘯，並沒有力氣反擊。

「該死的小賊，你被開除了！」

「我不是賊，你才是！」

春木撫摸著腫成了紅紫色的眼眶，大聲怒吼：

「這工作是我們兩個一起幹的，你本來就該把錢分我一半，沒想到你竟然把錢獨吞了！這是你逼我這麼做的！」

「你在說什麼蠢話？如果你不服氣，可以鑽進海底，抓一隻龍蝦給我瞧瞧！這些龍蝦沒有一隻是你抓到的，你竟然還有臉說這種大話！」

「說大話的人是你！如果我沒告訴你這附近的海裡有龍蝦，你會知道嗎？你竟然忘恩負義，簡直不是人！」

「哼，你說我忘恩負義？如果我沒有感念你的恩情，我怎麼會雇用你這個笨手笨腳的船夫！」

金龍的口氣相當沉著冷靜。他接著說道：

「不過那也只到今天為止，我不再讓你划船了。讓開，我自己划！」

金龍搶下春木手中的槳，朝著陸地的方向猛划。小船一靠岸，金龍旋即拿起龍蝦，頭也不回地走了。

此時天色已暗，春木獨自癱坐在沙灘上，一動也不能動。海浪捲來時的沙沙聲不斷撼動著春木的胸口。浪花帶著白色泡沫淹上春木的雙腳，接著又退入海中。春木實在沒有力氣起身，就算會被浪花捲走，恐怕也只能任憑擺佈。

「喂，發生什麼事了？」

當春木回過神來，老李不知何時已來到面前。老李見了春木那有如死魚般的混濁雙眼，旋即明白了一切。

「看來你是搞砸了。這些日子以來，他一直沒有發現，怎麼今天突然變機靈了？」

春木沒有回答，只是坐在地上發著愣。

「反正等氣溫一轉涼，這工作也幹不了，你就當作是提早幾天結束吧。」

春木聽到這句話，胸中頓時燃起一把無名之火。

「別在那裡幸災樂禍。你若換作是我，難道還說得出這種話？」

「好了、好了，別動怒。那傢伙塊頭那麼大，你要是找他打架，有幾條命也不夠死。」

「你以為我怕他？」

「我當然不認為你怕他，但俗話說得好，吃虧就是占便宜。他雖然說不再跟你合作，但你別擔心，過個兩、三天，他就會回頭來找你了。」

「開什麼玩笑！我可不想再跟那種人混在一起。」

「你說這種話，實在是小孩子鬧脾氣。在大人的世界裡，就算有再多不滿，只要對方還有利用價值，就得忍氣吞聲。等到利用完了，要怎麼過河拆橋，那是你的自由。」

老李說得信誓旦旦，語氣中充滿了先知般的自信。

他的預言果然一語中的。三天後的清晨，春木聽見了金龍爬上階梯的沉重腳步聲。

「喂，老賴，上工了！」

春木假裝熟睡，金龍走到他的身邊，用力搖晃他的肩膀。春木無法繼續裝睡，只好說道：

「你不是說過，我被開除了嗎？」

「別賭氣了，那天我那樣對你，確實有點過分。從今天開始，你每次幫我駕船，我就給你二十圓，這樣總行了吧？」

金龍陪笑著說道，態度與以往截然不同。

春木相當清楚金龍心裡所打的算盤。如果雇用那些來歷不明的廣東人當船夫，金龍根本無法安心鑽進海裡捕龍蝦。相較之下，不如選擇體格瘦弱的春木，如果真的起了爭執，還能憑腕力輕易解決。

「好兄弟，全靠你了。」

春木一聽，登時全身有股說不出的彆扭，三天前的怒氣也消了大半。

「我知道了。」

春木背對著金龍，沉浸在一股微不足道的優越感之中。

夏天已接近尾聲，海灘上的遊客愈來愈少。不過偶爾還是有一些對氣候較遲鈍的西洋人，在傍晚開著車子來到海邊。他們並不下海游泳，只是躺在沙灘上做日光浴。

遊客變少了，春木及金龍出海的頻率卻增加了。能抓龍蝦的日子已不多，連金龍也變得有些心焦。不過那並不是因為兩人想趁現在多賺點錢，才好熬過冬天。若要加以比喻，那種心態就好像是年輕人明白青春年華即將逝去，急著想要在最後一刻留下轟轟烈烈的回憶。因此一天的收入再多，兩人也會花個精光。愈是努力賺錢，春木的心靈反而愈是空虛。雖然一次出海就能賺到二十圓，但即便獲利是這個數字的兩倍，也無法填補春木的空虛心靈。春木開始認為所謂的人生，就是為了剎那而活。而唯有金錢，才能將剎那與剎那勉強串連在一起。只要這條名為金錢的絲線沒有斷，人生就能夠繼續走下去。一旦斷了，人生也將宣告結束。

進入秋風漸起的季節後，春木更是將心中的剎那主義奉為圭臬。就算是當年躲在內格羅斯島山上的那段日子，心情也不像現在這麼無助而絕望。當時雖然承受著美軍艦砲及轟炸機的砲火猛攻，每天都有可能結束生命，但心中的恐懼是由所有在山中逃竄的人所共同擁有。相較之下，自己如今卻是孤單一人。就算是一起工作的金龍，肯定也無法理解自己這種自暴自棄的心情。而且現在金龍每次在爬上小船之前，一定會檢查船底。爬上了小船之後，還沒拿起酒瓶，一對眼珠子已轉來轉去，細看船內每個角落。春木不再受到信任，可說是理所當然的事。正因如此，春木更加感到無比孤獨。

這一天，金龍一跳上船便對著海面大喊：

「他媽的，想冷死我嗎？」

接著他大口灌酒，卻還是止不住身體的顫抖。這是個天色陰暗的寒冷日子，春木雖然坐在船上，還是得穿著薄毛衣及不斷喝酒才能禦寒。不過這天的成果相當好，魚簍裡的龍蝦已超過五十斤。

「好，我再下去拚一拚。」

金龍說著又跳入海中。

太陽已完全沒入海平面下，潮水聲變得愈來愈響亮。那永不間斷的潮水，就像是人心的蒼白欲望，就像是對不切實際的幻想的執著，就像是死了也割捨不下的人生遺憾。驀然間，春木看見了幻覺，彷彿自己孤獨地置身在沙漠之中。酒喝多了之後，龍蝦在魚簍裡掙扎的聲音不知為何竟愈來愈刺耳。那一陣又一陣的聲響，令春木更加深陷於幻覺之中。春木忍不住摀起耳朵，但龍蝦的垂死掙扎聲卻愈來愈激烈，一發不可收拾。

啊啊，遲鈍的龍蝦，你們是否已厭倦了海底的生活？是否在生存競賽中敗北而茫然若失？你們是不小心遭到了捕捉，還是自願踏上了死亡之途？啊啊，悲哀且愚蠢的龍蝦，如果你們是自願尋死，此時為何又要掙扎？難道你們不明白，你們的生命馬上就要走到盡頭？

龍蝦當然無法體會一個醉漢的心情，依然不斷發出吱嘎聲響。

「吵死了！」

春木如發了狂般用力搖晃魚籠。原本爬到一半的龍蝦翻了一圈，跌落在底下奄奄一息的同伴身上。

「你們將變成那些付得出十圓的有錢人的晚餐！你們將變得鮮紅，安安分分地躺在生菜上！就算再怎麼掙扎，也不可能逃得性命！」

這些話明明是由自己的口中說出，春木卻彷彿聽見有人正對著自己如此吶喊。

沒錯，掙扎的人是我。在這漆黑一片的沙漠裡，我獨自一人不斷掙扎。今晚我的頭頂上甚至沒有半點星光。我迷失了方向，喪失了人生的希望。我甚至找不到一個情人，傾聽我說出愛的遺言。在這個滾滾紅塵裡，我將永遠遭到埋葬，永遠遭到遺忘。

「是誰？到底是誰？是誰把我遺棄在這沙漠裡？」

春木動也不動地站在小船上。

就在這一瞬間，春木看見海岸上閃爍著奇妙的點點光芒。那充滿了寒意的光芒不斷閃爍，令春木心中悸動不已，彷彿看見了神的啟示。基於一股動物的本能，春木抓起了船槳。一對船槳以驚人的氣勢上下翻飛，發出了機械沒有上油的哀號聲。原本震耳欲聾的海潮聲，此時竟完全消失了。

「喂——！喂——！」

海面上不知哪個方向傳來了呼喊聲。春木懷疑有人正在呼喊自己，但春木甚至沒有轉頭看一眼。

「再見了，沙漠之王！」

春木對著黑夜的另一頭大吼。

四

春木完全不記得自己走過了哪些地方。

口袋裡多了大約一百圓。春木走在閃耀著霓虹燈的皇后大道，時而回頭查看，時而突然閃身奔進暗巷，彷彿想要甩掉他人的跟蹤。那是一條以販賣工業原料及藥品為主的暗巷，此時每一扇門都已緊緊關上，鐵窗裡透出了明亮的燈光。春木快步走過冰冷的石板路面，來到了濱海道路上。

春木的心裡正想著大約一星期前在色情旅館裡遇上的那個娼婦。那間色情旅館就位在面對海岸的濱海道路上，有個古怪的名稱叫「陸海空通」，多半是取自「香港是四通八達的國際港，不論陸海空皆有路可通」之意。建築物相當老舊，還塗上了鮮豔的綠色，給人一種廉價感。不過若要說起廉價感，服務生叫來的娼婦也不遑多讓。那娼婦叫莉莉，看起來跟春木的年紀相仿，卻自稱只有二十三歲。不過年紀對春木而言一點也不重要，而且這女人雖然年紀不小，但在春木面前卻顯得有些靦腆。她有一張上海女人常見的圓餅臉，皮膚像雪一樣白皙。扭扭捏捏地站在床邊好一會，女人才終於像是鼓起了勇氣，朝著春木伸出了手掌。那意思是要春木先給一半的錢，春木卻突然起了惡作劇的念頭，伸手握住她的手掌，輕輕搖了兩下。女人先是一愣，但見春木哈哈大笑，也跟著笑了起來。

「我是靠這個討生活。」

「我知道。」春木說。

「既然知道，就別捉弄我了。你總不會是今晚第一次偷腥吧？」

「妳說對了，就是第一次。妳摸摸看，我心臟跳得多快。」

春木將女人的手掌放在自己的胸口。悸動確實相當激烈。

「好吧，那也沒辦法。」

莉莉似乎看開了，主動爬上床躺著。若說春木心中對這個上海女人有一絲好感，那肯定是因為女人任憑擺布的模樣令人望之生憐。若說沒有好感，又怎麼會一邊走在路上，一邊想著那女人？到目前為止，春木從不曾跟同一個娼婦二度同床共枕。

春木推開了旅館的玻璃門，直接走過櫃檯前，奔上了二樓。走廊上剛好有個熟識的服務生，春木向他說道：

「喂，幫我叫莉莉。」

獨自走進房間內，關上了門，春木才感到心情平復不少。不到五分鐘，走廊上便傳來高跟鞋聲。

「我就知道你會再來找我。」

時間這麼晚了，莉莉還沒有人買，多半是不受歡迎吧。春木見了莉莉那副笑容可掬的模樣，心裡反而有些不舒服。

「你怎麼了？」莉莉問。

「沒什麼。」

「今晚的你有點古怪。」

「沒那回事。我肚子餓了，幫我叫碗餛飩麵。如果妳也想吃，就叫兩碗。」

不一會，服務生送來了麵。春木吃得狼吞虎嚥，莉莉只是在一旁靜靜看著，好一會後才說道：

「你上次說，你在臺灣有妻子跟小孩，但我後來想了想，你實在不像是個有家室的人。」

「沒那回事。」

「同樣是玩女人，有家室的人看起來就是沉穩自在，但你給我的感覺卻是搖擺不定，就好像在海上漂流一樣。」

「我難得來找妳玩，別說這種討人厭的話。如果妳要繼續說下去，我就要走了。」

「看吧，就是這個。我說的就是你這種反應。」

「嘖。」春木忍不住咂了個嘴。自己即使在女人面前脫光了衣服，內心深處還是有個從沒有人見過的另一個自己。但莉莉的這番話，彷彿把那另一個自己的衣服也剝光了。明明看起來是個傻里傻氣的女人，卻是半點也輕忽不得。

但莉莉的這一席話，也讓春木有種莫名的安心感。今天晚上，就把頭埋在這女人的烏黑秀髮裡，聞著那彷彿隨時會被風吹散的「巴黎之夜」香水，悠悠哉哉地享受人生吧。

那明天呢？明天不過又是個隨波逐流的一天。

「我還有個老母親住在上海。你呢？父母都還健在嗎？」

「都死了。」

春木隨口撒了個謊。事實上春木的父親還活著，就住在靠近嘉義的鄉下。不論世道如何變化，那個頑固老頭絕對不會改變他的生活方式。

「光是這點，你就比我逍遙自在。我為了這個老母親，可是吃了不少苦。她一定作夢也沒想到我過的是這種生活吧。」

這天晚上莉莉異常多話，一面說著「現在講這些也沒用」，一面卻又絮絮叨叨地述說起自己的坎坷人生。

莉莉的父親長年任職於上海的交通局，向來秉持親日的立場，在戰爭期間曾協助日軍。戰爭結束後，父親遭指控為漢奸，但憲兵還沒有找上門來，懦弱的父親已經吞氰化鉀自殺了。母親帶著莉莉變賣了家產，投靠姊姊家，但共產黨掌權之後，姊姊家也因被視為資本家而遭到清算，最後落得家破人亡的下場。

「妳沒有結婚？」春木問。

「根本沒辦法結婚。在我父親還風光的時候，有些人追求過我，但我父親落魄之後，這些人都消失了。我為了活下去，也曾經讓人包養，但那個人後來遭指控為封建地主，不僅土地遭沒收，那個人自己也上吊自殺了。千怪萬怪，只能怪我命不好。」

「嗯。」

春木聽了並沒有什麼特別的感受。畢竟類似的故事，春木已聽過無數次。每個難民的故事都大同小異，過去必定有一段風光得意的時代。這些人沒有未來，沒有現在，只有過去。但就連這些過去，也沒有人能分辨真假。

「不過幸好我父親只是個沒沒無聞的小官，如果是像周佛海、陳公博[8]那樣的大人物，早就被判死刑了。汪精衛先生提早死了，可說是死得正是時候。他的兒子如今也在香港呢。」

「噢？」

「你不知道嗎？他就住在鑽石山上的棚屋街。」

「什麼？是真的嗎？」

春木反射性地坐起了身子。自己所住的那個貧民窟裡，原來有著汪精衛的兒子？這麼說來，天底下遭遇不幸的人並非只有自己一個！

「鑽石山那一帶，你很熟嗎？華清池的附近有座古老的寺院，從那旁邊再往裡頭走就是了。聽說那附近住了好幾個曾當過汪先生幕僚的人物，他們租了農田來種菜及栽花，生活相當困苦。」

「別說這些了，打壞了好心情。」

8　周佛海、陳公博：兩人都是中國近代政治人物，並於二戰期間在汪精衛政權底下出任要職。戰爭結束後都被指為漢奸，判處死刑。最終陳公博於一九四六年遭到槍決，周佛海則在改為無期徒刑後，因心臟病發死於獄中。

「是啊。不過聽到不幸的人不只我一個，我就好安心。」

「妳這傻丫頭。」

「是啊，我好傻。我也覺得自己好傻。」

莉莉不知不覺已將臉深深埋進了春木的懷裡。

五

隔天春木睡眼惺忪地走出色情旅館的門口，埋伏在一旁的密探（刑警）突然衝了出來，抓住春木的雙手。

春木一點也不慌張。刑警為他戴上手銬時，旅館周圍已聚集了不少看熱鬧的群眾。春木抬頭細看每個路人的臉，莉莉並沒有在那裡頭。春木的臉上浮現了沒有人能夠明白的微笑。這笑容的理由，只因為春木回想起了昨晚將身上的錢一毛不留地全部交給莉莉時，她那一臉錯愕的表情。

「讓開！讓開！」

密探推開人群，叫了一輛計程車，讓春木先上車，自己也跟著坐了進去。

這並非春木第一次被逮捕。跟上次因違法擺攤被逮捕時比起來，這次春木沉著冷靜得多。或者應該說，這原本就是春木的最終目的。

警方似乎認為春木是個窮凶極惡的犯人，竟把他關進了單人房。這對春木來說，實在是求之不得。房間角落有張鐵床，地板的縫隙有著白色粉末，似乎是撒了ＤＤＴ[9]。單人房雖然狹小，但一來乾淨整潔，二來不用與任何人對話，心情也輕鬆自在。

到了下午，鐵桿門突然被打開了。春木滿心以為要接受偵訊，沒想到走出去一瞧，竟是老李前來探監。

「你到底在想什麼？」

老李似乎相當驚訝。但春木見了老李，卻是一點也不開心。

「什麼也沒想。」春木說道。

「聽說你把金龍丟在海裡，一個人上了岸？」

「是啊，那又怎麼樣？」

「別開玩笑了，難道你以為做這種事不會被追究責任？聽說金龍那傢伙光著身子游回岸邊，在沙灘上像沒頭蒼蠅一樣亂走的時候，遭到警察逮捕。他向警察借了衣服，回到棚屋把

9 DDT（Dichloro-Diphenyl-Trichloroethane）：二十世紀初全世界最廣泛使用的合成農藥和殺蟲劑，後因嚴重破壞生態而被禁絕使用。

事情原原本本地告訴了大家，我聽得嚇傻了。我實在想不透，你到底為什麼要做這種事？」

「沒什麼理由，就只是想這麼做。」

「真是荒唐！」老李突然壓低了聲音說道：「就算你要下手，也得想個萬全的法子。以當時你們在外海的距離，憑金龍的本事一定能夠游回岸邊。我一直以為你是個聰明人，怎麼會做出這種傻事？」

「我沒想那麼多。」

「喂，你該不會是腦袋糊塗了吧？」

「呵呵……我的腦袋清楚得很。」

春木的腦中浮現了全身赤裸的金龍遭警察逮捕時的景象。平日天不怕地不怕的金龍，見了警察卻畏畏縮縮的畫面彷彿歷歷在目。

「我看你是瘋了。你明知道這麼做會把自己害慘，為什麼還要找自己麻煩？」

「或許你說得有道理。」

春木的回應有如冰霜一般寒冷。老李聽得張口結舌，好一會不知該說些什麼。

老李離去後，春木又被關進了原本的單人房。過去春木從不曾察覺原來獨處是件這麼快樂的事。如果能夠在這監牢裡度過一生，不知該有多好。反正人生一點樂趣也沒有，不如一直在這牢裡待著。自己多半會因殺人未遂的罪名而遭起訴，就算沒辦法在牢裡待一輩子，好歹住個幾年應該沒問題。總而言之，春木已厭膩了自食其力或仰賴他人維生的日子，如果能夠暫時住在牢裡讓政府養，未嘗不是一件好事。

入夜之後，春木突然憶起了不知已有多久沒有想起的母親。由於母親在春木年紀相當小的時候就去世了，春木記憶中的母親是個三十多歲的年輕女人。就算經過十年、二十年，活在自己心中的人永遠不會變老，那種感覺實在相當奇妙。

「媽媽……」

春木試著呼喚母親。腦海裡的母親輕輕抬頭，凝視著春木。臉上雖然掛著微笑，但那笑容是如此淒涼。春木不禁心想，母親果然已經死了。

母親的身影驟然消失，取而代之的是莉莉的身影。那張臉實在不像是個吃過苦的人。莉莉是否還活著？是否正吃著凡人都會吃的食物？腦海裡的莉莉聽到春木這麼問，發出了爽朗的笑聲。尤其是她的眼角，帶給人一種暖意。啊啊，莉莉果然還想繼續活下去。春木如此想著。如果可以的話，好想提醒她活下去是件多麼艱難的事。但莉莉一定不會同意吧。當初把身上所有的錢都給了她，果然是正確的決定。反正自己不再需要錢了……

但是隔天到了接近中午的時候，春木又聽見了鑰匙叮噹響的聲音。拘留室的管理員再度打開了春木的房門。

「喂，快出來吧。你被釋放了。」

「咦？」春木不禁發出驚呼。心中的驚愕遠超過被判處死刑。

「別慢吞吞的，快出來。你這小子真幸運。」

春木不禁一頭霧水，在管理員的催促下走出警署後門。一來到門外，便看見老李站在眼前。春木頓時勃然大怒，罵道：

「誰要你多管閒事！」

「混蛋！」

老李以平日少見的氣勢大喝一聲。春木受到震懾，嚇得合不攏嘴。

「這麼想蹲苦窯，那你就別出來了，轉頭再走進去吧！」

春木雖然生氣，卻也不打算轉身走回監牢。何況這時就算自己想被關，警察也不會同意。

警署位於半山腰上。一走出後門，眼前便是陡峻的坡道。從坡道上一直到海岸邊，可看見一層層櫛比鱗次的建築物。這些高樓層建築皆已年代久遠，家家戶戶的門口都掛著晾乾的衣物，秋高氣爽的陽光自其縫隙間透出。由於地處郊區，附近店家大多骯髒汙穢，賣花的攤販主人是個廣東婦人，正在路旁製作著喪禮用的巨大花圈。

老李率先邁步而行，春木乖乖跟在後頭，簡直就像是跟隨著牧羊人的綿羊。

「不管你再怎麼憤世嫉俗，也不能把希望放在監牢裡。如果你真的活膩了，看看那棟香港上海銀行，你可以大搖大擺地登上十三樓，從上頭往下跳。只要你這麼做，你就能得到解脫。香港高樓大廈特別多，並不只是因為地狹人稠，更是為了你們這些厭世的人著想，可說是建築師的貼心設計。」

「……」

「如果你不想跳樓自殺，這表示你並非真的厭膩了人世。你為了諷刺這個世間而故意往牢裡鑽，只會引來世人的恥笑。沒錯，這世間的風就是這麼冷，但只有這股冷風能讓你的腦袋恢復冷靜，能讓你重新想起人生在世的意義。監牢或許很適合當作暫時的避風港，但如果有一天你突然想好好活下去，你會發現你做不到了。自由是一種相當麻煩的東西，就好像女人一樣。一天到晚出現在眼前，實在讓人心煩，但要讓它完全從生命中消失，卻又行不通。自由所帶來的孤獨，就是這麼令人難以忍受。」

「……」

「你不管做了什麼，都不關我的事。對同伴過河拆橋、強奪財物，甚至是把金龍那傢伙扔在海裡不管，我都不會怪你。反正這世間本來就不公平。只要有人得利，必定有人損失。什麼榮辱與共，什麼被打了右臉就抬起左臉，那些都只是政客跟和尚混飯吃的口號。但你別忘了一點，這是個文明的時代。所謂的文明，就是必須用間接的巧取豪奪來代替原始的暴力手段。不管是政治也好，買賣也好，學問也好，都不過就是這麼回事。只要掌握著行動的自由，當對自己有利的機會到來時，就可以伸手抓住。然而如果你進了監牢，你就會失去這個自由，你讓我擔心的事情，就只有這一點而已。」

「你是怎麼說服金龍不追究這件事的？」春木問道。

比起剛剛那些毫無幫助的廢話，春木心裡只在意這個問題的答案。

「這一點也不難，金龍那傢伙打從一開始就不認為你想殺了他。他心裡唯一的掛念，是捨不得那一籠被你拿走的龍蝦。當初他如果不是因赤身裸體而被警察逮捕，我想他根本不會報警，因為他這個人非常討厭與警察打交道。我跟他說，那些龍蝦的錢由我來賠，他馬上就答應跟你和解了。真是個思想單純的男人，哈哈哈……」

接著老李突然又想起另一件事，說道：

「對了，好像是昨天吧，他收到了一張臺灣寄來的入境許可證。聽說他老婆三番兩次催促他趕快回臺灣。既然他還有故鄉可回，就讓他回去吧。」

就在這時，海面上颳來了一陣冰冷的海風。兩人正要走向渡輪停靠站，偶然間轉頭望向大海，忽看見一艘兩萬噸級的巨大英國船正在緩緩掉頭。突出於大海正中央的九龍碼頭上站滿了送行的人。直到兩人所搭乘的渡輪橫越大海抵達對岸之際，那艘巨大的船還只移動了一點點。

螢之光，窗之雪
日月讀書不倦

船上的樂隊正演奏著音樂。老李和著那旋律，以沙啞的聲音唱起了歌。那是一首老歌，歌名為〈螢之光〉[10]，老李多半是在小時候就讀公學校時學會的吧。春木直到當年去了菲律賓，聽見那裡的孩子們也唱著不同歌詞的〈螢之光〉，才知道這首歌原本是外國歌謠。在得知這個事實的瞬間，春木不禁悲從中來。日本人只會模仿西洋人，而自己這輩子卻只會模仿日本人，這是多麼悲哀的一件事，春木忍不住流下了眼淚。但如今春木已不會再哭泣，因為就算哭泣，失去的美夢也永遠不會回來。

10　〈螢之光〉（蛍の光）：改編自蘇格蘭民謠〈友誼萬歲〉（Auld Lang Syne），戰後臺灣則譜上中文歌詞，成為〈驪歌〉。

第四章　搖錢樹

一

就在農曆新年剛過不久的時候，春木才得知一件驚人的事實，那就是老李原來也會迷信於討吉利的行為。

在那之前，大約有三個月的時間，春木完全沒有工作，吃用全仰賴老李。或許是因為手邊還剩下一些從前偷賣龍蝦的錢，老李竟然從不曾為此表達不滿，春木也實在提不起勁再幹抬水的工作。

「屈身守分，以待天時。」

老李淡淡地告訴春木。所謂的天時到底什麼時候會來，春木實在摸不著頭緒。但既然老李這麼說，多半是不會有錯吧。老李就像個先知，過去的預言從不曾出錯，因此最聰明的做法就是當老李的跟班小弟，全聽他的差遣。

耶誕節過去了，新曆新年也過去了。進入農曆的歲末之後，香港濱海道路的高士打道及九龍半島的旺角皆出現了花市。桃花、大麗菊、劍蘭、水仙、菊花等季節花卉在花市裡都找得到，但其中最受歡迎的花卉就屬桃花。桃花是香港人過年所不可欠缺之物，就算是平常從不買花的人，也會在家裡擺一個大花瓶，插入幾枝桃花來迎接賓客。而且從桃花的盛開情況，便可看出新的一年的運勢。

老李已有許多年不曾過個像樣的新年，這年年底卻突然說出「這次過年一定要買桃花」這種驚人之語。自從大陸發生內戰之後，大批難民不斷湧入香港，社會局勢瞬息萬變。但過去這一年對本地商人而言，無疑是財源廣進的一年。一枝桃花的價格飆漲到了五十、一百圓，依然供不應求。春木原本以為老李絕不會做這種浪費錢的事，沒想到老李竟然說道：

「我是真的會買。不過得等到過完年，花商開始煩惱沒賣光的桃花該丟在哪裡的時候再說。」

春木一聽，心想這招確實高明。

一到除夕夜的十二點，即使是鑽石山的貧民窟也到處響起爆竹聲。老李彷彿是從那爆竹聲中得到了啟發一般，將早早鑽進被窩裡的春木硬生生叫醒，說道：

「我剛剛想到了一個好點子。雖然不知道能不能行得通，但我有股預感，今年一定會成功。」

「什麼點子？」

春木好奇地鑽出了棉被。

「你先換衣服吧，我們邊走邊說。」

坡度平緩的鑽石山小徑上到處是紅色的爆竹碎屑。老李走在碎屑上，朝春木說道：

「說穿了其實沒什麼，我實在不明白為何過去一直沒想到。」

老李一邊說，一邊自顧自地頻頻點頭。

「到頭來，唯一的解釋是再怎麼聰明的人，也得受命運擺布。不管是開創事業也好，追求夢想也罷，要獲得成功，就必須等待時機。就像花朵一樣，季節不對，就不開花。所以人生最大的問題，就是能不能熬到花開。」

「別打禪語了，快說正題。」春木不耐煩地罵道。

「哈哈，別心急。我問你，你是不是有個朋友在臺北開茶行？」

「是啊。」

「今晚回到家，你能不能寫信給那個朋友，向他討一些茶的樣品？」

「樣品？要茶的樣品做什麼？」

「這你別管，照我說的去做就對了。」

「你要開茶行？」

「沒錯。怎麼，我看你的表情，你好像不相信？」

「聽說賣茶不是件簡單的事，連內行人也是賣得戰戰兢兢。像你這種大外行，手頭又沒有本錢，要怎麼賣茶？」

「有足夠的資本跟知識，傻子也會做生意。真正高明的商人，要懂得借力使力。」

「你該不會又在動什麼歪腦筋了吧？」

「你等著瞧吧，不久之後全香港的人都會對我們刮目相看。」

老李說得信心十足，臉上掛著若有深意的微笑。

兩人自巴士的終點站跳上紅色雙層巴士，在旺角的花市前下了車。這時已過凌晨一點，但每家店的門口依然擠滿了人。這個是命令司機捧了一盆大麗菊的貴婦，那個是小心翼翼地提著千葉水仙的長衫老人。至於賣花的商人們，則是一邊招呼客人，一面擔心著不知還能賣幾個小時。

「來來來，快來看這株美麗的桃花。一星期前，有位紳士開著車子來到我這裡，出三百圓要跟我買，我捨不得賣。現在這株桃花只賣五十圓。快來搶啊，五十圓。」

每個人的動作都宛如機械一般。人潮就好像一條輸送帶，每個人都是上頭的半成品，不斷被往前推送。

「你看著吧，那株桃花等等只賣五圓。我們來得太早了，找個地方坐下來喝碗粥吧。這粥就當作是花店老闆請我們喝的。」

但往賣粥的店裡一瞧，裡頭也是人滿為患。

「看來每個人打的算盤都大同小異。」

兩人在門口站了一會，店內才有了座位。兩人於是坐了下來，各喝了一碗及第粥。所謂的及第粥，說穿了就是加入了一些動物內臟的粥，取了個這麼古怪的名稱，有人說那是因為粥在廣東料理中屬於高級料理，一般窮人吃不起（窮人只能吃飯）。但有另一種說法，是唯有在生存競爭中獲得勝利（及第）的人，才配喝這一碗粥。將冒著騰騰熱氣的粥舉到嘴邊，一面吹氣一面送入口中，頓時會感覺一股熱流通過食道進入胃裡，全身也跟著開始發熱。喝粥雖不是什麼奢侈的行為，卻能給人一種當上了有錢人的錯覺。

走出了粥店之後，兩人繼續像半成品一樣被人潮往前推送。

花市裡的店並非全賣花，有的賣金魚，有的賣發條玩具青蛙。那動作緩慢的發條青蛙不僅孩童喜歡，就連大人也常看得入神。

過了兩點……過了三點……人潮的密度開始降低，有些店已準備打烊。

「差不多可以去講價錢了。若是再等一下，多半可以免費要到桃花，但大過年的平白拿人東西畢竟不太吉利。」

老李早已挑好了一家物美價廉的花店，兩人於是走進了店內。

「這株多少錢？」

老李指著店內最氣派的一株桃花問道。

「五十圓。」

「你在開玩笑嗎？現在都幾點了，元旦要雇用苦力把花拿去丟，可是不便宜。」

「客人，不然你自己出個價吧。」

「好，兩圓。」

「你在開玩笑嗎？要賣你兩圓，乾脆送你算了。」

「我不想平白拿你東西，所以付你兩圓。」

「這株桃花賣兩圓，我實在是血本無歸。客人，再加一點吧。」

「好吧，我再加五十仙，不能再多了。」

那商人明白老李不可能再加錢，無奈地答應了。整個花市的人潮幾乎都散光了，電燈也關掉了大部分。春木扛起了那株桃花，說道：

「帶著這麼大一株桃花，恐怕沒辦法坐巴士。」

「那就走路回去吧。」

「扛著這玩意走回去？你真會折騰人。」

「我雖然看中了這株桃花，但我也沒想到兩圓五十仙就能買到。我相信它一定能開出美麗的花朵。」

「你的意思是今年我們能賺大錢？」

「你等著看好戲吧。」

老李顯得樂不可支。

一到早上，老李的桃花在棚屋裡引起了不小的騷動。由於沒有花瓶，桃花只能插在空罐裡。解開了綁住桃枝的竹繩後，茂盛的枝幹幾乎占滿了整個狹窄的房間。為了給予充足的水分，老李找來一些海綿，沾了水後夾在枝幹之間，而且每天都將海綿取下沾水數次，避免海綿乾掉。他小心翼翼地呵護這株桃花，彷彿開花的狀況真的能決定今年的運勢。

這天早上，春木經過棚屋後門的時候，剛好遇上了抬水回來的大鵬。

「聽說老李花二十五圓買了那株桃花？」

「嗯。」

春木心想，一定是老李自己到處吹噓的吧。事實上那株桃花的價值確實超過二十五圓，而這金額已足以讓棚屋裡的窮人們驚嘆不已。

「他哪來的錢？能花二十五圓買花，一定賺了不少吧？」

「這我就不清楚了。」

「你跟他朝夕相處，怎麼可能不清楚？若是有什麼好門路，可別瞞著不說。」

「我是真的不知道。等我知道了，我會告訴你。」

「他要是發達了，一定會拉你一把。到那時候，可別忘了我的好處。」

「現在想這個還太早了。」

事實上春木確實不清楚老李心裡在打什麼如意算盤。春木照著老李的吩咐寫了信給住在臺北的朋友，對方以航空包裹寄來了茶的樣品。老李將那包樣品換了個包裝，寄往位於非洲卡薩布蘭加的某貿易公司。寄件人的名稱欄寫著「香港聯邦公司」，這名稱春木連聽都沒聽過。

最近這一陣子老李每天都會搭船前往香港島。某一天，他回來時手上拿著一包印刷物。拆開包裝紙一看，原來是剛印好的信封及信紙，上頭依然有著濃濃的墨水味。信封上所印的地址其實是老李朋友的住家地址，就連電話號碼及電報略碼也都是向那個朋友借來的。

「如何，看起來很體面吧。對方是非洲的公司，不會知道我們的公司有多大，只能從信封跟信紙來推測我們的規模。所以我忍痛花了一大筆錢，買了最高級的紙，任何人一看這紙質，都會以為我們這是一流企業。」

「光看這信封信紙，確實挺像一回事，但互相完全不認識，對方有可能跟我們下訂單嗎？就算要往來，也會先向銀行申請信用調查，不是嗎？」

「這點不用擔心，銀行的信用調查原則上不會寫出對客人不利的評語。總而言之，對方會不會跟我們下訂單，兩個星期內就會知道答案。」

春木實在不明白老李那股自信到底從何而來。

進入二月之後，氣候逐漸回暖，桃花的花苞一一綻放。就連老李那張營養不良的枯黃臉孔，也彷彿重獲朝氣。

接著又過了不到十天，老李握著一張電報，興奮地奔進房裡。

「如何，我說得沒錯吧。」

老李遞出那張電報，上頭寫明了對方要購買五百箱烏龍茶。春木看得目瞪口呆，但轉念一想，問道：

「但我們要怎麼向臺灣買這麼多茶葉？現在的我可沒有那麼大的信用，讓臺灣的朋友先把茶葉寄來。」

「這是小問題，只要卡薩布蘭加那邊先開給我們信用狀，我們就可以拿那張信用狀當抵押，開一張給臺灣的信用狀。」

三天後，卡薩布蘭加的貿易公司透過法國銀行發給了老李一張一萬五千圓港幣的信用狀。

春木一看這張信用狀，著實吃了一驚。因為老李從臺灣買進烏龍茶的單箱價格為三十六圓，五百箱就是一萬八千圓。但是卡薩布蘭加那邊給的信用狀只有一萬五千圓，這意味著這場交易會讓老李虧損三千圓。沒有實際做過貿易的門外漢，可能會認為身無分文的老李不可能做成這筆生意，但是事實上在戰爭剛結束後不久的臺灣跟香港之間，由於公定匯率與黑市匯率相差數倍，因此在實際進行交易的時候，不可能使用足額的信用狀。以老李這場交易來說，臺灣方面要求的信用狀為一箱二十四圓，五百箱便是一萬兩千圓。至於差額的六千圓尾款，則是雙方約好在到貨之後，由老李直接支付港幣給臺灣方面所指定的人。老李這場生意能順利做成，靠的正是這個漏洞。但老李身上的資金絕對不可能填補這缺少的三千圓，到頭來這筆虧損勢必得由臺灣方面吸收。

「你這麼做，我的面子都被你丟光了，拜託你別亂來。」

「臺灣的那筆尾款，你認為我會欠了不還？」

「你根本還不出來。」

「你真是太狗眼看人低了。」老李不屑地說道：「區區五、六千圓，還不足以讓我李明徵出賣人格。我現在雖然落魄，但我的野心大得很。或許你認為我做生意的方式很亂來，但在我眼裡，你只是把學校教的算數當成了金科玉律。如果一加一只等於二，二加二只等於四，這世上的商人早就死光了。在商人的世界裡，算錢的方式完全不同。總而言之，臺灣那邊的尾款我一定會付清，你不用擔心。」

春木聽老李說得斬釘截鐵，也不好再抱怨。老李以每月一百圓為租金，在朋友的辦公室裡租了一張桌子，並在門口掛起「聯邦公司」的招牌。

「我現在任命你為副經理，你必須每天到公司上班。剛開始的時候，我沒辦法付你多少薪水，但是等我們開始賺錢之後，我絕對不會虧待你。」

春木本來就是跟在老李身邊吃閒飯的人，當然只能依著老李的吩咐，每天坐在辦公室裡。不久之後，臺灣送出的茶葉抵達了香港。老李將這批茶葉移到了開往卡薩布蘭加的英國船上，接著整理好船公司發下的載貨證明書及保險證書等各種文件，提交給銀行，銀行馬上就支付了兩張信用狀的差額三千圓。

「走吧，我們去喝茶。好久沒喝了。」

香港茶樓所賣的茶可說是五花八門，有飄著茉莉花香的香片茶、廣東省六安市產的六安茶，以及水仙茶、龍井茶等等。但香港是商業之都，因此茶樓也是商人們一邊喝茶一邊談生意的地方。香港的居民大多是廣東人，每天從中午十二點到下午三點，茶樓總是人滿為患。大部分店家只供應店員早餐及晚餐，那正是因為香港人不分貧富貴賤，中午都習慣喝茶配上一些小點心。

老李帶著春木前往的茶樓，位於辦公大樓區的某大樓樓頂。店內相當寬敞，擺了數十張桌子，客人雖多，但每個客人都穿得光鮮亮麗。其中有不少是上海人或北京人，不論男女皆衣著體面，這些人便是所謂的高級難民。老李與春木都穿了自己最好的衣服，但在這群人之中依然顯得相當寒酸。

「人生在世，一定要有錢。如果沒錢，只好信奉共產主義了。」老李環顧左右後感慨萬千地說道。

「是啊，連我看著這些人，也不禁想要當個共產主義者。」春木回答。

「這是沒有自信的人才會說的話，可惜這幾年好像成了趨勢。不過在更早幾年，國粹主義才是趨勢。這些人一下子當左派，一下子當右派，說穿了都是一群沒骨氣的弱者。我向來輕蔑他們，但從不責備他們。因為就連我自己，也曾有好幾次想要仰賴他人過日子。」

「你這話說的不就是我嗎？真是無地自容。」

「不，你連共產主義者也當不上。」

「你的意思是我比那些人更無可救藥？」

「哈哈哈……你先別氣，在我看來你這個人並不軟弱，只是缺少磨練。」

「要怎麼磨練？」

「你得吃更多苦。」

「我吃的苦還不夠多？」

「那當然。如今你還活得畏畏縮縮，就是最好的證明。若有一天，你能做到泰山崩於前而不改色，你的磨練就足夠了。」

「我這是性格使然。」

「這麼說也沒錯，但問題在於你已經嘗到了悲哀的滋味。一個明白悲哀滋味的人就算想當共產主義者，也不可能當得稱職。因為悲哀潛藏在人心的最深處，就算再怎麼改善社會制度，也沒有辦法使悲哀消失。」

「但如今的社會還有太多需要改善的地方，不是嗎？」

「話是這麼說沒錯，但不論世道再怎麼變化，人永遠不可能對其他人推心置腹。到頭來人要活著只有兩種手段，一種是向世人諂媚，另一種則是頑抗。活在諂媚中的人會逐漸變得疑神疑鬼，陷入懷疑的困境而無法自拔，最後自取滅亡。這可不是什麼共產、民主這類皮相問題，而是更加血淋淋的人性問題。」

「所以你選擇頑抗？」

「沒錯，比起虛偽的阿諛奉承，這更符合我的性格。」

老李明明只是個小人物，說起話來卻是大言不慚。他不僅口氣大，而且食量也大。不過一會兒功夫，蝦餃、燒賣、炒麵的空盤已在兩人面前堆積如山。

「接下來你會有好一陣子遇上討債的人來糾纏，你只要一問三不知，把錯全推到我身上就行了。既然你拿不出錢來還債，就不必替我煩惱。」

兩人離開茶樓時，老李如此告訴春木。接著他從口袋掏出一張百圓紙鈔遞給春木，說道：

「先給你一點錢零花，明天辦公室見。」

二

夕陽依山而落，整個香港迅速籠罩在陰影之中。港口的一角承受著夕陽的餘暉，海面呈現有如正在燃燒般的鮮紅色。春木不知已在維多利亞公園的長椅上坐了幾個小時。好幾次想起身離開，但長椅好像裝了磁鐵一樣，令春木每次站起又忍不住坐下。

春木什麼也不願多想。反正都是一些想了也沒用的事情。難道這兩年來自己的成長，就是學會了跟他人結夥詐騙金錢？老李乍看之下是個無血無淚的勢利男人，但仔細想想似乎並非全然如此。他曾經慫恿自己對同伴過河拆橋，卻也曾經在自己最需要幫助時拉了自己一把。老李為什麼要幫助自己？難道自己對老李來說有什麼利用價值？春木左思右想，還是想不出個所以然來。難道這意味著老李的層次比自己高太多，所以自己才摸不透他的用意？自己向來最重視的是從小到大的生活環境中所學到的知識及道德良知，但老李的世界卻彷彿與自己有著天壤之別。難道人與人雖然互相能看見對方，能聊天說話，能表達喜怒哀樂，但其實每個人都生活在完全不同次元的世界裡？春木想來想去，發現自己不知道的事情，實在是太多了。

但對現在的春木而言，當下只有一個問題必須立即解決，那就是口袋裡這一百圓該怎麼花。這才是真正讓春木拿不定主意的煩惱，而不是剛剛舉的那些人生之謎。春木沒有手錶，也沒有好的衣服。既想買一雙新鞋，卻又想到身上的襯衫已磨損嚴重。如果這些全部都要買，一百圓根本不夠花，但如果只是買一些日常生活用品，一百圓又太多了。由於完全沒有意料到手頭會多出這一百圓，春木反而為此苦惱不已。他愈想愈不耐煩，最後的結論竟是：「管他的，隨便花掉就對了。」

作出了這個結論之後，春木的腦海浮現了莉莉的面孔。不，其實莉莉的面孔並非這時才浮現。打從剛拿到這一百圓時，春木腦中第一個想到的便是莉莉。春木只是認為自己是個有理性的人，為了給自己臺階下，至少該煩惱過一陣子再下這個決定。

春木已有四個月沒去見莉莉了，理由當然是因為沒錢。依著莉莉的性格，或許就算沒錢賺也會願意見春木，但春木在這一點上有著莫名的堅持。他認為這段緣分是靠錢堆積而成，如果沒錢，莉莉就算答應與自己見面，恐怕也不會給自己好臉色看。與其看莉莉露出那樣的表情，不如躺在鑽石山的棚屋裡，看著天花板上的小洞。說得更明白點，春木已在不知不覺之中對莉莉抱持著某種幻想。若要打個比方，男人的內心世界就像一座有著許多房間的大宅邸。許多人都會走進宅邸，在房間裡與宅邸的主人接觸。但每個男人都會留下一間房間，不讓絕大部分的人進入。對春木來說，能夠進入這間祕密房間的人，唯有莉莉。

春木走下逐漸亮起了電燈的街道，朝著數個月前去過的色情旅館「陸海空通」邁步。私娼業的娼婦流動相當頻繁，莉莉很可能已不在這裡工作了。春木帶著忐忑不安的心情走上了樓梯。

服務生也已換了人。「能幫我叫莉莉嗎？」春木問道。「請稍等一下。」對方回答。大約過了五分鐘，莉莉走進了房間裡。一看見春木，她登時激動地說道：

「好久不見了！」

「嚇了一跳？」

「你一直不來，我還以為你死了。這陣子你跑到哪裡去了？」

「我回臺灣籌措做生意的資金。」

「原來如此，事業還順利嗎？」

「馬馬虎虎。」

莉莉跟以前一點也沒變。

「妳呢？最近好嗎？」

「我生了一場大病，一直躺在床上，如果不是你給了我那些錢，我可能已經死了。你仔細瞧瞧，我是不是瘦了一點？」

「似乎沒什麼不同。」

「是嗎？聽你這麼說，我就安心了。你在臺灣的那段期間，終於能夠跟久別的妻子及小孩團圓，應該過得很快樂吧？」

「一天到晚想起妳，不知道該怎麼辦才好。」

「你說甜言蜜語的技巧高明了不少。」

莉莉嘴上雖這麼說，卻不自覺地眉開眼笑。

「我是說真的。前陣子我去給我母親掃墓，突然想起了妳說過的話。像妳這樣母親健在雖然要煩惱很多事，但也算是有個心靈依靠。我想到這裡，突然好想見妳，所以就跑來找妳了。」

「你想騙我上當，可沒那麼容易。」

與莉莉的對話，讓春木感覺逐漸恢復了平常心。

這天深夜，春木偶然間從夢中醒來。

「莉莉……莉莉……」

莉莉在春木的懷裡睡得正香甜，春木忍不住將她搖醒。莉莉睜開雙眼，與春木四目相交，露出了溫柔的微笑。

「莉莉，妳別做這種工作了，來跟我一起生活，好不好？」

「怎麼突然說這種話？」

「當然不是現在。我指的是等我的事業上了軌道之後。」

「你怎麼會突然有這種想法？」

「妳不願意？」

「願意是願意……」莉莉頓了一下，搖頭說道：「但我怕有一天你會對我感到厭倦。」

「絕對不會有那種事，我反而擔心自己太窮，沒辦法給妳好日子過。」

「完全沒錢當然不行，但只要能溫飽，我就心滿意足了。」

「真的嗎？」春木忍不住問道。

莉莉嫣然一笑。那眼神與當初春木在拘留室裡所幻想的莉莉一模一樣。春木不禁心想，那眼神正是莉莉還活著的最佳證據。隔天早上，春木一如往常在九點時進入辦公室，有個男人早在裡頭等著自己。春木一看，便明白這個人一定是為了那六千圓而來。春木要那男人稍坐片刻，但是等到了十點，老李依然沒有出現。

「真慢，李先生平常總是這麼晚進公司嗎？」

「倒也沒有，或許今天是繞到其它地方辦事情了。若你找他有急事，建議你下午再來一趟如何？」

「好吧，也只能這樣了。若是李先生來了，請他打這支電話給我。」

男人前腳剛走，老李後腳便踏進了辦公室。只見他身上穿著體面的新西裝，連鞋子跟領帶也是新買的。一副氣宇軒昂的模樣，令人難以想像這男人兩年前曾在灣仔的市集賣烤魷魚片。

春木將有人來訪一事告訴了老李。

「其實你不用讓他在這裡等，只要告訴他銀行還沒撥款就行了。」

「他下午可能還會來。」

「好，下午你見到他，就說銀行手續出了點差錯，這星期沒辦法拿到錢，要他下星期再來。我現在正委託仲介商幫我尋找合適的辦公室，等等又要過去看。如何，這打扮挺稱頭吧？」

老李面露微笑，在春木面前挺起了胸膛。

「挺不賴。」春木稱讚道。

「過陣子也得給你搞一套。人要衣裝佛要金裝，若不穿得些像樣的衣服，沒辦法取得信任。好了，我先走了。」

老李委託仲介商幫忙找房子之類的話並非謊言。從那天之後，每天都有許多仲介商前來拜訪。老李跟他們說話時總是趾高氣昂，簡直像個大資本家。有時他還會故意語帶恫嚇，令對方深信自己的實力。老李有專門學校的學歷，口才本來就相當好，演起戲來有模有樣。不過他故意安排仲介商一天到晚來拜訪，或許也是為了牽制茶行派來的討債人。不論找仲介商的行為是真是假，唯一可以確定的一點是老李的口袋裡根本沒有多少錢，他只能以各種藉口將還錢的時間不斷往後拖延。延了一星期，又延一星期。所有的藉口都用光了，他只好先還了一千圓。到了下星期，再還五百圓。又到了下星期，再還五百圓。總共還了兩千圓之後，他開始堅持一定要把手上的貨賣掉後才肯繼續還錢。但真正的理由，是他已無錢可還。他買了不少衣著服飾及隨身用品，口袋裡的錢大概剩下不到三百圓。

但是老李卻依然表現出一副氣定神閒的態度。這讓春木產生一種奇妙的錯覺，就算是每天三餐都成問題的窮人，只要擺出百萬富翁的架子，就是百萬富翁；相反地，百萬富翁要是過著汲汲營營的日子，也不過就是個窮人。若照這個理論來看，老李確實是個不折不扣的百萬富翁。

春木澈底明白老李的計劃全貌，是在老李將剩下的四千圓也還完的時候。

載著五百箱烏龍茶的英國船沿途停靠於新加坡、孟買等各大港口，終於在啟航兩個月後抵達了目的地卡薩布蘭加。買方將這些烏龍茶一箱箱打開來檢查，裡頭裝的確實是與樣品完全相符的好茶，而且比其它茶商所賣的茶便宜得多。如此一來，這些非洲商人開始深信老李的公司在臺灣的茶葉產地擁有自己的茶園。他們感到雀躍不已，認為機不可失，立即又向老李加訂了一萬箱茶葉。老李再次依樣畫葫蘆，拿非洲商人所開的信用狀當抵押，不僅付清了四千圓欠款，接著又向臺灣大量購買茶葉。但這次老李所買的茶葉是帶有大量茶梗的劣質品，價格不到上次那些高級茶葉的一半。此外老李又買了少量的高級茶葉，鋪在劣質茶葉的上層，這麼一來就像是一箱箱的高級茶葉。

老李向春木說出這個祕密時，春木一點也不驚訝。仔細想想，這確實符合老李的做事風格。老李賄賂了公證人，讓對方在高級茶葉的品質保證書上蓋章。貨物全搬上了船後，辦理完相關手續，大約三十萬圓的鉅款就這麼進了老李的口袋。扣掉支出的費用，老李至少淨賺一半以上。

有了錢之後，老李立即搬出了鑽石山的棚屋，搬進了香港島賽馬場附近的豪華大飯店。這家大飯店的門口停滿了一整排的最新型私家汽車。通過巨大的單片玻璃門之後，便是櫃檯大廳。地上鋪著紅色地毯，冷氣開得極強。外頭暑氣逼人，大廳裡卻反而頗有寒意。老李在房客名簿上的職業欄寫了「貿易商」，戶籍地則寫了「新加坡」。在服務生的帶領下，兩人走進了位於五樓的房間。這是一間有著一房一廳格局的房間，浴室以粉紅色為基本色調。走出陽臺一看，大海彷彿近在咫尺。

「這房間住一晚多少錢？」

「七十圓。」

「好貴。」

春木坐在幾乎能將身體完全包覆的沙發裡，腦中不由自主地回想起了當初在九龍城的工人街上，老李津津有味地吃著以汽油桶煮出的食物的那個畫面。或許是因為不想一輩子吃那樣的食物，老李才會安排這種賭上人生的大膽計劃吧。但春木不禁又想，等到船抵達了卡薩布蘭加，老李又該如何解套？如果他不能妥善處理後續問題，他的美夢將只有短短兩個月的壽命。

「天底下每個商人都在虎視眈眈地等待著機會，卡薩布蘭加那些人絕對不會輕易放過眼前的肥羊。我給他們發了一封茶葉都已上船的電報，他們收到電報後一定會再追加一次訂單。再幹完一票，我就收手不幹了。」

「那你打算怎麼收拾善後？」

「這種事情以後再來煩惱。反正是民事訴訟，打起官司一定會拖很久。何況錢已經在我手裡，情況對我們有利。我現在手頭比較寬裕了，從這個月開始，我每個月支付你一千圓薪水，但條件是你每天必須到新的辦公室上班，而且必須幫我多雇用一些人，讓整間辦公室更像那麼一回事。我就待在這間飯店裡，思考今後的對策。如果有事找我，隨時可以跟我聯絡。對了，還有，我希望你趁早搬離鑽石山。跟一群窮人混在一起，畢竟人多嘴雜。」

到了這個地步，煩惱太多也無濟於事。春木心想，反正自己只是受雇於人，既然拿人薪水，就別想那麼多，乖乖照著老闆的吩咐去做就對了。春木的想法開始變得達觀，只是靜靜地等待著命運之日的到來。以副經理職位而言，月薪一千圓絕不算少，春木於是在九龍尖沙咀的住宅區租了一間位於三樓的房間，與莉莉一同生活。

莉莉過了數年漂泊不定的日子，如今能夠跟春木一起生活，可說是喜出望外。雖然春木如今的處境也稱不上安定，但見了莉莉那副雀躍不已的模樣，實在不忍對她說出真相。人生在世本來就充滿了不安定的要素，就算明知馬上就要遭遇困境，在那一天到來之前或許還是該抱持平常心，才是最理想的生活方式。

「你對我好，我很開心，但我希望你也別忘了遠在他鄉的妻子及小孩。」莉莉說道。

春木一聽，不禁深深嘆了口氣。這女人真是個濫好人。

「我看你從來沒收到妻子寄來的信，不是嗎？就算她在臺灣有家產，你偶爾也該寄些錢給她。」

「前陣子我常寫信給她，但她從不回信，我也就懶得寫了。何況我現在收入不多，就算要寄錢，也寄不了多少。」

「就算是五十圓也好，這是心意的問題。一點貼心的舉動，就能讓女人很開心。」

春木只是笑了笑，不再理會莉莉，沒想到她竟然自行到街上買了女人穿的旗袍、孩童的牛仔褲等衣物，無論如何要春木寄回臺灣。春木實在無法理解她的心情，或許是身為情婦卻獨占了春木，令她心生罪惡感吧。春木只好隨莉莉的意思，不再阻止她。

老李猜得果然沒錯，一星期之後，卡薩布蘭加的商人又加訂了一萬箱。

「為什麼商人會這麼愚蠢？」

春木感到百思不解。

「不是商人愚蠢，而是一開始的五百箱已經騙倒了他們。我跟他們說，我的倉庫裡還有一萬箱，卡薩布蘭加的另一家商行想跟我買，但我希望能以同樣的條件再賣給你們。由於價格比一般行情便宜，他們當然會認為與其被別人買去破壞行情，不如乾脆全部買下來。」

「既然對方又下訂單，我們得趕快裝箱才行。上次那艘船不知開到哪裡了？」

「今天剛到西貢。」老李想也不想地回答。他雖然裝作滿不在乎，其實把每個環節都掌握得一清二楚。「我故意挑選了停靠許多小港口的船，要抵達卡薩布蘭加至少還得花上兩個月。」

「你這次也要向臺灣買茶？」

「不，那太麻煩了，我們就在香港找貨源吧。反正這次的貨送出去之後，我們就什麼也不用管了。就算是發霉的茶也沒關係，全拿來濫竽充數。」

老李親自來到辦公室坐鎮指揮，動員所有茶葉仲介商，大批購買全香港的劣質茶葉。但是要在短短的時間裡湊足一萬箱茶葉談何容易，不夠的部分就只買來空箱子，以石塊及舊報紙調整重量，如此才終於湊齊了足夠的箱數。

為了趕在前一艘船抵達非洲前出貨，春木約有四、五天可說是忙得焦頭爛額。好不容易把箱子全搬上了船，一回到辦公室，便看見老李笑臉盈盈地走出來迎接。

「辛苦你了，今天我要為你辦一場慰勞會，跟我來吧。」

兩人搭上計程車前往飯店，一進老李的房間，裡頭已有客人在等著。那個人正是專幹日本走私貿易的洪添財。

添財依然記得春木，登時滿臉堆笑，握住了春木的手。

春木問：「你什麼時候回來的？」

「大約十天前。」

「日本景氣如何？」

「生意愈來愈難做了。一來最近幹走私的都是大組織，二來美國貨有了直接進口的管道，如果沒有足夠的資本，根本做不起來。所以我才來找李先生幫忙，想要大大地幹上一票。」

「別這麼客氣，是我想找你幫忙。」

站在一旁的老李說道。三人接著走出飯店，坐上添財的別克汽車，前往石塘咀的金陵酒家吃晚餐。別克汽車的座位相當寬敞，即使坐了三個男人也不顯得擁擠。春木坐在這樣的車子裡，不難想像這些人不把共產主義當一回事的心情。

「很久沒見到你太太了，她近來好嗎？」

「老樣子。」

「你一直不在香港，應該很為她擔心吧？」

「有什麼好擔心的？香港女人不需要男人，只需要一副麻將。相較之下，日本女人難纏得多。」

「先生不必擔心太太，倒是太太該擔心先生，哈哈哈……」老李大笑說道。

這一晚吃喝玩樂都是由老李作東。三人吃完了飯，便開始逛酒店。添財在每一家酒店都是熟客，女人們總是簇擁而上，將這個又肥又矮的男人圍在中間。老李受到冷落，獨自仰躺在沙發椅上，愣愣地看著昏暗燈光下的舞動人影。香菸的煙霧瀰漫整個空間，連天花板上的照明水晶燈也看起來朦朦朧朧。

「妳們這些傻丫頭，別只會圍在我身邊，快去招呼那位老班[11]，他的油水比我多。」

添財這句玩笑話一出口，才有兩、三名舞孃走到老李身邊。

「李先生似乎挺內向。」一名舞孃說道。

「那是妳們跟他還不熟。」添財罵道。

「李先生做的是什麼生意？」另一名舞孃問。

「妳說呢？看起來像做什麼生意？」

11 老班：即老闆。

「這個嘛，看起來像是從南洋回來的有錢華僑。我說對了吧，洪先生？」

「妳的眼力很好。李先生在馬來半島可是擁有兩座大橡膠園，妳們多在他身上下點功夫，保證能挖到不少錢。」

「哎喲！」

女人們開懷地笑了。

「李先生，我們來跳舞。」

「我不會跳。」

不管舞孃們怎麼邀約，老李就是不肯從沙發上站起來。春木及添財各自抱著一個舞孃跳舞，由於音樂節奏太快，兩人皆有些手忙腳亂。老李只在一旁看著，慢條斯理地抽著菸。過了十二點之後，客人愈來愈多，舞池變得相當擁擠。那景象與其說是玩樂，或許以縱慾狂歡來形容更加貼切。五顏六色的燈光每變化一次，女人們的面容彷彿就增添一分妖豔之美。每個女人身上的旗袍都閃閃發亮，腰部曲線曼妙舞動著。

三人在接近一點時走出了酒店。彎過昏暗的樓梯轉角時，老李拍拍春木的肩頭，說道：

「剛剛那些女人，如果是在白天看到，保證個個都會讓你失望透頂。」

三

有一天，春木正坐在辦公室的二樓，大鵬突然來訪。大鵬首先驚訝於辦公室的氣派外觀，接著又驚訝於春木的辦公桌竟然如此之大。

「看來你發達了。」

「沒那回事，我也只不過是受雇於人。」

大鵬似乎誤解了春木的意思，說道：

「何必急著撇清？你放心，我不是來跟你借錢。」

「我一點也不擔心。」

大鵬跟去年一樣穿著縫了補丁的上衣，襯衫領口外翻處磨損嚴重，顯然他還沒有中馬券。

「我聽說賣茶是門大學問，但看來你們賣得不錯？」

「就像你看到的，還過得去。」

「嗯……」大鵬沉吟了一會，說道：「我早就知道老李這個人有本事，遲早會幹下一番大事業，果然我猜得沒錯。」

當初春木賣烤魷魚片遭警察逮捕後，大鵬曾將老李批評得非常難聽，但如今他似乎已把那些話忘得一乾二淨。如此看來，果然老李的生活態度才是正確的。

「自從你們搬離了棚屋之後，我的生活變得很無趣。幸好最近又來了一個臺灣人，不然我真的找不到朋友可以聊天。」

「噢？那是個什麼樣的人？」

「聽說原本在臺北賣手錶，後來被指為共產黨，差點遭到逮捕。幸好逃到了香港，才撿回一條命。他姓鄭，是個很好相處的人。」

「那很好。」

「他現在也開始跟我一起抬水。聽他描述臺灣的狀況，我真心覺得臺灣那塊土地已經不能住人了。要拯救臺灣人，就必須信奉共產主義，盡早把蔣介石趕走。」

「哎呀，怎麼連你也被洗腦了？」

「沒那回事。總而言之，他是個好人，很有自己的主見。」

「既然是個有主見的人，為什麼不到中國大陸去？」

「他說現在正在設法聯絡上海的朋友，最近就會過去了。」大鵬回答。

「既然如此，你乾脆跟他一起過去，不就得了？」

「嗯，我確實有這個打算。如果能像你一樣出人頭地，我也不會想到中國大陸，但這樣的機會就是不降臨在我頭上。」

「別說這種喪氣的話。我們這麼久沒見了，今晚我帶你去吃飯、玩女人。」

「玩女人就不用了……」

大鵬竟害羞得連耳根也紅了。這讓春木萌生了一股惡作劇的心態，無論如何今晚一定要讓大鵬嘗嘗玩女人的滋味。

大鵬每天為了替別人抬水而走八公里的路，這樣的生活算起來已過了四年之久。春木打算讓這個每月只能賺十八圓男人嘗嘗一個晚上花掉五十圓的感覺。大鵬今年已經二十八歲了，卻還守著童貞，雖然大鵬一直以此自豪，但春木相信他的本性絕對沒有那麼純情。這些年來他一定曾經懊惱過「當年如果沒有粗心讓一張支票掉在路上，自己的命運將截然不同」。一想到這點，春木心中就湧起一股想讓他澈底絕望的衝動。

「到了我們這年紀如果還沒有經驗，會被女人取笑的。」

「這我知道。」大鵬靦腆地回答。

「你知道就好，我怕的是你以為女人都喜歡處男。每次我在外頭偷腥，女人若問我為何背叛妻子，我一定會說因為妻子床上功夫太差。女人聽了總是會很開心，在床上使出渾身解數來取悅我。」

這天晚上，春木硬拉著害臊的大鵬走進了色情旅館，叫了兩名娼婦，先讓大鵬挑選一個。春木要大鵬帶著娼婦先進房間，自己假意要帶著另一名娼婦走進另一間房，卻是把娼婦交給服務生，自己獨自回家去了。

隔天早上，春木上班之前先去了一趟色情旅館，在走廊上剛好遇到昨晚的娼婦。

「你的朋友真是古怪。」

那娼婦一看見春木，劈頭便這麼說。

「哪一點古怪？」

「他一直不肯脫衣服，而且上了床之後，還突然摟住我親了一下。」

此時春木的心情就像是偷聽到了一個朋友的驚人祕密。

「雖然他從頭到尾只親了我那一下，但我還是相當開心。畢竟我幹這行那麼久，頭一次遇到有客人願意親我。我愈看他愈順眼，給了他許多特別的服務，但他一到早上突然變得很在意時間，我勸他多待一會，他不肯答應，說什麼也要搭第一班渡輪回家。下次你遇到他，叫他再來找我玩吧。」

春木只是笑著點點頭。總不能跟她說，大鵬急著回去是為了趕上抬水的時間。

一星期之後，大鵬又來拜訪春木。春木問他上次買春的感想，他什麼也不肯細說，只說了一句：

「原來接吻也沒什麼有趣。我看電影裡的人物總是親得那麼陶醉，還以為那是多麼美好的事情，實際做了才發現一點意思也沒有。」

自從這件事之後，大鵬便經常來拜訪春木，反倒是老李幾乎不再踏進辦公室。載著茶葉的汽船一天天逼近卡薩布蘭加，老李的逍遙日子已所剩無幾。一旦老李落難，春木自然也無法全身而退。春木很清楚現在的生活即將劃下句點，卻一點也提不起勁設法逃避近在眼前的危難。

「你放心，一切都是我幹的，你不必承擔任何責任。」

老李如此告訴春木。這句話或許是真的，也或許只是安撫春木的藉口。就算只是藉口，春木也不會有一絲一毫的驚訝。只有對人生依然抱持期待的人，才有驚訝的權利。因為這種人總是抱著好運或許有一天會降臨的期待。相反地，對一個連活下去的勇氣也所剩無幾的人而言，天底下有什麼事情能稱之為災厄？除了任憑命運擺佈之外，難道凡人還能有第二個選擇？

如今春木的心裡只有一個掛念，那就是莉莉。一旦自己失業，莉莉的生活也將陷入困境。當初自己邀莉莉一同生活，絕不是為了造成莉莉的困擾。春木心想，如果這一天真的來到，就與莉莉分手吧。莉莉大可以回去重操舊業，另外找個男人包養。像莉莉這種善體人意的女人，要找個好伴侶應該並不困難。這世間既然有殘酷之神，自然也會有慈悲之神。

下了這樣的決心之後，春木突然好想見莉莉。於是春木提早離開了辦公室，走向渡輪碼頭。途中春木想起莉莉愛吃奶油百匯，特地到糕餅店裡買了一大盒。

春木抱著奶油百匯的盒子，從天星碼頭坐上渡輪，回到了九龍半島。九龍側的碼頭右手邊有一座巨大的鐘樓，該處正是連接廣東與香港的廣九鐵路起點站。隨著中共所統治的中國大陸逐漸恢復安定，幾乎不再有難民流入香港，但在大陸遭到批鬥的反動資本家及封建地主依然想盡了各種辦法要潛逃到香港。對於這些沒落階級的人而言，香港可說是碩果僅存的天堂樂園。

春木回到家一看，家裡竟來了客人。那是個約莫三十四、五歲的削瘦男人，身旁還帶著一個小女孩。那小女孩看起來大約五歲，正專心地舔著一根棒棒糖。男人見春木突然開門進來，驚惶失措地從椅子上站起。

「他是我的姊夫。」莉莉說道。

但春木見了那男人的反應，早已猜到他不是莉莉的姊夫，而是莉莉自己的丈夫。男人極度狼狽的模樣令人不禁同情，他拉起了小女孩的手，急忙想要離開。

「不必這麼見外，留下來一起吃飯吧。」春木說道。

「不，我還有事，下次再來拜訪。」

男人一副落魄模樣，身上穿著一件髒汙的襯衫，露出哀戚的微笑。這個人雖然面容憔悴，但頸子及手指都相當纖細，恐怕拿不動比筷子重的東西，顯然年輕時曾經是養尊處優的身分。春木心想，他在來到香港之前，過的多半是衣食無缺的日子。

莉莉送父女兩人走出門外，兩人到了樓梯口時，小女孩突然回頭喊了聲：

「再見，媽媽！」

父親急忙摀住了小女孩的嘴，但春木早已聽得一清二楚。其實就算小女孩沒說溜嘴，春木也早已猜到了八成。

莉莉一臉蒼白地轉身回到屋內。

「那是妳的小孩？」

「你聽見了？」莉莉垂首說道。

「這種事根本沒有必要瞞我。」

「總是覺得對不起你。」

「我也隱瞞了妳很多事，不會為這點小事責備妳。每個人都有一些就算是對最親密的人也不能說的祕密。」

「我沒有什麼祕密。其實我早就想告訴你，只是怕你不高興，所以才……」

「好了，我都明白，妳不用說了。」春木制止莉莉。「我只希望妳能明白，不論妳有什麼樣的過去，我對妳的看法都不會有絲毫改變。」

「我知道了。」莉莉點了點頭。

「還有，我對妳一直沒說實話，其實我在臺灣根本沒有妻小。」

「我早就猜到了。」

「既然猜到了，為什麼還買那麼多東西寄回臺灣？」

「我想把那個人的事告訴你，但一直說不出口，我不知道該怎麼整理自己的心情……對不起……」

淚珠不斷自莉莉的臉頰滑落，春木看著莉莉，卻提不起力氣將她擁入懷裡。

「我實在應該跟那個人一刀兩斷才對。他出生在不愁吃穿的富裕家庭，但是中共掌權後，他家就沒落了。他是個完全沒有生活能力的人，失去了從小依賴的雙親後，他竟然開始依賴我。即使窮得連吃飯也成問題，他也絕不肯工作賺錢，好幾次我想辦法幫他找到了差事，他總是做沒多久就不幹了。我已經對他澈底絕望，偏偏我跟他之間有了孩子。為了他，我不知吃了多少苦。」

太陽下山後，房間裡一片昏暗，只聽得見莉莉不斷啜泣的聲音。春木心想，自己與莉莉的緣分或許已走到了盡頭。當然自己短得可憐的黃金時代多半也將劃下句點。此時汽船應該已越過了受沙漠包圍的紅海，逐漸靠近蘇伊士運河。當沙漠上的夕陽沒入地平線下，滿天星辰散發著毫無意義的光芒時，地表上將會有一朵花兒凋謝，花瓣隨風而逝，完全從這個世界上消失。

春木數次想要對莉莉坦承說出這個祕密。但每當他有了這個念頭，心中總是會閃過一道聲音。到了這個地步，就算說出祕密又有什麼意義？不管是和盤托出，還是澈底掩蓋，時候到了一切都得攤在陽光下。不如任憑事態自然發展，並且淡然面對任何結果。人生在世，有如汪洋上的一葉孤舟，反正打從一開始就沒有目的地，凡事又何必操之過急？

大約一星期後的某天傍晚，老李突然來電，聲稱有事商量，要春木立即到飯店一趟。春木搭計程車趕往飯店，一進房間，老李早已等在裡頭。

房間裡到處是行李及紙包，就連桌上及床上也不例外。老李蹲在地上，似乎正在收拾東西。桌上的白色紙包雖然小，拿在手上卻沉甸甸地頗有重量。春木自紙包的縫隙往內一探，原來是小巧的女用金錶，數量至少有上百支。

「汽船再過一、兩天就要抵達卡薩布蘭加。」老李一面招呼春木坐在椅子上，一面說道：「所以我打算先到日本避避風頭。」

「……」

「但要如何安置你，卻讓我挺傷腦筋。」

春木沉默不語。

「如果你想跟我一起走，我會幫你付船費。但我認為這件事跟你毫無瓜葛，就算警察找上門來，你只要堅稱你是受雇於我，什麼也不知道就行了。」

老李目光如電地望著春木。春木不敢與老李四目相交，只是望著陽臺的方向。

「其實我正在盤算另一個計劃。相信你已經猜到了，我打算要在香港跟日本之間幹起走私生意。由於我對這個業界不熟，剛開始我得利用洪添財那傢伙帶我入行。但我並不相信他，如果你能在香港幫我監視著他，對我的事業將大有幫助。如此一來，我就可以繼續提供你生活上的援助，而且我也會盡快讓你賺到創業的資金。」

「這麼說來，你會在日本待上好一陣子？」

「當然，要是回來被逮住，恐怕就難以脫身了。洪添財很清楚我沒辦法回香港，因此不斷慫恿我加入走私事業。要是我在香港這邊沒有像你這樣的幫手，讓他在香港為所欲為，真不知他會怎麼陷害我。如果是那樣的狀況，我可不敢跟他合作。總而言之，全靠你幫忙了。」

「何時出發？」

「今晚。」

春木一聽，實在不知道老李對自己到底信不信任。如果他打從心底信任自己，就不該直到出發的當天才說出計劃。但若說老李對自己毫不信任，他大可以直接一走了之，今晚根本不必把自己找來。當然這也有可能是老李為了騙自己留在香港好絆住警察的藉口。只要自己落網，警察或許就不會花那麼多心思追捕他。

「總之我會留在香港。」

「你願意留下？那你願意繼續為我工作嗎？」

「目前還拿不定主意。」

「這可關係到你未來的生活。」

「我明白。」

「好吧，我要對你說的話都說完了。這計劃決定得很倉促，我有些手忙腳亂，你能不能幫我整理行李？」

這天午夜十二點多，添財驅車來到飯店接老李。他們事先已告訴飯店人員，老李將搭乘明天一大早的班機回新加坡，因此今晚要搬到機場附近的旅館。服務生幫忙將行李全搬上了車，三人坐進車內，車子便駛進了夜晚的街頭。天空正下著綿綿細雨，微小的雨滴自打開的車窗灑入車內。輪胎壓在濕潤路面上的聲音格外震懾人心。

車子通過了行人寥寥可數的皇后大道，不一會便抵達了從前春木曾與大鵬一同前往迎接添財的建隆船務行。三人坐著等了一會，春木與老李雖然相鄰而坐，卻幾乎沒有交談。

「我們走吧。」

船務行總管說道。眾人紛紛起身走向岸邊，一艘蒸汽小艇早已等在那裡。包含春木在內，所有人都上了船。雨勢愈來愈大，雖然是靜謐的深夜，卻連船的引擎聲也聽不見。

蒸汽小艇離開了岸邊後，不斷朝著停泊在港中央的汽船前進。站在船首的船員掏出手電筒開開關關，汽船的甲板上也亮起了同樣的燈光暗號。蒸汽小艇停在汽船的旁邊，汽船放下棧橋，眾人一一登上甲板。

「你好好保重，等到了日本，我會跟你聯絡。」

老李握著春木的手說道。他的手掌異常冰冷。所有的乘客都進入了走私船的甲板深處，再也看不見後，蒸汽小艇便離開了汽船，調頭返回原本的碼頭。對岸的燈火大多已消失，唯有徹夜點燈的廣告塔在夜晚的港邊閃爍著光芒。最後一班渡輪的時間已過，海岸沿線一片死寂。

小雨靜靜地灑落街頭。春木獨自走在騎樓下，心中竟沒有對老李的一絲埋怨。每個人都有自己的人生，今天老李離開了，明天就輪到莉莉離開。春木認為自己並沒有責備莉莉的權利。或者應該說，這世上沒有任何人有權利責備他人。春木心中唯一的感慨，是通往自由的道路為何如此坎坷。

（初發表於一九五五年八月）

惜別亭

一

阿桂是個出生於汕頭的女人。自從十八歲搬到新加坡後，就住進了有錢人家裡當女傭，辛苦工作了整整二十年。

由於沒上過學，阿桂並不識字，但天生心思敏捷，加上細心及勤奮，因此不論在哪一戶人家工作，都必定受到主人的重用。若要說唯一的缺點，就是阿桂經常沒有意識到自己的身分只是女傭，在工作上往往堅持己見，因而與主人家的人發生口角，好幾次甚至遭到解雇。由於女傭這種工作的薪水不會因為長久待在同一戶人家而增加，因此就算換了主人，對阿桂的收入也不至於有太大影響。反倒是解雇了阿桂的主人，往往在雇用了新的女傭後，才真正體會到阿桂的好。因此阿桂在遭到解雇後沒多久，前主人大多會忘了之前的不愉快，主動詢問阿桂願不願意回來工作。而且通常遇上這樣的情況，前主人都會開出比原本更優渥的條件。類似的事情發生了幾次之後，阿桂的月薪反而比一般女傭的行情還高得多。

阿桂既不抽菸，也不像其他人一樣喜歡在放假的日子出門看戲。

「妳存這麼多錢要做什麼？妳又沒有孩子，哪天若死了，卻留下這麼多錢，不會覺得遺憾嗎？」

常有女傭朋友笑著對阿桂這麼說，阿桂總是會這麼辯駁：

「我可不會這麼早死，何況若不趁身體還硬朗的時候多賺點錢，等到年紀大了，身體不聽使喚了，要怎麼過日子？既然無依無靠，沒有錢怎麼行。」

阿桂這番話確實相當有道理，沒有人能反駁。但即便是處境與阿桂大同小異的女傭，也沒辦法像她這樣縮衣節食地把錢存下來。

阿桂手上的錢，全都是名副其實的血汗錢。她經常把這些錢借給熟識的小商店老闆，有時甚至是主人家的太太，藉此賺取利息。光是每個月能拿到的利息錢，就比月薪還多，因此阿桂大可不必再當女傭，但她並沒有因此而辭去工作。一來阿桂年輕時曾有過辛苦存下的錢遭人騙光的悲慘經驗，二來如今將錢借給他人也是全憑信用，不見得能收得回來。相較之下，阿桂認為工作所得的薪水是最確實、最安定的收入。

轉眼之間，阿桂已三十八歲。她年輕時為人隨和大方，常有媒人想替她說媒。即便近幾年這些媒人大多已放棄了，但偶爾還是會有媒人看在她頗有積蓄的分上，想要幫忙促成婚事。阿桂活到這個年紀，已沒有什麼結婚的念頭，但面對前來說媒的人，卻也並不心生厭惡。事實上阿桂雖然年近四十，卻是風韻猶存，整個人散發出一種妖豔的魅力。

就在年華即將耗盡的時候，阿桂終於還是落入了男人的手中。不過「落入男人手中」這種說法出自於那些與阿桂熟識的女傭朋友之口，其中多少帶了一點酸葡萄心態，阿桂自己並不這麼認為。

對方是個在市場工作的男人，被周圍的人喚作阿劉。阿劉是潮州人，今年三十二歲，比阿桂小了六歲。雖然年過三十，阿劉卻窮得沒辦法將留在潮州的妻小叫到身邊同住，也沒辦法跟本地的女人結婚。光是阿桂所知，阿劉就曾做過雜貨店的店員及食堂的服務生，還曾在路邊賣菜。但阿劉似乎是個沒定性的人，每種工作都做不長久。不過阿劉有個長處，那就是只要受人委託，即便是雞毛蒜皮的小事，他也會認真地加以完成，從沒有半句怨言。不論是拜託他幫忙買東西、打雜跑腿或是修理電燈，他總是處理得妥妥貼貼。

「像你這麼能幹的人，怎麼會賺不到錢？」

有一天，阿桂這麼問他。他一臉認真地說道：

「阿桂姐，那是因為我沒有資本。若我有資本，或是背後有個金主當靠山，我保證一定能賺大錢。每天只要坐著，錢就會滾滾而來。」

「你想做生意？」

「是啊，我想做的這個生意不須花太多資本，而且穩賺不賠。」

「什麼樣的生意？要投入多少資本？」阿桂好奇地將身體湊了過去。

「這是個大祕密，我可不會輕易告訴別人。」阿劉故意賣起了關子。「不過既然阿桂姐想知道，要我說也可以，但不能在這裡說。」

「為什麼不行？」

「我怕隔牆有耳。不如我們找一天一起喝杯茶，好好聊一聊吧。」

兩、三天後，阿桂前往阿劉的住處拜訪。說是住處，其實只是在擁擠不堪的貧民窟裡租了一張床權且窩身。那間房間大概只有一般醫院的三等病房那麼大，裡頭擺了好幾張床。

「我們去外面談吧。」

阿劉一看到阿桂，旋即將她帶往了附近的茶樓。

「我想跟你談談上次你說的那門生意。」阿桂一坐下，劈頭便說出了來意。「這年頭哪有什麼不須太多資本，卻能穩賺不賠的生意？」

「譬如當醫生好了，難道不是穩賺不賠？」阿劉說道。

「那是因為就算口袋沒錢，生了病還是得看醫生。」

「又譬如當和尚，難道不是穩賺不賠？人死了總得要有和尚唸經超度，對吧？」

「別說這些不吉利的話。醫生、和尚跟你的生意有什麼關係？」

「生了病要見醫生，斷了氣要見和尚，這是世間的常識。所以只要當上醫生或和尚，就不必擔心會餓死，因為任何人都會生病、會斷氣。但這世上有很多人就算生了病也無法看醫生，死了也無法好好獲得安葬。」

「所以人家都說醫生賺的是缺德錢。」

「妳心裡一定也這麼認為吧？所以住在這一帶的窮人就連慈善醫院也不肯踏進一步，生了病就只是咬牙苦撐。人命看似脆弱，其實頗有韌性，就算以為要死了，也不見得真的會死。但是再怎麼硬朗的身體，也總有回天乏術的時候，一旦死期來臨，富人可以住進醫院等死，窮人卻該上哪裡去？就在不久前，我住的那屋子裡有個老先生奄奄一息。就在快斷氣的時候，房東太太竟然將他趕出了屋子，理由是屋裡死過人會影響出租時的價錢。所以那老先生就在還有一口氣的時候，被房東太太派人扛出了屋子。問題是他還沒有死，總不能直接送進喪葬場。最後那老先生就這麼被扔在路邊，直到完全沒氣為止。我見了那老先生的下場，心裡突然有個想法，如果能有一間屋子來收容這些不久於人世的窮人，酌收一些費用，肯定能賺不少錢。」

「哎喲，我才不要。」阿桂忍不住打了個哆嗦。「那些人窮得沒錢看醫生，你還要榨乾他們身上的最後一毛錢？這種造孽的生意，我絕對不幹。」

「怎麼會造孽？」阿劉反駁道：「這生意非但不造孽，而且還功德無量。妳想想，那些人原本得死在路旁，現在卻能夠在屋子裡安詳地離開人世。如果這叫造孽，醫生利用病痛賺錢也是造孽，律師利用紛爭賺錢也是造孽，當鋪利用窮困賺錢也是造孽。」

阿劉這一席話說得振振有詞。

「一門生意能做得起來，必定是給了世人一條方便之路。我想出來的這門生意不僅一定做得起來，而且每個人都會感激我。」

阿劉還沒開始做生意，如意算盤已打得挺精。阿桂仔細一想，投資這門生意所需要的資金確實是自己所能負擔，而且獲利肯定比單純買一間屋子租給活人要高得多。

「若是一塊錢也沒有的窮人呢？有些人長期臥病，早已欠了一屁股債，身上哪還能有錢。」

「每個人只收取一點錢，盡量讓多一點人進屋，這叫薄利多銷。那些沒錢的病人若是得知有這麼間屋子能死得安穩，一定會想盡辦法在病死前留下最後一點錢。就算真的遇上完全沒錢的窮光蛋，也可以聯絡那個人的同鄉會，多少能討到一點……」

阿桂聽到這裡，幾乎已確定要投資這門生意。但一想到要面對世間的閒言閒語，不禁還是有些猶豫不決。

「所有事情都由我一手包辦，妳只要坐著數錢就行了。」

兩人就這麼說定了。

貧民窟的郊外有棟破舊的大屋子，阿桂以自己的名義買下，稍加整修後，到中古家俱店買了一些床，放進屋子裡。接著阿桂又請算命先生寫了「惜別亭」三字的招牌，由阿劉掛在屋子的門口。

二

惜別亭剛開張的第一天，便有客人上門。那是一名住在附近的婦人，她在同居友人的揹負下來到了屋外。據說那婦人曾經是個娼婦，但如今病得連賣身的工作也幹不了了。

阿劉擋在門口，要求兩人先支付兩元房租。

「你向我們這種窮苦人討兩元？真是太狠心了！」揹著重病婦人的女人大罵：「一元！我頂多只付你一元！」

「那可不行。不管妳們再怎麼可憐，既然付不出兩元，妳們從哪一條路來，就從哪一條路回去吧。」

「你竟然說出這種喪盡天良的話！」女人歇斯底里地大喊：「我朋友已經快死了！而且她會淪落到今天這個下場，全都是被你們臭男人害的！」

「我可沒有跟她睡過。」

阿劉笑盈盈地說，接著在女人耳畔低聲說道：

「我也是受雇於人，沒辦法給她打折扣。不過妳下次若介紹客人上門，我可以支付妳五角錢。」

「那你現在就折算五角給我。她的這兩元，可是我幫她付的。」

女人一面說，一面從衣服內側口袋裡掏出兩張皺巴巴的一元紙鈔。阿劉找了五角，領著女人走進屋內。

將死的婦人似乎長年受病魔纏身，一張臉瘦得像皮包骨，可怕得令人不敢多看一眼。那已稱不上是活人，若說是幽靈的臉孔，或許更加貼切。當女人把她放在床上時，她早已失去意識，大約一個小時後便斷氣了。

「妳要安葬她嗎？」

阿劉畏畏縮縮地走到正在啜泣的女人身旁問道。

「我哪有錢安葬她！」

女人惡狠狠地瞪了阿劉一眼，彷彿朋友的死，全是阿劉害的。

阿劉有些招架不住地說道：

「天氣這麼熱，遺體放個兩天就會發臭的。如果警察勘驗了死因之後，沒有人來領回，明天可能就會被帶去火化了。」

女人聽到火化兩字，再度放聲大哭。想必她也相信人死後會重生，一旦將肉體燒掉，魂魄無處可去，將淪為永世不得超生的孤魂野鬼。

「我去想辦法籌錢。在我回來之前，如果你敢將遺體交給警察，我絕對饒不了你。」

女人說完後，便奔出了這間死人之家。

阿劉也跟著急忙通報警察，不一會警察帶著醫生來到屋裡，診斷出婦人的死因為肺結核及營養失調。

這天夜裡，阿桂前來查看開業第一天的狀況。她躡手躡腳地進入門內，卻正好與阿劉撞個正著。

「哇啊！」阿桂大聲尖叫，一看是阿劉，才說道：「哎喲，你別嚇我，今天情況如何？」

「來了個客人。」

「噢？你說的果然沒錯。那個人還活著嗎？」

「妳自己進來看吧。」

阿劉拉著她走向大廳，但她只是站在廳口往裡頭窺望，一步也不敢踏進去。只見地上有塊木板，屍體就橫躺在那上頭，身上既沒有蓋白布，旁邊也沒有守靈的親友。

「揹她來的那女人天黑後才回來，我帶那女人去見了棺材店老闆。」

「真可憐，沒有和尚給她唸經超度。」阿桂嚥了口唾沫後說道：「阿劉，你會不會唸經？」

「我幹過不少工作，就是沒當過和尚。」

「我們既然賺她的錢，好歹該讓她死得瞑目，我看你還是去找個和尚，學學怎麼唸經吧。」

阿桂說完後，對著廳內的陌生屍體遠遠地合十膜拜。

阿劉接著將阿桂帶到另一間房間，為兩人泡了茶。

「無依無靠的人真的很可憐。」

阿桂輕啜一口茶，接著說道：

「我現在當女傭，雖然主人家對我很好，把我當家人看待，但等我年紀大了，生了病，不知會有什麼下場。」

「這屋子是妳的，妳還怕臨死前沒地方去？」阿劉笑著說道。

「我可不要死在這種地方，想到就心裡發毛。」

阿桂打了個哆嗦。此時阿劉突然握住了阿桂的手，阿桂想要掙脫，卻敵不過男人的腕力。

「阿桂姐，妳好像很怕死？」

「我不怕死。時候到了就得死，怕也沒用。」阿桂在阿劉的懷裡咕噥道：「但是、但是，我絕對不要死在這個屋裡。」

「既然如此，看我的吧。」男人的眼神及嘴角皆漾起了充滿自信的微笑。那正是男人征服了女人時的典型表情⋯⋯。

阿桂雖出錢開設了惜別亭，卻不肯讓他人知道這個祕密。就連自己與阿劉之間的特殊關係，也是絕口不提。但紙畢竟包不住火，不久後這些祕密都已不再是祕密。最大的原因，當然也是因為惜別亭的生意一如兩人所預期的興隆。

過去窮人只能死在路邊，如今卻能在屋裡安心斷氣而不必在意他人目光，照理來說窮人們應該感謝惜別亭的經營者才對。但這些窮人們雖然心甘情願付給醫生高額醫藥費，可一旦進到惜別亭裡，卻總是會說出這麼一句話：

「連窮人的最後一滴血也要榨乾，你們將來一定不得好死。」

若是這麼討厭惜別亭的做法，大可不要光顧。但這些窮人們每當家裡有人快要斷氣，還是會巴巴地將病人送到惜別亭來。

新加坡就像是國際人種展示會的會場，惜別亭的客人除了華僑之外，還有馬來人、印度人、日本人、白俄人，有時甚至還會出現英國人。阿劉的交涉手腕相當高明，不管遇上多窮的客人，都能夠想辦法先收取房租。雖然金額不多，但阿劉不知從何處學會了唸經，還能提供唸經服務來收取費用。再加上向棺材店收取的回扣，以及代為雇用苦力時的傭金抽成，林林總總加起來也是一筆不小的數目。

阿桂見這門生意確實有利可圖，也不再像剛開始那樣在意他人的閒言閒語。畢竟阿劉是個鬼靈精的男人，如果把整個事業都交給他全權負責，不曉得他私底下會動什麼手腳。於是阿桂辭去了長年來的女傭工作，全心投入於惜別亭的經營，甚至為此還搬了家。但阿桂實在不敢住在惜別亭裡，因此在附近租了一間房間，每天從那裡前往惜別亭。從這一刻起，阿桂才成了名副其實的惜別亭女老闆。惜別亭內的大小事情，都改由阿桂一手裁斷。她每天親自為死者的親友及家屬倒茶，大家看了她那笑臉迎人的殷勤模樣，也不再當面咒罵或譏諷。但這些人在背後如何說阿桂的壞話，她也心知肚明。有一次，某個從前的好朋友來拜訪阿桂，偶然間說了這麼一句話：

「大家都說如果不趁現在巴結妳，將來要死的時候可有苦頭吃了。」

「簡直把我當成了閻羅王。妳今天來找我，也是為了這個？」阿桂反問。

朋友吃了一驚，說道：

「妳真的變了不少。人家說女人會受男人影響，原來妳也不例外。」

阿桂就這麼與從前的好友們漸漸疏遠了。面對世人的各種排擠及中傷，阿桂不再放在心上。她認為那並不是因為自己壓榨窮人，而是因為自己賺進了大把鈔票，引起眾人眼紅。至於那些說自己被壞男人騙了的流言蜚語，阿桂更是不縈於懷。因為惜別亭的收支全由阿桂親自負責，而且阿桂管錢管得很嚴，阿劉不可能有機會動手腳。

三

光陰似箭，就這麼過了五年。在這段期間裡，新加坡的港口曾因橡膠價格暴漲而變得人滿為患，也曾因橡膠價格暴跌而變得冷冷清清。但不管景氣如何變動，惜別亭的生意皆不受影響。景氣好的時候，會有不擅喝酒的人喝了太多酒而暴斃；景氣差的時候，則會有人因營養失調而暴斃。唯獨在水痘、傷寒等傳染病大流行時，除了醫生會忙得焦頭爛額，惜別亭的生意也會比平常好一些。阿桂開始經營惜別亭後，才深深體會到窮人的死沒有季節之分，隨時說斷氣就斷氣。

隨著資產的增加，阿桂在過了四十歲之後，體態開始變得豐腴，臉型也變得愈來愈有福相。每當阿桂走在街上，不認識她的人都以為她是靠橡膠或錫礦發了財的暴發戶。

但阿桂的心中卻也有個無人知曉的煩惱，那就是愈來愈離不開男人。年輕時的阿桂雖然也曾與男人交往，但直到最近幾年，阿桂才深刻體會到男人的好。自從跟阿劉在一起之後，阿桂變得對阿劉相當依賴。雖然一樣管錢管得很嚴，但阿桂不管吃什麼食物，一定會為阿劉準備一份。如果訂做衣服，也會幫阿劉訂做一套。阿桂完全把阿劉當成了家人看待，可惜兩人之間一直沒有孩子。

看慣了死人之後，如今死亡對阿桂而言已不是什麼大事；她於是開始認為人生最大的不幸是沒有子嗣。阿桂曾經偷偷到婦產科就診，曾經喝過來歷不明的中藥，也曾經到媽祖廟祈求早生貴子，但全都徒勞無功。

「為什麼我們就是沒辦法有孩子？」阿桂問道。

「這種事怎麼能強求？」阿劉苦笑著回答：「何況以妳的年紀，如果突然懷孕，恐怕會有生命危險。能不能有孩子，是上天註定的事情。」

「會不會是因為我們靠這種方法賺錢？」

「沒那回事。」

「不然我們乾脆領養一個孩子，好不好？」

「妳想養一個跟我們毫無瓜葛的孩子？」

阿桂找阿劉商量過數次領養孩子的事情，但阿劉一直顯得興致缺缺。阿劉也告訴阿桂，他有兩個孩子目前還住在中國，如果阿桂真的想要孩子，不如將其中一個孩子叫到新加坡來撫養。對於阿劉這個提議，阿桂反而感到難以接受。雖說那是阿劉的孩子，卻是阿劉跟其他女人所生。與其讓那種孩子繼承自己的遺產，不如拱手送給跟兩人都毫無瓜葛的孩子。

阿劉很清楚阿桂的心情，因此每當阿桂提出領養孩子的要求，阿劉就會拿自己在中國的孩子來當作搪塞推託的藉口。這讓阿桂不禁開始懷疑，阿劉是認為他只要活得比阿桂久，就能繼承阿桂的全部財產。

「我怎麼會比你先死？」

阿桂心中暗自竊笑。但連阿桂的這個想法，也被阿劉看得一清二楚。

阿劉是個相當精明的男人，即便阿桂掌管收支非常嚴格，阿劉的口袋還是永遠有錢可以花用。一來為客人誦經的費用是阿劉的個人收入，二來葬儀社的老闆也很識相，總是會另外準備一份給阿劉的回扣。阿劉靠著這些收入，在距離惜別亭不遠處的屋子裡包養了一名情婦。這名情婦還為阿劉生了孩子，阿桂卻一直被蒙在鼓裡。

然而就在一個偶然的契機下，阿桂發現了這個祕密。這一天，有個老婦人被人抬進了惜別亭。跟著老婦人一起來的女人不斷左顧右盼，似乎想要找阿劉殺價。但這時阿劉剛好出門不在，因此是由阿桂親自出來應對。

「妳說妳認識我老公？你們是怎麼認識的？」

「他常到我家隔壁，所以我跟他很熟。」

「妳家？妳家在哪裡？」

「妳不知道？就在瓦斯公司後頭，家俱行的隔壁。」

「家俱行的隔壁？」

阿桂從不曾聽過阿劉有朋友住在那附近。

「看來妳是真的不知道。」那女人笑著說道。「妳老公經常從我家門口經過，我對他說過陣子可能會帶病人上惜別亭，他拍胸脯保證會算我便宜。」

「我老公不可能說那種話。就算說了，也只是客套話而已。」

「妳真是個貪得無厭的女人，難怪老公會偷腥。」

「什麼？」阿桂大驚失色。「妳剛剛說什麼？」

「我什麼也沒說，錢我放在這裡了。」

女人扔下這句話便走進了惜別亭內。

阿桂的腦海裡不斷迴盪著女人說的話。此時的心情只能以晴天霹靂來形容。

「不可能……不可能……」

阿桂帶著焦躁不安的心情跳上了人力車，一路趕往那女人所說的屋子。人力車通過了架設著瓦斯槽的廣大企業用地，前方確實出現一棟製作廉價家俱的家俱行。那是一棟兩層樓建築，二樓陽臺上掛著一些正在晾乾的衣物。阿桂上氣不接下氣地奔上樓梯，正打算要敲門的那一瞬間，她突然覺得這麼做實在太愚蠢。

「突然闖進陌生人的家裡，又有什麼用？到底有沒有這回事，只要回家問那小子就知道了。」

這天晚上，阿劉一回到家，阿桂立即對他說起了這件事。阿劉見阿桂的臉色相當難看，登時明白東窗事發，但阿劉的態度相當沉著冷靜。

「是真的嗎？你真的背叛了我？」

阿劉既不承認也不否認。那一副氣定神閒的態度更是令阿桂怒火中燒。

「你這沒人性的負心漢！你也不想想是誰讓你三餐溫飽，不必在路旁賣菜，還能穿這種風光體面的絲綢衣褲！」

阿劉只是靜靜聽著，任憑阿桂破口大罵，半晌之後才淡淡說道：

「如果妳想分手，那就分手吧。」

「那當然！」阿桂忍不住高聲喊道：「我可不想再跟你這種沒人性的傢伙住在一起！你給我滾出去！滾出這間屋子！」

「要我走可以，但這些年來賺的錢，妳得付我一半。」

「你在說什麼蠢話？一旦我們分手，你不過是我雇用的員工！」

「我早就知道妳會這麼說。」阿劉起身走向放在屋角的一張桌子。「所以妳藏在這桌子後頭的錢，我已經拿走了。」

「什麼？」

阿桂急忙奔向桌子，奮力將桌子拉開。阿桂的錢就藏在那後頭，她原本以為天底下沒有第二個人知道這件事，但如今那些錢已不翼而飛。

「小偷！你這個小偷！」阿桂揪著阿劉的袖子說道：「我一定要報警，把你抓起來！」

「警察不會理妳的。我跟警察的長官們很熟，如果正式打起官司，到時候被趕出屋子的人會是妳，而不是我。」

阿桂一聽，原本拉著袖子的雙手再也使不出半點力氣。阿桂面目猙獰地瞪了阿劉一眼，惡狠狠地說道：

「滾出去！別再讓我看到你！」

四

阿桂再次過起了一個人的生活。跟從前當女傭時相比，現在的單身生活更加孤單得多。而且遭另一半背叛的感覺，比另一半死了更加心痛。藏在屋裡的錢被阿劉偷走當然也令阿桂氣得直跺腳，但阿桂將所有的錢分別藏在好幾個地方，被偷走的只是所有資產的一小部分而已，對阿桂而言稱不上嚴重打擊。何況惜別亭還能繼續營業，那些錢馬上就能再賺回來。

阿桂原本如此安慰自己，但接下來發生了一件事，再度讓阿桂氣得捶胸頓足。原來阿劉離去之後，竟然以偷走的那筆錢為資本，幹起了與惜別亭相同的生意。

阿劉在距離惜別亭約徒步二十分鐘的地點買了一棟屋子，掛起一面招牌，上頭寫著「風蕭亭」。這名稱是取自於「風蕭蕭兮易水寒，壯士一去兮不復還」。

風蕭亭由於資本並不充足，設備比惜別亭簡陋得多，但價錢比惜別亭便宜了一點。對窮人來說，價格高低比設備更重要，因此惜別亭的客人幾乎全流向了風蕭亭。惜別亭為了與其對抗，只好跟著降價。剛開始的時候，客人確實有回流的趨勢，但不久之後，還是全都被風蕭亭吸走了。

「因為風蕭亭免費提供唸經服務。」

一名客人如此告訴阿桂。阿桂再度氣得橫眉豎目。

「那傢伙竟然搬出從我這裡學會的所有招數來對付我！看著吧，我要讓你再也笑不出來！」

阿桂採取的對付手法竟然不是雇用和尚，而是雇用巫婆。那巫婆一副老態龍鍾的模樣，有著一頭雪白的頭髮，走路時拖著一條跛腳。她聽了阿桂的要求後，竟然獅子大開口，要求先支付一百元費用。

「太離譜了！怎麼會這麼貴？」阿桂瞪著眼睛說道。

「妳要咒殺一個人，還想便宜了事？一百元算很便宜了。」老婆婆以沙啞的聲音回答。

「但如果不靈呢？若是事成才付錢，還算有點道理，憑什麼要我先付錢？」

「嘿嘿嘿……妳開的惜別亭不也是要客人先付錢嗎？」

「那是因為會來惜別亭的客人都很窮，我怕事後討不到錢。」

「妳怕事後討不到錢，難道我不怕嗎？如果妳不肯付，那我就到風蕭亭去了，人家可也想雇用我呢。風蕭亭的老闆還跟我說，如果將來我要死了，可以免費住進風蕭亭。」

「妳這個老太婆，竟然利用女人的弱點大發橫財，將來妳一定不得好死。」

阿桂嘴上雖這麼抱怨，最後還是只能答應巫婆的要求。

從這天晚上起，巫婆便住進了阿桂家。巫婆的行李裡有稻草、紅布及弓箭，她先製作了一個稻草人，釘在牆壁上，接著探聽到了阿劉的全名及生辰八字，把這些全寫在紅布上，再以紅布裹住稻草人的身體。準備都完成後，她開始焚燒金紙銀紙，一邊唸著咒語，一邊引箭拉弓，一箭箭射在稻草人的頭部、心臟及四肢上。那稻草人被射得慘不忍睹，若是活人早已沒命了。

巫婆接著又坐在稻草人面前唸起咒語，唸了整整一夜。直到清晨，巫婆才開始睡覺，而且睡得像死人一樣熟。半夜一到，巫婆又像老鼠或貓頭鷹一樣自動醒來，鑽出了床鋪，繼續燒香及焚燒金紙銀紙，嘴裡唸唸有詞。

詛咒儀式持續進行了兩星期，巫婆聲稱阿劉的身體已變得非常虛弱，不到一個月之內就會暴斃。阿桂給了一個熟識的女人一點錢，派她到風蕭亭探聽情況，那女人回報阿劉在兩、三天前得了風寒，一直臥病不起。阿桂聽得眉開眼笑，當晚安排了一桌酒席犒賞巫婆。

一星期之後，阿桂又派了另一個女人前往風蕭亭打探消息，卻得知阿劉已恢復健康，正忙著為死人唸經。阿桂勃然大怒，巫婆趕忙辯解：

「妳放心，他是外強中乾，毒性已深入五臟六腑，再過一星期就會死了。」

於是又過了一個星期，阿桂再度派人前往風蕭亭，得到的消息是阿劉不僅沒有生病，而且生意愈做愈旺，氣勢可說是如日中天。更驚人的是阿劉在提到阿桂時，還笑著說道：「我雇用了個巫婆來詛咒那個老女人，她的來日已不多了。」

阿桂聽到這句話，一時之間天旋地轉，整個人癱倒在椅子上。經過醫生診斷，竟是輕微的腦溢血，雖然不至於有生命危險，但必須安靜休養一陣子。阿桂大罵巫婆是騙子，將她趕了出去，但心情卻是愈來愈忐忑不安。要是在這種時候孤獨地死去，那是多麼悲哀的一件事。

但是仔細想一想，從前那些跟自己交好的朋友們如今幾乎都沒有聯絡了。現在會進出自己家的人，全是基於生意上的往來。例如葬儀社老闆、棺材店老闆、抬棺材的苦力及和尚等等，雖然處理後事相當方便，但他們的本性都像貪婪的盜賊。

「我絕對不能死。不，就算要死，我也要死在醫院裡。」

於是阿桂將所有的錢牢牢地綁在腰間，跳上了人力車，急急忙忙趕往醫院。

公立醫院是一棟相當氣派的水泥建築，床鋪及棉被套都乾淨得令人眼睛為之一亮。躺在柔軟而有彈性的床上，身體好像要陷入床鋪裡，感覺相當舒服。

「若能死在這裡，我也心甘情願了。」

心中一產生這樣的想法，身體的每個部位彷彿都變得不聽使喚了。累積了四十多年的疲勞，全在這時噴發出來。

接下來有將近半年的時間，阿桂一直住在醫院裡。如果繼續過獨居生活，遲早有一天會孤獨而死。既然同樣是死，不如趁現在手上還有錢，神智也還清楚的時候斷氣。雖然阿桂已有死的覺悟，但命運的女神遲遲不讓死亡降臨在她頭上。

稍微恢復了健康之後，阿桂又開始擔心起惜別亭的生意。自從住院之後，阿桂只能把惜別亭交給員工全權負責，但這段期間的業績似乎頗不理想。風蕭亭的猛烈攻勢當然也是造成業績下滑的主因之一，不過最重要的還是惜別亭的主人臥病不起。任何生意遇上這樣的情況，經營上必定難有起色。阿桂曾考慮過乾脆放棄這個罪孽深重的生意，但最後還是放不下手。就像二十年前，阿桂明明有不少積蓄，卻還是不肯辭去女傭工作一樣。對如今的阿桂而言，惜別亭正是唯一能夠帶來穩定收入的工作。

醫生告知可以出院之後，阿桂便回到了原本的棲身之所。住院的段期間裡，阿桂一直在思索一個問題。惜別亭與風蕭亭只是因經營者發生爭執才一分為二，新加坡明明這麼廣大，兩家生意卻要如此惡性競爭，實在有些愚蠢。阿桂雖然心中恨意未消，卻決定要與風蕭亭設法達成經營上的共識。如果做不到的話，最後的手段是出錢將風蕭亭買下。

於是阿桂立即派人至風蕭亭交涉。但風蕭亭的位置及設備都較差，如果兩家統一價格，風蕭亭一定會處於劣勢。既然價格談不攏，阿桂又派人詢問是否願意讓出風蕭亭的經營權。阿劉聽到這個要求，竟爽快地答應了。然而阿劉所開的價錢，卻是阿桂所出價錢的三倍。對阿桂而言，就像是對方故意拋出了一個難題來為難自己。交涉遲遲沒有進展，但時間拖得愈久，阿桂的處境就愈尷尬。如果照這樣下去，將來搞不好會變成惜別亭被風蕭亭買去。阿桂最後一咬牙，決定買下風蕭亭。但阿桂開出了一個附帶條件，那就是阿劉從今以後不得在新加坡市內經營相同的生意。

風蕭亭就這樣被惜別亭納入旗下。但這種生意原本就不需要有兩家，統一了價格之後，客人全都流回惜別亭。不久之後，政府推動都市重劃，風蕭亭附近一帶的貧民窟遭到拆除，變成寬廣的道路。阿桂雖獲得政府的補償金，但那金額不到當初支付給阿劉的五分之一。事後回想起來，阿劉似乎是早已掌握了消息，才急著要將風蕭亭賣出。阿桂再度氣得直跳腳，幸好阿劉拿到錢後便帶著妻小搬往馬來半島，阿桂只好當作自己是花錢讓阿劉離開新加坡。

五

接著又過了十多年。這段期間發生過戰爭，死了很多人，新加坡的地圖也出現了很多變化。但惜別亭沒有在空襲中遭到破壞，也沒有屈服於慈善醫院及福利設施的新攻勢之下，依然維持著穩定的經營業績。

新加坡雖然多了不少新建築物，窮人的數量卻絲毫沒有減少。

如今阿桂婆婆早已是擁有許多不動產的大富婆。出租這些不動產的租金獲利遠遠超越了惜別亭的收入，但這些不動產當初也是來自於惜別亭的收入，說起來就像是惜別亭所生的孩子。

阿桂婆婆相當清楚這一點，因此即便已是家財萬貫，她每天依然站在惜別亭的門口，向那些抬著將死病人的窮人們要求先付錢才能進入。

錢賺得愈多，阿桂愈覺得自己是全天下最不幸的女人。有些富人秉持著「錢財取之於社會，應當還之於社會」的豁達想法，但阿桂並沒有這樣的觀念。另一方面，阿桂卻也很清楚自己花一輩子賺錢，死後也不可能帶往陰間。有些人勸阿桂領養一個孩子，但自從遭阿劉背叛之後，阿桂就不再相信任何沒有血緣關係的陌生人。即便是結為伴侶的男人，隨時也有可能反目成仇。就算自己費盡心血養育一個孩子，如果孩子不把自己當母親，那也沒有任何意義。與其為了這種事情日夜煩惱，不如繼續過一個人的生活。這樣的想法，讓阿桂一直忍受著孤獨。但過了這麼多年，阿桂也已經習慣了。

話雖如此，阿桂還是常常想起往事。自從阿劉離開新加坡後，阿桂就再也沒聽到任何與阿劉有關的消息。不知阿劉現在過著什麼樣的生活？如果他還活著，應該是個白髮蒼蒼的老人，孩子也已長大成人了吧。有孩子的人生，想必充滿了期待。

但是就在某一天，有個十七、八歲的少年揹著一個老人來到了惜別亭的門口。

「先給錢！」阿桂婆婆大喊。

但一看到少年的臉，阿桂婆婆不禁倒抽了一口涼氣。那張臉孔與年輕時的阿劉簡直像一個模子印出來的。

阿桂婆婆急忙抬頭望向少年背上的老人。許久不曾修剪的長髮及鬍鬚，幾乎完全覆蓋了那張毫無血色的臉孔。雖然與當年的阿劉已有天壤之別，但阿桂婆婆可以肯定他就是阿劉。可惜阿劉此刻已是奄奄一息，根本沒有察覺站在眼前的人是誰。

「多少錢？」少年粗魯地問道。

「十元。」

「太貴了吧！」

「這年頭錢的價值愈來愈薄，漲價不是我的錯。我想你應該不知道，剛開始的時候，我只收兩元呢。對了，最便宜的時候，還曾收過一元。」

「竟然向窮人要十元，真是太過分了。」少年瞪著阿桂婆婆說道：「妳用這種方法變成有錢人，將來一定不得好死。」

阿桂婆婆一聽，不由得露出雪白的牙齒，開心地笑了起來。

雖然二十多年來早已聽過無數次，但阿桂從未想到阿劉的兒子也會說出這句話。照理來說，阿劉應該不會對自己的兒子提起那些往事。

「沒錯，我將來一定會不得好死。」

少年聽阿桂婆婆這麼說，只好從胸前口袋掏出一張皺巴巴的十元紙鈔，默默遞了出去。接著少年重新揹好父親，大跨步走進了屋裡。阿桂看著少年的背影，再一次將十元紙鈔小心翼翼地塞進懷裡。

（初發表於一九五八年九月）

毛澤西

一

香港島與九龍半島之間隔著約一哩寬的海峽。站在海岸邊，甚至能看見對岸建築物牆上的巨大廣告標語。海面上懸浮著無數浮標，隨時都有數十艘汽船停泊其間。

香港島的辦公大樓都集中在沿岸地區。由於香港幾乎沒有腹地，住宅只能建在海岸至半山腰之間。每天一到晚上，或是起了淡淡霧氣的日子，港口便會形成如夢似幻的美麗景色。相較之下，九龍半島則有著一望無際的平地，道路也相當寬廣，因此隨著人口不斷膨脹，有愈來愈多人選擇住在九龍，每天到香港島的辦公大樓上班。

海峽相當狹窄，原本大可以建一座跨海大橋，或是挖掘海底隧道。但實用性似乎不是英國人所追求的唯一目標，過去數次有人提出類似的建議，最後都不了了之。

因此，每天清晨跟傍晚，香港人都必須搭乘渡輪，往來於香港島與九龍之間。搭乘渡輪的碼頭共有三處，不同的碼頭，船客的服裝及外貌也頗不相同。其中以往來於香港統一碼頭與九龍油麻地碼頭之間的渡輪最為巨大，內部的設備足以載運二十輛裝滿了貨物的大貨車或私人汽車。

自一九四八年之後，共產黨在中國大陸的勢力迅速擴張。從這個時期開始，流入香港的難民便大量增加。上至地主階級及大資本家，下至不太可能成為共產黨清算對象的小老百姓，全都變賣了家產，離鄉背井逃入香港。其中還包含一些國民黨的基層士兵，以及連吃飯也成問題的窮人。這些人付不起高額房租，卻又無處可去，每天晚上只能在別人家的騎樓底下或樓梯旁權且窩身。許多人為了維持生計，只好經營起當地政府所禁止的無照販售。

在香港這塊土地上，就連賣報紙也得經過政府同意。事實上這是一種保護寡婦、老人及孤兒的措施，得到執照的合法販賣者必須將貼著照片的執照放在塑膠套裡，像狗牌一樣掛在脖子上。全香港約有三種英文報紙及七、八種中文報紙。許多人不會說英語，因此把 *South China Morning Post* 稱為「南早」，而把 *China Post* 稱為「華郵」。有趣的是報紙的價錢會隨著時間而改變。例如中文晚報的價格通常是一份十仙，但是天黑之後價格會開始下降，先變成兩份（不同種類）十五仙，接著又變成兩份十仙。此外還有「報紙出租」的服務，進茶樓時向門口的販報生租一份報紙，在茶樓裡喝茶看報，離去時將報紙歸還，就只要付一半價錢。由於販賣報紙不需太多資本，而且收入勉強能餬口，因此難民們皆趨之若鶩。

「晚報！晚報！」

船抵達了碼頭，乘客陸續下船，一大群販報生登時一擁而上，一邊叫喚一邊在看起來可能會買報紙的乘客周圍繞來繞去。販報生除了兩條腿必須跑得快之外，手指動作也必須靈活，如果找錢找得太慢，客人早就被其他販報生搶光了。

這天傍晚，警察的巡邏車來到了碼頭邊，逮捕了十多名沒有執照的男女販報生。無照販子遭逮捕雖然不是什麼奇事，然而一旦被警察拘留，不僅身上的報紙會被沒收（其實就算沒被沒收，到了隔天也會變成一堆廢紙），而且上了法庭後還得依情節輕重而面臨金額不等的罰金。因此這些人被警察揪住後頸的那一瞬間，大多會臉色蒼白，有的甚至會哭泣落淚。但這天被推進巡邏車的無照販子之中，竟有一個看起來不像無照販子的壯漢。這個人長得高頭大馬、虎背熊腰，年紀約三十四、五歲。臉上眉毛極粗，一對大眼珠炯炯有神，但眼角下垂，豪邁不羈中帶著三分樂天派的悠閒與溫和。只見他靜靜地坐在警察身邊，雙手交叉在胸前，既不感到難為情，也不打算反抗。他只是愣愣地看著車窗外不斷飛逝的街景，宛如巴士裡的乘客。

巡邏車在太陽即將下山的時候抵達了油麻地警署前。開車的警察解開了後側的門鎖，喊了一聲「下車」。坐在裡頭監視的警察首先跳下車，接著是一邊啜泣一邊煩惱明天有沒有錢吃飯的女人，然後是板著臉孔不發一語的青年。那名壯漢最後才跳下車，動作異常輕盈。

二

隔天早上，一行人被帶進了法庭內。

由於這是每天的例行公事，法官以機械般的動作對每一名被告進行當庭宣判。若是有其它生存之道，沒有人會想當無照販子，執法人員心裡也很清楚這一點。但如果因同情這些人而不加以懲處，社會秩序將難以維持，何況中國大陸還有無數難民正在找機會逃入香港。

被告依序來到法官面前，有的睡眼惺忪，有的哭哭啼啼。法官一一判處十圓至二十圓不等的罰金。有些人乖乖繳納了罰金，也有些人付不出錢，因而被帶回拘留室，其後將被移送至監獄。偶爾會有女人對著法官下跪求饒，如果遇上法官心情好，不僅能獲判無罪開釋，有時法官還會基於同情而從口袋掏出五圓或十圓。

這天的法官是個年過半百的中國紳士。雖然膚色是中國人，但腦袋裡全是英國人的觀念，說出口的英語也是最道地的英語。不難想像這個法官一定曾在倫敦的學校攻讀過法律，而且擁有英國國籍。

不一會，輪到了高頭大馬的壯漢。

「被告，你叫什麼名字？」法官問道。

壯漢抬起了頭，承受著法官的視線，半晌後才大聲說道：

「毛澤西。」

這句話一出口，整個法庭頓時哄堂大笑。

「你把這裡當成了什麼地方？不准開這種玩笑。」

老法官為了維護法律的威嚴，嚴厲地訓斥壯漢。但老法官自己也是個挺有幽默感的人，費了好大力氣才強忍住臉上的笑意。

「法官大人，我就叫毛澤西……」

笑聲再度響起。法官聳了聳肩，臉上露出苦笑。

這個名字顯然是假名。但除非這名壯漢曾以其它名字在法庭上留下犯罪紀錄，否則法官沒有任何正當理由能夠制止他自稱為毛澤西。這個時期在中國大陸，毛澤東正有如旭日東昇般大放異彩，眼前這個壯漢竟然自稱毛澤西，法官不禁對壯漢的用意感到頗為好奇。

法官將壯漢從頭到腳仔細打量了一番。壯漢身穿髒汙的棉質工作服，一身高高隆起的肌肉，頸子極為粗大，腳下卻穿著一雙輕盈的網球鞋，與其形象頗不相稱。法官心想，穿那雙鞋子大概是為了方便跑給警察追吧。仔細一瞧，壯漢的表情相當平淡豁達，簡直像是在比賽中落敗的運動選手。

「你知道沒有執照販售物品會受到處罰嗎？」

「……」

法官暗自盤算如果壯漢回答「不知道」，就說「這一次原諒你」。但等了半晌，壯漢卻遲遲沒有說話。壯漢的遲鈍令法官忍不住暗自咂了個嘴，但壯漢的善良卻也令法官增添了幾分好感。然而這名壯漢四肢健全，擁有工作能力，法官總不能基於個人好惡而表現出同情之意。

「罰金十圓，得易科監禁兩天。」

「是。」

壯漢乖乖鞠了個躬，正要退下，法官突然喊道：

「等等！你家裡有幾個人？」

毛澤西聽了這涉及隱私的問題，先是愣了一下，接著說道：

「我沒有家人。」

「你看起來似乎身強體壯？」

「是的。」

「我有個主意。」法官以宛如商量事情般的口吻說道：「既然你擁有這般體魄，大可以做像樣點的工作。現在到處都有工務局的道路工程，雖然當工人並不輕鬆，但收入不錯，而且不必看到警察就逃走。如果你有意願，我可以把你介紹給工務局，如何……？」

「謝謝法官大人。」壯漢猶豫了一會，似乎是不敢一口回絕對方的好意，半晌後才說道：「不過……要養活自己不是什麼難事。」

「好吧，那你可以走了。」

毛澤西繳了十圓罰金，走出了法庭。來到走廊上時，遇上了同樣在油麻地賣報紙的阿龍。阿龍是個十五、六歲的少年，臉色蒼白且體格瘦弱。

「你怎麼會在這裡？」毛澤西問道。

「只是有點擔心你。」阿龍靦腆地回答。

「原來如此，真是抱歉。」

毛澤西露出戲謔的笑容，朝著門口邁步而行。法院建在一座矮小的岩山上，周圍景色遼闊，遠方教堂屋頂上的十字架在太陽下閃閃發亮。

「直到今天，我才知道你的名字。」

「哈哈哈……」

毛澤西張口大笑。

「難得法官好心要介紹工作給你，為什麼拒絕了？」

「就算答應了也做不久，不如別答應。」

「這話怎麼說？」

「我這個人不喜歡受到束縛。從前在上海的時候，我就過著自由自在的生活，將來也是一樣。就好像這世上沒有一件衣服能讓我穿得服貼。」

「那是因為你的身體太大了。」

兩人一邊哈哈大笑，一邊走下混凝土階梯。

「快趕不上晚報的時間了，得快點才行。」

「哎喲，沒錯。」

兩人瞥了一眼店家的時鐘，同時朝著碼頭的方向拔腿奔跑。

三

渡輪裡每個乘客翻開晚報，皆看見了第三版左邊角落有一段占了兩排的報導，標題是「毛澤西遭拘留」。

每個人看見這則報導時的反應不盡相同。對共產黨抱持同情態度的人大多嗤之以鼻，但內心拍手叫好的也大有人在。有些人讀到後來才發現主角只是個販報生，不由得莞爾一笑。由於文章裡只寫著有個古怪的男人在油麻地賣報紙，而在油麻地賣報紙的人多如牛毛，單從字裡行間難以確認那個人到底是誰。

毛澤西本人則是在當天傍晚便回到了碼頭，繼續賣起晚報。販報生基本上是不看報紙的。對他們來說，報紙只是做生意的商品，裡頭不管寫些什麼都與自己無關。如今毛澤西握在手中的眾多報紙裡，就包含了親共的《華商報》及《文匯報》。

乘客從船上魚貫而下，他一邊來回穿梭，一邊毫不喘息地大喊：

「晚報！晚報！」

就在這時，突然有人叫住了他。

「喂，毛澤西！」

毛澤西愣了一下，轉頭一看，原來不是警察，而是賣口香糖的青年。毛澤西這才鬆了口氣。

「你真是聲名大噪呢。」

「什麼？」毛澤西一臉錯愕地說道。

「你上報了，難道不知道嗎？」

「你在說什麼傻話？」

「自己看看吧。」

賣口香糖的青年從毛澤西手中抽出一份報紙，在毛澤西面前攤開。

「啊！」

毛澤西忍不住驚呼一聲。一時之間，毛澤西不知道該怎麼表達自己的心情，手腳彷彿突然不聽使喚，耳中清楚地聽見心臟擠壓出血液的鼓動聲。

「這……這是我？」

「那還用說？原來你挺有一套，我相信再過不久，你就有源源不絕的客人了。」

「別胡說八道！」

毛澤西板起了臉，惡狠狠地瞪著對方，但眼角帶了一絲笑意，因此青年一點也不害怕。

「你可以在脖子上掛一片大牌子，上頭寫著毛澤西，保證比掛執照更有效。」

賣口香糖的青年很清楚毛澤西這個人是面惡心善，所以敢開他的玩笑。毛澤西突然抓住了青年的領口，力氣大得驚人。

「救命啊！」

就在這時，剛好下一班渡輪抵達，大批乘客湧入碼頭。毛澤西於是放開了手，那男人急忙逃走，毛澤西對著他大喊：「你如果敢亂造謠，看我饒不饒你！」說完了話，毛澤西也轉身奔向群眾。

這天晚上，毛澤西原本在劇院旁賣著兩份十五仙的報紙，但總覺得靜不下心來，於是提早收了攤。或許登上報紙版面一事，多少讓自己有些飄飄然吧。

他走向站在茶樓前的阿龍，說道：

「要不要吃點東西？今晚我請客！」

兩人於是穿過一條名為上海街的熱鬧街道，進入了市集裡。放眼望去到處是賣食物的攤販、算命先生，以及賣膏藥的店，擠得水洩不通，幾乎讓人喘不過氣。

「你想吃什麼？儘管說別客氣！」

「我想吃餛飩麵。」少年回答。

「好。」

兩人於是走進了麵店裡。這家店比一般的攤販稍微高級一些。周圍以宛如遮雨棚般的破木板圍起，印著美女圖的藥商廣告海報是店內唯一的裝飾品。

「我要喝酒，你要不要陪我喝一杯？」

「我沒喝過酒。」

「連酒也沒喝過，可稱不上是男人。」

不一會，老闆送上了兩支茶杯，以及一支土瓶。由於賣酒需要酒牌（執照），因此像這樣的小店通常將酒裝在土瓶裡偷偷販賣。

「這也算是一種茶。來，喝喝看吧。」

少年將茶杯放在鼻下聞了聞，接著輕啜一口，立即將茶杯放回桌上。

「酒這種東西真是難喝。」少年說道。

「噓！別這麼大聲！」毛澤西急忙制止。「你這傻小子，這麼大聲嚷嚷，會引來警察的！」

「可是真的很難喝。」

「如果覺得難喝，那就別喝了。不過你連一杯茶也喝不了，可真是個小孩子。你今年幾歲了？十六歲？真的嗎？但我看你這副模樣，恐怕下面還沒長毛吧？」

「哼，要不要我脫下來讓你瞧瞧？」

少年在毛澤西的肩頭推了一把。

「好、好，算我怕了你。你要吃餛飩麵是吧？老闆，來碗餛飩麵！」

毛澤西端起茶杯，一口喝乾了裡頭的酒。

「啊，好喝。」

毛澤西滿意地舔了舔嘴唇。阿龍在旁邊目不轉睛地看著，忽然開口喊道：

「喂，大叔。」

「別叫我大叔。」

「不然要叫你什麼？毛先生？」

「毛先生？太過分了，我可沒長那麼多毛。」

「你不是上了報紙嗎？別以為我不知道。」

「噢，對。」毛澤西驀然想起了那件事，瞇起了因酒精而泛紅的眼睛，說道：「你想怎麼叫，就怎麼叫吧。」

「喂，大叔。」阿龍又叫了一次。

「幹什麼，小子。」

「大叔，聽說你來香港前，原本住在上海，是真的嗎？」

「是啊。」

「住在上海的時候，你做的是什麼工作？一樣賣報紙嗎？」

「報紙也賣過，此外還幹過很多工作。曾經當過酒店的警衛，曾經開過大貨車，也曾經經營過餐廳。不過還是賣報紙最好，搶著比其他人早一步衝出去，扯開喉嚨大喊：『報紙』，那種感覺真是讓人神清氣爽。你一定也這麼覺得吧？」

「嗯。」少年點了點頭。「不過，大叔，你住在上海的時候，也叫作毛澤西嗎？」

「怎麼可能。」毛澤西露出了戲謔的微笑。「住在上海的時候，大家都叫我蔣介玉。」

「既然是這樣，毛澤東掌權之後，你為什麼要逃到香港來？」

「跟你說了，你也不懂。」毛澤西將粗壯的手臂交叉在胸前，語重心長地說道：「在上海，客人不再爭先恐後地向我買報紙。到底是為什麼，我也是一頭霧水。客人買報紙時的那個眼神，以及專心盯著報紙看的眼神，不知為何都消失了。在那樣的環境裡，報紙也賣不下去。」

「那種感覺，我懂。」

「人小鬼大，你懂什麼。」

說到這裡，毛澤西發現少年的碗底早已朝天，於是又加點了一碗餛飩麵。

「我啊……」幾杯黃湯下肚，毛澤西說起話來已有些咬字不清。「可是出生在法國租界的一棟大宅子裡呢。那裡的圍牆好高，鐵門的形狀像巨大的開屏孔雀。我想你一定沒見過那裡頭長什麼模樣，很想見識一下，對吧？那種宅邸從外頭看，氣派得不得了，可是裡頭啊，亂成了一團，讓人看不下去。於是我就逃了出來，一直到現在，我還是一點也不後悔。」

「你真愛吹牛皮。」

「我沒吹牛皮。我這個人從不說謊，只是天生脾氣有些古怪。我可以對老天爺發誓，我跟毛澤東先生無冤無仇。雖然無冤無仇，但我這輩子絕對不回上海賣報紙。」

四

自那天之後，毛澤西與阿龍變得相當親近。兩人每天在碼頭的廣場上都會遇到對方，拿報紙的時候也是一起行動。但少年不知道毛澤西住在哪裡，毛澤西也從不曾過問少年住在哪裡。

但是就在某一天，少年突然沒有出現。毛澤西回想起少年看起來相當瘦弱，不禁想：

「那傢伙，是不是生病了呢。」

到了隔天，少年還是沒有出現。毛澤西愈來愈擔心，但問了其他販報生及碼頭商店老闆娘，沒有人知道少年住在哪裡。

毛澤西的心裡有種說不出的寂寥，就好像臼齒遭人拔掉一樣。就在毛澤西感到失神之際，背後突然有人喊道：

「喂，賣報紙的！」

「來了！」

毛澤西轉頭一看，眼前竟站著一位警察。毛澤西匆忙想要逃走，但警察已經抓住了毛澤西手中的一大疊報紙。其實毛澤西大可以扔下報紙逃走，但畢竟那是自己的吃飯工具，不忍棄之不顧。就這樣，毛澤西又被推進了巡邏車的鐵網內，並在拘留所睡了一晚。

這次被抓得實在太窩囊，丟光了毛澤西這名字的臉，他本來想換個名字，但警察跟法庭上的人個個認得毛澤西的臉，根本不由得他改名換姓。這一天的法官是個有著藍色眼珠的英國人，由於現場聚集了上百名無照營業的小販，法官懶得一一審問，於是全部都判處「沒收證物及罰金十圓」。

毛澤西獨自走出法庭時，依然有些無精打采。昨晚拘留室裡擠了太多人，加上床蝨擾人清夢，一整個晚上幾乎輾轉難眠。毛澤西甚至有了別再賣報紙的念頭。

毛澤西強迫自己別看時鐘，緩步走在正午時分的大馬路上。受鐵絲網包圍的寬廣運動場上，一名年輕中國男人正慢條斯理地推著除草機。道路的另一頭，有個身穿白上衣及黑褲的老婦人推著嬰兒車迎面走來。自嬰兒車內探出頭的嬰兒有著金色頭髮。

「但我若不賣報紙，阿龍一定會很難過吧。而且他跑得那麼慢，如果被警察追，一定馬上會被抓到。」

毛澤西早已忘了少年的動作相當靈活，經常被捉的人其實是自己。到頭來，毛澤西還是不由自主地走向油麻地。毛澤西給自己的藉口，是少年可能會來找自己，所以不能離開那個地方。

兩、三天後，毛澤西站在油麻地的碼頭邊，忽有一名年約二十歲、身穿鮮豔旗袍的小姐走過來問道：

「你是毛澤西嗎？」

那小姐有著圓滾滾的臉蛋及高挺的鼻樑，稱得上是個美女。

「是……」毛澤西惴惴不安地說道。

「阿龍拜託我來找你。」

「啊，原來如此。」

毛澤西的表情豁然開朗。

「阿龍那小子發生什麼事了嗎？」

「他生了病。」

「我就知道。」

毛澤西舔了舔嘴唇，接著又將嘴唇咬住。

「那孩子原本就體弱多病，一星期前突然吐了血。」

「他現在在哪裡？醫院嗎？」

「哪有錢上醫院。」

「他家在哪裡？」

一問之下，這位小姐原來跟阿龍住在同一棟屋子裡。她在尖沙咀的一家印度人開的店裡當店員。

「好，麻煩妳跟阿龍說，今晚我會去探望他。」

「我上班的店要十點才打烊，你會比我先到吧。」

那小姐說完後就離開了。

這天晚上，毛澤西賣完了晚報，買了六顆美國的香吉士柳橙。

阿龍的家位於紅磡船塢附近。先走進一條兩側只有一邊是新式高樓層建築的街道，左手邊可看見一座岩山，山上蓋滿了雜亂無章的簡陋棚屋。這一帶要尋路有些困難，幸好毛澤西事先打聽得清清楚楚。

阿龍就躺在棚屋內僅兩坪大的房間裡。除了阿龍之外，還有四個年紀比他小的弟弟妹妹擠在房間裡，每個孩子的身體幾乎碰觸在一起。母親起身邀請毛澤西入內，但毛澤西的身體太龐大，根本進不了房間。

「病得很重嗎？」毛澤西問。

「我早就好了。」

少年說著便要站起。

「不能起來。」母親趕緊制止，接著轉頭對毛澤西說道：「他從兩、三天前，就吵著要出去工作。」

「別太勉強。」毛澤西擺出穩重的態度，安撫著阿龍的情緒，臉上帶著宛如哥哥般的笑容。「從明天開始，我會連你的份一起打拚。」

自隔天起，毛澤西比過去更加勤奮努力地工作。但在將報紙交給一個客人的時候，其他客人就會被其他販報生搶走。這種時候毛澤西總是不禁懊惱自己沒有多生幾條手臂。

但毛澤西最後想出了一個辦法來彌補這個損失。經常會有警察的巡邏車來到碼頭進行臨檢，在巡邏車離去後不久，碼頭上只會剩下寥寥數名擁有執照的販報生。雖然有些危險，但只要趁這個時候趕緊回到碼頭來賣報紙，效率就能大幅提升。

毛澤西逐漸掌握了賣報紙的技巧。雖然曾有數次被警察抓住後頸，但憑著一身蠻力，毛澤西總是能安然逃脫。有時警察的手上還會留下一片衣領。毛澤西漸漸覺得跑給警察追很有趣，作風也愈來愈大膽。

「你給我記住！」毛澤西聽著背後傳來警察的怒吼聲，不由得哈哈大笑。

五

就在港邊吹起秋風的時期，少年終於能夠回到油麻地工作。兩人又能像以前一樣一起賣報紙，毛澤西更是精神大振。

但阿龍雖然恢復了健康，畢竟還是需要保護。毛澤西不再能像以前一樣衝第一個，而且必須隨時提防警察臨檢。

「你只要向政府提出申請，應該能拿到執照才對，為什麼你不這麼做？」毛澤西問。

「別人也跟我這麼說，但我不知道手續怎麼辦。資料都得填英文，但我認識的人沒有一個會英文。」

「唔……我也不會英文。」毛澤西咕噥道。

「就算沒有執照，也沒什麼大不了，反正只要別被抓到就行了。何況只有我有執照，大叔卻得逃走，那還不是一樣？」

「這麼說也對。」

然而就在阿龍重新開始工作的不到一星期後，毛澤西又被逮住了。如果只有自己一人，應該能順利逃脫，但這次自己必須擋在少年的身後，護著他逃走。

毛澤西來到法庭上，坐在壇上的正是之前那位老法官。坐在檢察官席上的督察唸出罪狀，老法官聽完後一臉苦笑地說：「被告，看來你真的很喜歡賣報紙。」

毛澤西笑著聳了聳肩。

「毛澤西，我問你……」老法官的語氣相當柔和，宛如是在跟朋友說話。「自從那天被逮捕之後，你還是一直在賣報紙？」

「是啊。」

「賣報紙一天能賺多少？」

「一天兩、三圓，多的時候五圓。」

「就算有收入比這個更好的工作，你也不願意做？」

「……」毛澤西沉默不語。

「你能不能告訴我，賣報紙為何有這麼大的魅力？」

「被你這麼一問，我也不知道該怎麼回答。」毛澤西搔著頭說道：「就是賣得欲罷不能。」

整間法庭裡的人哄堂大笑。毛澤西認為自己只是說了理所當然的答案，不明白大家在笑什麼。

「等等走出法庭，你就會繼續去賣報紙？」

周圍依然爆笑聲不斷，但法官似乎不打算維持秩序。毛澤西一時有如丈二金剛摸不著腦袋，不知該如何是好。

「真拿你沒辦法。」

法官等笑聲止歇後說道：

「我幫你寫一封信給工商署長，你拿著信到對岸的工商署去吧。以後有了執照，你就不會再被抓到這裡來了。」

毛澤西完全沒料到事態會如此發展，整個人傻住了，只是猛眨眼睛。

「下一個！」

毛澤西就這麼被趕了出來。

「真是太好了，大叔。」

阿龍奔到毛澤西的身邊說道。毛澤西聽他這麼說，也不知道該開心還是該難過。

「我該跟他說，別把執照發給我，應該發給你才對。可惜我當時沒想那麼多。」

「沒關係，下次我會趁那位法官值班的時候，故意讓警察抓住。」

一星期後，毛澤西接到通知，前往工商署在文件上簽了名，並繳了一年份的費用。如此一來，自己就可以光明正大地賣報紙了。

但習慣實在是相當可怕的東西。每當毛澤西在碼頭邊賣報紙，一旦看見警察，還是會比任何人都早一步拔腿狂奔。

跑了大約十公尺之後，毛澤西才會想起自己的脖子上掛著執照。沒錯，我已經不用再逃走了！一想到這點，毛澤西突然感覺全身精力全失。就好像退休的運動選手想起自己已經退休，整個人就會像老了十歲一樣。

「大叔，你最近怎麼沒什麼精神？」

「嗯……」

「身體不舒服嗎？」

毛澤西恨恨地低頭看著脖子上的狗牌，罵道：

「媽的，還不都是這玩意害的！」

毛澤西突然抓起執照，奮力一扯。「啵」的一聲輕響，繩子登時斷了。他接著不發一語地朝著海岸奔去。

浪潮打在岸壁上，濺起了白色的水花。毛澤西奔到了岸邊，將貼著照片的執照連同塑膠套向前扔出。塑膠套翻了幾圈，最後落在浪花上，懸浮了一會便消失不見了。

從這一天起，毛澤西看見警察，依然會像逃命一樣地拔腿狂奔。

（初發表於一九五七年）

頭顱

一

這個故事的真偽，你只能自行判斷。如果你認為天底下不可能有這種事，大可一笑置之。如今的我，雖然成了只會抱怨現在年輕人的老頭子，但我在你這個年紀，可也是個喜歡標新立異的年輕人。從以前到現在，我最討厭不合理的事情，所以這個故事若不是發生在我自己的身邊，而是從他人口中輾轉聽來，我也一定會像你一樣嗤之以鼻。不，就算過了這麼多年，我到現在還是無法全然相信那件事是真的。這對我來說這已不是相不相信的問題，而是事實就擺在眼前。我放棄了狀師的工作，來到了這個文明開化的貿易港口香港，並非因為我是那件事的當事人，而是因為我想要逃離那個連我自己也說不出所以然的謎團。如今過了半個世紀，我已經是個一腳踏進棺材裡的老人，但我愈來愈無法接受人死了就一了百了這種觀念。人在斷了氣之後，並非只有地獄或極樂世界這兩條路可走。

從我出生的同治年間，到光緒、宣統，一直到後來的民國，這段期間是歷史上少見的亂世。天災加上內外兵禍，導致死於非命的人多如牛毛。這些意外去世的人原本應該經過風化後歸於塵土，但最近這一陣子，總覺得我那些早已去世的家人、兄弟及村人們似乎還活在世上的某個角落。他們彷彿也在這華南的某處過著與從前相同的生活，只是我不知道那個地方在哪裡。或許我走在路上，會與他們不期而遇。說穿了，判斷一個人的生死不能只靠肉體。世上有很多人活得像行屍走肉，卻也有很多人死了之後猶如在世。換句話說，一個人是死是活，全看這個人的意志。直到最近，我才領悟了這個道理。如果這個觀念是正確的，我接下來要說的故事可就不能算是無稽之談。也罷，結論就留給你自己判斷吧。

我有個表弟叫李少萍，年紀比我小了五歲，但天資聰穎，從小學習四書五經且擅長作詩，很受村塾的老師讚揚，大家都期待他未來能夠功成名就。當時像他跟我這種出生在中農之家的年輕人要出人頭地，唯一的辦法是參加科舉考試，金榜題名後就任官職。我跟他都是以此為目標，焚膏繼晷地鑽研學問。某年他以名列前茅的成績考上童生考試，我也勉強及格，整個村子大舉慶祝，熱鬧得像祭典一樣。大家都說少萍接下來一定會順利考上舉人、進士，前往北京擔任大官。我也相信憑他的才能，一定能輕而易舉地突破這些難關。

隔年夏天，我們為了參加鄉試而前往了廣州。距離考試還有數天的時間，有天傍晚，我們在城下的小巷子散心時，偶然間看見了算命館的招牌。我這個人向來不太相信算命，但面臨大考，還是會產生求神問卜的心情，或許這就是人性的弱點吧。

「喂，我們進去算算看。」

我拉著少萍的袖子說道。少萍停下腳步搖搖頭，回答：

「要是結果不好，會打壞心情。」

「反正只是聽聽，不必當真。」

我率先跨進了算命館的門檻，少萍迫於無奈，只好也跟著進來。

算命館裡只坐了一個老人。那位老算命先生的下巴留著一大束漂亮的白鬍子，他聽見我們的腳步聲，抬頭看了我們一眼。那老人有一對宛如以煙燻過一般的眼珠，透著一股難以言喻的威嚴。或許他看出我們是初出茅廬的考生，眼角漾起了笑意，劈頭便對我們說：

「是哭是笑，全看這一試了。」

我們沒說要算什麼，那位老算命先生直接問了我的生辰八字，舉起留著長長指甲的手指，一面算，一面提筆在竹紙上寫起了字。

「本命是年辛卯，立命亥宮，吉星環繞，小限亦紫薇，龍德等拱照。嗯，嗯，看來有添丁之喜，而且有貴人相助……」

接著他以宛如判官般的冷峻表情對我說：

「你今年會上榜。下次再見的時候，你就是舉人了，哈哈哈……」

雖然易卜之詞不足採信，心裡畢竟多少有些欣喜。

「另外這位，是你的朋友嗎？」老算命先生問道。

少萍還沒有答話，我已搶著把他的情況全都說了。老人皺起了眉頭，目不轉睛地盯著少萍的臉，半晌之後站了起來，咕噥道：

「很抱歉，你這個人的命，我不能說。」

「這是為什麼？」

我頓時大感不安，對老算命先生再三懇求，但那老先生就是不肯吐露一點端倪。

「既然他不說，你就別勉強他了。」

少萍一張臉毫無血色，有如紙一般蒼白。他朝我的肩頭推了一把，轉身便要走出去。但或許是心裡氣不過，他又轉頭說道：

「老先生，你知道鴉片戰爭吧？那是清朝的命，還是實力問題？把實力差距跟命混為一談，是中國自古以來的傳統。若不是有這種陋習，你這種人也沒辦法混飯吃，對吧？」

「多謝你的高論。」老算命先生伸出枯瘦的手掌，制止少萍繼續說下去。「請你務必保住現在這份骨氣。所謂的命，是一個人拚死努力之後獲得的成果。所謂的命，是不論你喜不喜歡都得接受的天賜之物。慢走，不送。」

少萍雖然嘴上逞強，但來到了門外瀰漫著塵埃的道路上，臉色已是鐵青。他雖然腦筋聰明，個性卻有些柔弱，似乎相當在意那算命先生說的話。進城趕考的鄉下書生到算命館問卜，是打從隋唐時代就常有的事。我曾在書上讀過，這個時期正是算命先生賺錢的大好機會。有生意頭腦的算命先生通常會告訴書生「你這次會落榜」，而不會說出「你會上榜」這種讓書生開心的話。落榜的人比上榜的人多得多，因此只要這麼說，就有很高的機率能說中。等到落榜的書生第二年再來趕考時，書生害怕又被說會落榜，往往不敢再上門算命。但是第一年落榜的書生，到了第三年不見得還是會落榜。一旦榜上有名，當起了大官，就會認為當年那位算命先生是鐵口直斷，對其信賴有加。算盤打得精的算命先生，正是像這樣懂得利用人性來說出適當的話。

「所以你也不必太悲觀。」我這麼安慰少萍。

「那種昏庸老頭的胡言亂語，我哪會在意！」

少萍憤恨不已地說道。但我仔細觀察他的臉孔，發現他那以男人而言長得有些罕見的睫毛上竟帶著淚光。我心裡暗罵自己不該將他硬拉進算命館裡，但此時後悔也來不及了。

珠江沿岸上的柳枝隨著南風輕舞搖曳。夕陽已掛在城閣上，江畔的青樓皆亮起了點點燈火。

「我們去喝一杯，散散心吧。」

「嗯，好主意。」

一走進青樓的朱漆大門，便看見一大片花園，園內有著涼亭，到處開滿了玫瑰及秀英花。夜色中不時傳來和著琴音的哀戚少女歌聲。

這一晚，少萍喝得酩酊大醉。就我所知，他應該是第一次進青樓，卻看起來像個放蕩公子，一手摟著歌妓，一手頻頻斟酒，不斷舉起酒杯往嘴裡倒。少萍平日是個善良溫順的人，我心想他一定是承受不了鬱悶的心情，變得自暴自棄了。

當時我已二十三歲，在前一年考上秀才之後，便迎娶了鄰村的富家千金為妻。但少萍這時卻還是單身，而且恐怕還不曾與女人有過肌膚之親。當時他年屆十八，已算是個成年男人，加上高高瘦瘦的身材及高挺的鼻樑，可說是個不折不扣的美男子。憑著少萍的條件，上門說媒的人當然沒少過，但少萍的雙親考慮到他將來的前程，將那些親事全都推掉了。雙親認為，如果少萍上北京考上進士，或許有機會讓某個大官招贅當女婿。少萍可說是村裡所有人注目的焦點，雖然很讓人羨慕，但對於承受期待的少萍本人而言，卻像是脖子上戴了沉重的枷鎖。凡人總有時運不濟的時候，失敗並不是可恥的事，但少萍如果失敗，肯定會像犯了重罪一樣遭村人指指點點。今天算命先生對他說的那些話，簡直就像是下了有罪的判決。我早已忘了過去對他的羨慕與嫉妒，心中只有滿滿的同情。

被少萍摟在懷裡的歌妓約十四、五歲，有著纖纖細腰，宛如是個從明代版畫中走出來的美女。她的肌膚如似蠟像一般細緻白皙，一對烏溜溜的妙目彷彿只開在夜晚的月下美人草，虛幻中帶著一股難以形容的妖豔。一言以蔽之，那歌妓的全身散發出一種不健康的美感。我若非已娶了妻，恐怕一顆心也會被她擄走。少萍年紀較輕，又不像我這麼市儈，被那歌妓的美貌迷倒而難以自拔也是情有可原。

「喂，黛雪！唱首曲子來聽聽吧。」

「好。」

那歌妓捧起身旁的月琴，以帶著哀愁的低沉嗓音唱起了〈玉堂春〉。大家應該都知道，〈玉堂春〉這個故事描述一名書生上京赴考，途中遭人奪走盤纏，正走投無路之際，被前一晚曾共度春宵的青樓歌妓所解救。其後書生金榜題名而當上大官，早已將那名歌妓忘了，那歌妓也嫁給了他人作小妾。沒想到那人的正妻竟然謀殺親夫，並嫁禍給那歌妓。那歌妓被關在牢裡整整一年，重新被帶至廷前時，坐在廷上的人正是她這些年從不曾忘懷的那個貧窮書生。歌妓跪了下來，絮絮叨叨地說起自身的不幸遭遇……

這首曲子不僅故事感人，歌妓那切切哀聲更是深深撼動了我的心。轉頭望向窗外，仲秋前的皎潔明月正高掛在天上。流經屋外的珠江江面上，不少歌妓在小船裡陪著附庸風雅的客人們飲酒作樂。我突然想念起家鄉的新婚妻子，於是說道：

「差不多該回旅店了。」

「別說這種掃興的話。」少萍向我抱怨了一句，接著轉頭向那歌妓說道：

「就算只有今晚也好，我想以妳的膝蓋當枕頭，好好作個美夢。」

「別說這種傻話。考完了之後，你要怎麼玩是你的事，但你今晚非回去不可。」

我硬拉著少萍走出青樓，沿著狹窄的石板道路回到旅店。

將爛醉如泥的少萍抬上了床之後，我獨自來到了騎樓外。皎潔的月光讓夜晚的天空如白晝一般明亮，家家戶戶的藍色屋瓦有如鱗片般泛著光芒。夜闌人靜，我驀然回想起了傍晚那位拒絕為少萍評斷吉凶的老算命先生。為什麼那位老先生會如此頑固地拒絕回答？難道他在少萍的臉上看見了死相嗎？我雖然猜不出理由，但可以肯定絕對不是好事。好吧，等天一亮，我就再去找他問個清楚。

到了隔天，少萍在接近中午時才醒來，但他說頭痛欲裂，不肯起床。下午的時候，我獨自整裝外出。

老算命先生正坐在文昌公的畫像前，翻閱著附插畫的傳奇小說。

「你是昨天那位生員[1]吧，請坐。」他一看見我，便如此說道。

我沒有坐下，劈頭便說：

「昨天老先生沒有告知詳情，我那個同伴相當在意……」

「你跟他是什麼關係？」老人問道。

「他是我的表弟。」

「他是個才氣洋溢的年輕人，真是可憐。」

「請問老先生在他臉上到底看到了什麼相？是否他最近會遭逢大難？我為此牽腸掛肚，一整夜難以安眠。」

「不，你誤會了。」老算命先生急忙解釋。「那個年輕人沒那麼容易死。就算遇上了一般人非死不可的大難，他也能活下來。老實說，這正是我最害怕的一點。」

「請問那是什麼意思？」

「總而言之，我勸你別跟他扯上關係，否則你也會受到牽累。他遲早會因沉迷女色而自取滅亡，無論如何，你絕對不能救他。我現在對你說的這幾句話，請你千萬別洩漏出去，當然更不能對他本人提起。」

老人說完這些話後，便將我送出了門外。我帶著難以言喻的沉重心情回到旅店一看，少萍竟已不知去向。在我離開的期間，他似乎也整裝外出了。

我的推測果然沒錯。就在我走上珠江沿岸的堤防時，聽見了呼喊聲。

「喂——！」

轉頭一看，少萍正跟昨晚那名歌妓一同坐在小船裡。大白天就飲酒作樂實在有些荒唐，

1　生員：俗稱秀才。

但我不想掃他的興，因此只是默默站在岸上，什麼話也沒說。少萍將船划向岸邊，示意要我上船。

「老師寫信來了。」

我正要從懷裡掏出家鄉寄來的信，少萍竟突然抓住我的手，將我拉進了船裡。

在八月的豔陽照射下，黛雪看起來楚楚動人。她此時散發出的魅力又與昨晚不同，怪不得少萍被她迷得神魂顛倒。我再一次像昨晚一樣對她怦然心動，但我旋即想起剛剛算命先生說的那番話，頓時一股寒意竄上心頭，酒也喝得毫無滋味。

「今天我先回去了，你也早點回來，別玩得太晚。」

說完這句話後，我要少萍划向岸邊，獨自上了岸。

這天晚上，少萍並沒有回來旅店。我滿腦子胡思亂想，一整夜輾轉難眠。直到東方的天空泛起了魚肚白，少萍才一邊哼著歌，一邊大搖大擺地走了進來。

「怎麼現在才回來？明天就要考試了，你還記得嗎？」

「我跟她已經許下了終身之諾，所以在考試結束前，我不會再見她。等我考上之後，我會為她贖身。」

少萍臉上笑容可掬，似乎早已將算命先生的話拋諸腦後。我緊閉雙唇，什麼也沒勸他。一來我不希望被他說是個不解風情的人，二來如果他真的想娶一個歌妓，他的父母及親戚一定會堅決反對，根本輪不到我出面扮黑臉。我們進城趕考的盤纏本就不多，少萍已全花在那女人身上，幸好兩人皆順利考完了試。就在即將啟程返鄉的前一天，我拗不過他的再三懇求，只好又帶著他去了上次那間青樓。

「表哥，我一輩子不會忘了你今晚的恩情！」

少萍難掩興奮之色，像個孩子一樣縱情嘻笑。但或許是將有好一陣子無法再見到那歌妓，令他心中苦悶，幾杯黃湯下肚之後，他便已有了醉意。他伏在那歌妓的膝頭不住啜泣，哭完之後心情似乎平復了些，不一會竟然發出鼾聲，在那膝上沉沉睡去。

「黛雪！」我見機不可失，趕緊向那歌妓說道：「我聽說妳跟我表弟已私訂終身，是真的嗎？」

歌妓沒有答話，只是輕輕頷首。後頸的肌膚沐浴在月光下，有如雪一般白皙。

「我並非不能理解妳的心情，但請妳忘了這件事吧。」

「為什麼？」

「妳也知道我表弟是個前程似錦的年輕人，如果硬要跟妳在一起，他所有的家人都會反對。要是他為了妳而跟家人反目，那不啻是自取滅亡。我知道妳很委屈，但如果妳真的愛著我表弟，就請妳放了他吧。」

「我們已立下海誓山盟，這輩子若不能同生，便要同死。」

過了仲秋的明月掛在江畔的柳樹上，將河面照得熠熠發亮。四下一片靜謐。我沒想到她會說出如此堅決的話，不由得沉默不語。

「我向來不相信命運，此刻卻由不得我。所謂命運到底是何物，就讓我在有生之年好好看個清楚吧。」

我心中如此默想，倒蓋了手中的酒杯。

二

考試的結果完全背叛了村人的期待。我及格了，而眾人心中的英才少萍卻落榜了。但少萍看起來一點也不沮喪。他完全沒有對任何人提起那歌妓的事，乍看之下似乎投注全部精力於準備下一次考試，卻經常在唯一知道內情的我面前感嘆道：

「唉，我好想念她，三年真是難熬。」

每隔好一段日子，那歌妓就會寄一封信來給少萍。歌妓雖然年紀輕輕，文筆卻流暢，鮮豔的墨色躍然於高雅的信紙上，每每讓少萍看得如癡如醉。少萍總是隨身攜帶著這些信，每一封都磨得殘破不堪。

隔年我到北京參加會試，花了不少盤纏，最後卻是鎩羽而歸。

三年的歲月轉眼即逝，又到了鄉試的日子。那年夏天我剛好有事要到廣州一趟，少萍的雙親委託我照看少萍，於是我跟他結伴趕赴省城。一離開了家鄉，他便撕下了恭順聽話的假面具，行為舉止變得相當大膽。一到廣州，當晚他便巴巴地趕去找那歌妓。但是當他在天快亮時回到旅店，卻是鐵青著一張臉。

「怎麼了？那女的對你翻臉不認人？」我問。

「若是這樣，我還能澈底死心。天啊，我真是太不幸了。」

少萍捧著腦袋不住唉聲嘆氣。一問詳情，原來那歌妓被一位人稱「施大人」的大官看上，最近那大官要為她贖身，但她信誓旦旦地說若不能跟少萍長相廝守，寧願吞黃金葉自殺。

「世事不如意十常八九，人生似短實長。等將來功成名就，還有很多美好的事情在等著你。天底下的女人並非只有這一個。」我勸道。

年輕氣盛的時候往往動不動就尋死，但這段日子總會過去。雖然我相信那女人並非故意要讓少萍傷心，但我也不認為她真的會尋短見。我心裡暗自期待他們兩人能就此分手，即使現在傷心難過，對少萍的未來卻是有益無害。

「如果她真的死了，我如何能苟活？就算當上了宰相，人生又有什麼意思？」

「你的父母要是聽見你說這種賭氣的話，可不知會有多難過。」

我再三勸諫他，但即便我說破了嘴，他依然低頭不語。

「總之你先專心準備考試，別再想那個女人了。回鄉之後，若你還對她念念不忘，我會盡量幫你說情的。」

「那女人明天就要被贖身了，哪能等到我回鄉之後！」

「這種事，你急也沒用。她有沒有對你說，要為她贖身得花多少錢？」

「白銀一千兩。」

「一千兩？像我們這種窮書生，哪來的一千兩？就算把你家的田產全部變賣，也還不夠。我看你還是別眷戀了，放棄那個女人吧。」

「不，我決定賭一把。」

此時的少萍已是病入膏肓，無可救藥了。

這天夜裡，他不顧我的阻止，獨自到街上去了。我以為他要去找那歌妓，沒想到過沒多久，他竟然回來了。只見他滿面憔悴，有如孤魂野鬼。

「到了這地步，只剩最後一條路可走了。」

原來他剛剛上了賭場，卻因為不擅賭博加上運氣太差，轉眼間就輸光了所有的錢。在我眼裡，他那毫無血色的臉孔正是不折不扣的死相。

「別做傻事。人一死，就什麼也沒了。」

「我可沒說我要尋死。我打算帶著她逃到香港去。」

我一聽，著實吃了一驚。他接著又說道：

「表哥，我父母那邊，請你幫我遮掩。乾脆說我來到廣州之後，突然生病死了。反正我以後不會再回村子，就說我死了，免得他們牽腸掛肚。」

「你別胡言亂語。帶著一個青樓女子，你以為能輕易逃走嗎？何況就算你想，那女的也不會同意。」

「為何不會同意？」

「這種人情世故，你應該也很清楚。要成為能獨當一面的歌妓，琴棋書畫樣樣都要學，養母雖是為了錢財，但耗費的苦心可不小。歌妓必須報答養母的恩情，就算再怎麼恨養母，也絕不會逃走。如果不想照養母的吩咐去做，就只能一死了之。中國自古以來多有飲鴆自殺的歌妓，但從沒聽過有逃走的歌妓。何況就算逃走，也會馬上被抓回來。你若不信，可以去問問那女的。」

少萍露出頗不以為然的表情。到了隔天，他跟我借了一點錢，獨自出門去了。事後一問，果然那歌妓只是頻頻流淚，但說什麼也不肯答應逃走。此時的少萍早已無心考試，一整天都在思考解決的對策。終日不發一語，簡直像變了一個人。又過幾天，他突然獨自出門去了，好幾天沒有回到旅店，八月八日那天也沒有出現在考場上。

少萍想盡辦法要與那歌妓在一起的事情，不久便傳入了養母的耳中。那歌妓馬上就要嫁給達官貴人為妾，像少萍這樣的窮書生當然被當成了眼中釘。這種青樓風流之事，往往財盡之日，便是緣盡之時。少萍後來還能見到那歌妓數次，全因那歌妓拿出自己的積蓄交給少萍，好讓他來看自己。等到這筆錢也花光了，兩人就只有自殺一途。少萍聽那歌妓口口聲聲說要同生共死，滿心以為兩人能死在一起。但是到了最後一天，歌妓卻從自己的藏物盒裡取出五十兩銀子，放在少萍面前，說道：

「這段日子讓你為我的事苦惱，真是對不起。我決定照養母的吩咐嫁給施大人作妾，請你忘了我，好好苦讀，將來作個大官吧。」

「妳……妳說什麼？」少萍以顫抖的聲音問道：「妳要拋棄我？」

「別說得這麼難聽。老實說，我不想再看到你為我廢寢忘食的樣子。我所愛的是前途光明、意氣風發的你。當初第一次相遇時的你，才是你該有的模樣。」

「是誰讓我淪落到今天的田地？妳會對我說這種話，證明妳已經變心了。」

「你愛怎麼解釋，就怎麼解釋吧。總之，我希望你能回到尚未與我相識前的你。」

「啊啊啊！」少萍發出了錐心刺骨的吶喊。「妳這個女騙子！人家說覆水難收，我既然與妳相遇，又怎麼能回到從前？大官的地位如今在我眼裡一文不值，我哪有心思考什麼試！」

「你若是不願意當官，我也不強迫你。除了當官之外，還有許多出人頭地的法子。不如經商吧！到你經常提起的香港或澳門，跟老蕃（西洋人）作生意，也是一條路。這些是我的全部積蓄，你拿去當資金吧。」

歌妓說完之後，將五十兩推到少萍面前。

少萍怒上心頭，一時有股想要將銀子扔到歌妓臉上的衝動。但他轉念一想，女人都是無血無淚的禽獸，眼前有機會高攀貴人，當然就把過去的山盟海誓忘得一乾二淨。自己就算不收這些銀子，也無法改變她想嫁給施大人的心情。既然如此，這些銀子不拿白不拿。

「哈哈哈……」少萍突然哈哈大笑。「說穿了，原來是一筆分手錢。既然妳這麼慷慨，我就老實不客氣地收下了。」

少萍老氣橫秋地將銀子放進懷裡，頭也不回地離開了。

當他踏進旅店的時候，我正好在收拾回鄉的行李。

「哈哈哈哈哈……」

我勸他隨我一起返鄉，他卻將五十兩放在桌上，捧著肚子哈哈大笑，簡直像得了失心瘋。只見他情緒激動地笑個不停，眼角卻滾滾流下淚水。

「我決定乖乖照那女人的話去做。表哥，我父母那邊，就請你隨便找個藉口吧。」

當時我打從心底認為任官職是書生出人頭地的唯一途徑，因此少萍的下場在我眼裡，正是大有為的青年為了歌妓而自毀前程的最佳寫照。世事難料，沒有人能預測自己的命運。那算命先生一語成讖，令我不由得心生恐懼。

三

自那天之後，轉眼已過了十年。

在這段期間裡，我曾數次遠赴京師參加會試，卻沒有一次及格。最後我明白自己的才能只到舉人而已，不敢再有奢望，因此我放棄了會試，遷居到廣州城下，當起了狀師。所謂的狀師，就像是現代的律師，那是一種代替庶民百姓處理訴訟程序的工作。雖然我沒能任官職，但我身負功名，逐漸小有名氣，成了廣州相當搶手的狀師。我逐漸滿足於這個工作，早已將年輕時的野心忘得一乾二淨。

某年夏天，廣州城裡發生了一起震驚世人的兇殺案。遭殺害的是當時已下野隱居的施大人之愛妾，兇手則是這名愛妾從前的情夫。那名兇手在行兇之後，馬上就被逮住了。我愈想愈是疑心，進了監牢一瞧，果然那兇手正是十年前與我在這廣州分道揚鑣的少萍。

少萍看起來老成不少，而且身體肥胖，穿的是名為「竹紗」的絲綢衣褲，外貌變得頗有威儀。獄卒都對他頗為客氣，顯然拿了他不少好處。但少萍的兩眼卻帶有一種傲氣，其流露出的激動情緒，令我驀然回想起了十年前那些幾乎早已遺忘的回憶。唯有長年抱持著同一信念的人，才會露出那樣的眼神。

「你怎麼會幹那種事？」我說道。

「表哥！」少萍一看見我，眼淚瞬間奪眶而出。

根據少萍的描述，他在離開廣州之後，便前往了香港。其後他更遠赴小呂宋（菲律賓）、新加坡等地，認真地經營貿易事業。剛開始的時候，遭女人拋棄的沮喪心情讓少萍頹廢了一陣子。但他還是忘不了那個歌妓，日子一年接著一年地過，他的心中逐漸充滿了憎恨與思慕的矛盾，愈來愈想要與那歌妓再見上一面。嘗過了世間的風霜與辛酸之後，少萍開始體會到當時歌妓雖將自己無情拋棄，但一介窮書生要求歌妓背叛養母本來就是強人所難。少萍開始認為那歌妓還是愛著自己的。否則的話，那歌妓不會將辛苦存下的五十兩送給自己。然而少萍即便想與那歌妓再見一面，卻不想讓她看見自己的落魄模樣。少萍希望去見她時穿得氣派體面，讓她嚇一跳。如果能讓那歌妓的心中產生一絲後悔，那將是天底下最大快人心的事。少萍便是抱著這樣有如兒戲般的心情，十年如一日，全心全意地努力經營事業。

就在大約一星期前，少萍帶著從香港購入的毛織品、肥皂及玻璃器皿等商品回到了廣州。他在這裡已沒有任何熟人，只好在旅店裡假裝若無其事地到處打聽。一問之下，才知道黛雪如今依然住在施大人的公館裡，而且自從正妻去世之後，黛雪便集施大人所有寵愛於一身。少萍立即委託旅店總管居中牽線，以香港水客（靠船運經商之人）的身分前往施大人公館與黛雪見面。

「沒想到那女人竟然完全不記得我。雖然歷經十年滄桑，但畢竟是曾經發誓要同生共死的情人，她竟然完全沒認出我，令我不禁暗自搖頭嘆息。她當慣了少奶奶，對我說話時竟是一副頤指氣使的模樣。我看著她那德行，心裡不禁有氣。原來那令我十年來沒有一日忘懷的女人，竟是這樣的一個人。但那女人的容貌跟以前幾乎完全沒變……不，甚至多了三分嬌豔的美色。我再也按捺不住，終於壓低了嗓子，以婢女聽不見的聲音對她喊了一句『黛雪』。後來我才知道，黛雪是她從前在青樓時使用的名字，如今整座宅邸裡已無人知曉。她聽我這麼一喊，著實嚇了一跳，頓時臉上毫無血色。她終於認出了我，趕緊找了個藉口把婢女支開，接著惡狠狠地瞪了我一眼，問我為何過了這麼多年還來找她。我說我只是來看看妳，她竟說當年已經給了我分手錢，不應再來糾纏。我一聽，不禁氣得咬牙切齒。這十年來，我拚死拚活地工作，全是為了這個女人。原本以為長年來的心願終於得以實現，沒想到就那一瞬間，我的美夢澈底破碎了。我感覺心中支撐著我的那股力量消失了，整個人再也難以振作起來。情緒激動之下，我忍不住伸出雙手，不給她發出聲音的機會，緊緊勒住了她的脖子。當我回過神來，她已經躺在地板上不動了。」

少萍似乎並不後悔殺了那個女人，臉上反而帶著如釋重負的表情。但我一想到殺人者依法勢必難逃一死，便不由得感慨從前那才學兼優的少萍最後竟落得這樣的下場。

「表哥……」少萍這時突然在我耳邊低聲說道：「有沒有什麼辦法能救我出去？」

「……」

我一聽，不禁皺起了眉頭。他接著又說道：

「我確實鑄下大錯，殺人償命的道理我懂。但我殺了她，是因為她毀了我的人生。唯有將她殺死，我才能從頭來過。直到這一刻，我才恍然大悟，原來這幾年我一直過著毫無意義的生活。一想通這一點，我就好想繼續活下去。我這輩子從來沒過過平凡、庸俗的日子。我好想體會一下不受任何人干涉，靈魂不受限於任何人的生活。全新的日子，正在未來等著我。但一想到馬上就要沒命，我就怕得全身發抖。就算要冒險逃獄，我也甘願一試……」

「噓！」我聽見獄卒的腳步聲，趕緊制止他繼續說下去。

「我好想活下去。雖然我知道我犯了死罪，但我不想死。」

少萍說到這裡，再度潸然落淚。

「你不該有這種卑鄙的想法。人生在世，犯錯理當受罰，才不愧於天地。」

面對十年未見的表弟，我喊出了與來訪目的截然不同的話。

離開了監牢，走回家的路上，我不禁感到心情鬱悶。雖然少萍殺了人是事實，但眼睜睜看著親人上刑場畢竟是種煎熬。何況當年我若沒有硬拉他進那算命館，或許他的命運會有所不同。雖說人生命運向來由不得自己決定，但他既然已悔悟過去的錯誤，想要重新做人，那麼死罪就實在太過殘酷了。如果是其它案子，或許還可以靠賄賂官員來救他一命。但少萍惹錯了對象，施大人雖然已經退官，畢竟曾任道臺（縣長），不僅在廣州擁有龐大勢力，對官界也有不小的影響力。少萍就算用盡各種方法，最後多半還是難逃一死。

自那天起，我便時常到監牢探望少萍，並且四方奔走，想要為他尋一條活路。但最後的結果，還是判了一個斬刑。行刑的日子一天天逼近，就在某一天，我為了拋開沉悶的心情，決定到超峰寺散散心。

超峰寺位於郊外，距離廣州城約六里。擔任住持的老和尚與我年紀相差甚遠，幾乎能以祖孫相稱。當時他已屆古稀，頭髮及鬢鬚皆已霜白，老態龍鍾的模樣有如月下老松，卻自有一股威嚴與氣度。他平日沉默寡言，不諳世事，每日除了誦經之外便是以下圍棋及翻閱古籍為樂，但在廣州一帶德高望重，頗受居民尊敬。自從遷居至廣州之後，我便經常來到寺裡，陪著老住持下圍棋。

這一天，我與老住持隔著棋盤相對而坐，少萍的事情卻在我心裡揮之不去，令我如坐針氈。最後我緊握手中的棋子，問道：

「老師，有沒有什麼辦法能幫助我表弟逃過一劫？」

老和尚似乎早已看出我的心事，臉上表情毫無變化。

「這應該問你自己，怎麼會來問我？說到律法，應該沒有人比你更清楚。」

「不，我指的不是律法。若要依法論處，我表弟免不了一死。但我實在有點於心不忍。」

接著我將少萍的人生遭遇一五一十地說了，最後說道：

「請老師指點一條活路。」

老和尚聽我再三懇求，最後閉起雙眼，沉思半晌後說道：

「好吧，告訴你表弟，在受刑的時候，務必睜大眼睛，看著正前方。當感覺刀子從後頭砍在脖子上的時候，就使盡力氣往前奔跑。」

我以為老和尚在開玩笑，繼續央求他認真回答，但他卻推開棋盤，起身一扯袈裟，轉頭走進了本堂。不一會，我看見觀音菩薩像前點起明燈，老和尚誦起了經。

回家的路上，我左思右想，總是認為老和尚沒有說真話，只是想安撫我的情緒。到了隔天，我到監牢裡探望表弟，只見他已憔悴得不成人形。

「我……我不想死……求你救救我……」

他身為一個大男人，竟然拉著我的袖子嚎啕大哭。我心裡雖怪他貪生怕死，卻也不禁想要救他一救。老和尚那些話就算沒有實際效用，好歹能讓他獲得心靈上的平靜。

「昨天超峰寺的住持教了我一個法子……」

我將老和尚指示的辦法告訴了少萍。

「我明白了。謝謝你，表哥。」

少萍的雙眸綻露神采，發出了有如在地獄遇見佛陀的歡呼聲。即將溺斃之人，就連一根稻草也不會放過。我想起小時候跟少萍吃同一鍋飯長大，深知他是個懦弱但天性善良的人，更是為他感到悲哀不已。另一方面，我也感到有些驚訝。雖然人世多苦，但死到臨頭，竟會如此依戀不捨。

行刑的日子終於來臨。當時重罪犯受刑依規定必須示眾，也就是在群眾圍觀之下執行死刑。我混在看熱鬧的群眾之中，見到少萍雙手反綁，被劊子手牽出了刑場。

他的神情不再帶有絲毫悲傷，一副氣定神閒的模樣，有些人認為他桀傲不遜，也有些人認為他已看破生死。我豁然想到，一定是老和尚的建議發揮了安定心靈的功效。

劊子手遞給他一碗麵，他慢條斯理地吃完了，接著便被帶到行刑臺上。一名和尚走上前來，開始誦起經文。

一切過程完全符合行刑的規矩，沒有半點不同，但我內心卻隱隱期盼看見奇蹟。雖然我的理性告訴我不可能，但身為在場唯一知道他過去的親人，我還是忍不住暗自祈禱。

劊子手舉起了大刀。爆竹聲響，手起刀落。

「啊！」

我緊張得不敢呼吸，忍不住閉上了眼睛。但是當我睜開眼睛時，少萍已經身首分離，頭顱落進了前方的竹簍內。果然我心中所期盼的奇蹟並沒有發生。既然是奇蹟，當然沒有發生的道理。

我為少萍收了屍，埋在城外的墳場，並在旁邊種了一棵石榴樹。但我並沒有將這件事告知故鄉的村人，畢竟村人早已將他遺忘，何況他還是個遭斬首的殺人犯。回想起來，他也算是命運多舛，如今終於從塵世之苦中獲得了解脫。任何人死後都得回歸塵土，我衷心期盼他能夠入土為安。少萍最後還是死了，老和尚的建議並沒有讓他得救。但這畢竟都已成過往雲煙，後來我跟老和尚下棋，也絕口不提這件事。死刑犯死到臨頭還想求活，原本就是非分之想。

四

一眨眼又過了數年。

某一天，我突然收到了一封信，署名竟是少萍。我心想絕不可能有這種事，急忙拆信一讀。少萍在信中說他依照老和尚的指示去做，果然順利逃離刑場。其後他遷居到了他地，與某寡婦結了婚，如今生下兩個男孩，過著平凡而幸福的日子。信中還說他想向我表達謝意，但怕來到廣州會遭人認出，因此希望我能前往他如今所住之地一遊。信末寫明了他住在兩廣交界處一個名叫松林源的偏僻村落，連地址也寫得清清楚楚。

「這太荒謬了！我不僅親眼看到他的頭顱被砍下，還親手埋了他的屍首！」

但那封信不管是行文習慣還是筆跡，都與少萍如出一轍。如此匪夷所思的事情，讓我不禁懷疑自己的腦袋是不是出了問題。我試著在大腿上用力捏了一把，痛得我差點跳起來。最後我決定無論如何要查出是誰在惡作劇，於是我告訴家人要出門旅行一趟，毫不停留地趕往了位於數百里外的松林源。

松林源是個位於山中的小村落，我向農夫詢問少萍的住處，那農夫想也不想地告訴了我。放眼望去，滿山盡是一階階的茶田，我登上蜿蜒其間的坡道，忽看見對面走來一個男人。

「表哥！」

我聽見呼喊聲，抬頭一瞧，那人正是少萍。不論容貌或嗓音，都與昔日的少萍毫無不同。我回想起數年前少萍受刑的畫面及他的墳墓，不由得全身寒毛直豎。

「我們有幾年沒見了？能再見到表哥，我真是開心極了。請隨我來，我家就在前面。」

少萍轉頭沿著原路登上坡道。

畢竟是窮鄉僻壤，少萍所住的屋子也是寒酸簡陋的農家房舍。少萍將妻兒全叫了出來，要他們一一對我行拜見尊長之禮。那曾是寡婦的妻子與他們的兩個兒子都與一般人無異，兩個兒子的相貌更與少萍有幾分相似。

少萍請我就坐，我啜了一口熱熱的山茶，心裡愈想愈是納悶。少萍遭斬首是我親眼所見，如何還能活在世上？我想要詢問這件事，但少萍的談吐神態毫無異狀，我數次話到嘴邊，還是嚥回了肚子裡。難道我已經瘋了？還是遭妖魔附身了？我愈想愈是毛骨悚然，一心只期盼太陽不要下山。但見夕陽已垂掛在附近的山頭，我再也坐不住，於是向少萍告辭。

「才剛來就要走，真是太見外了。表哥，我還以為你會在我家住個十天半個月，讓我好好款待。」

「不了，這陣子我的工作有些忙不過來，廣州還有好些事等我回去處理。」

「既然是工作上的事，我也不好強留……」

「我會再來拜訪。」

說完這幾句話，我趕緊站了起來。

少萍家的門口有一棵粗壯的石榴樹，在夕陽的照射下，紅色的石榴更是有如熊熊燃燒般鮮紅耀眼。我走出家門，正要通過石榴樹下時，突然聽見了呼喚聲。

「表哥！」

那聲音彷彿來自於地底下。我心中一愣，轉頭望向身後，站在門口的人確實是少萍。

「走夜路太危險了，至少留宿一晚，好不好？」

少萍的口氣充滿了依依不捨。不知道為什麼，我心中突然有股衝動，想要把這樁奇事查個水落石出。

「好吧，那我就住一晚吧。」

我點頭說道。少萍的雙眸頓時綻露神采，拉著我的手走進了家裡。

這天晚上，少萍為了款待我這個遠來之客，命妻子殺了家裡的雞、鴨，料理了一桌豐盛的菜餚。附近鄰居都來家裡作客，少萍的兩個兒子也同桌吃飯，和樂融融的氣氛與一般鄉下家庭毫無不同。等到鄰居們都回去了，妻子及小孩也都熟睡之後，我與少萍促膝長談，天南地北地聊起了故鄉及廣州的事。直到三更半夜，我再也按捺不住，深深嘆了一口氣。

「老實說，有件怪事，我實在想不透。」

少萍一驚，問道：

「什麼事讓表哥想不透？」

「當年我明明親眼看見你身首異處，怎麼如今還能活著？」

沒想到我這句話還沒說完，少萍突然整個人癱倒在床上。

「啊！」

我大聲驚呼，此時忽然狂風大作，房門遭風吹開，小油燈的燈火驟然熄滅。

「快點燈！快點燈！」

我焦急地大喊，但就在這剎那間，我感覺後腦杓遭人重重敲了一記。

不知過了多少時間，當我清醒過來，少萍的妻子剛好提著燈奔進房內。

「哇啊啊！」

她提著燈走到我們身邊，忽然尖叫一聲，放開了手中的燈座。燈油落在地上，引燃了熾烈火焰。在那耀眼的火光之中，我看見了一具白骨。

少萍的妻子開始大聲嚷嚷。

「殺人了！殺人了！殺人了！」

她指著我大喊。那尖銳的呼喊聲引來了附近鄰居。幾個孔武有力的男人七手八腳地將我架住，我冷靜地說道：

「大家聽我說，剛剛我還跟表弟開心地閒聊，我怎麼可能殺了他。不過一眨眼功夫，他就變成這樣了，我也不曉得發生了什麼事。如果是我殺了他，怎麼會一瞬間變成白骨？各位看清楚了，這像是剛遭殺害的屍體嗎？」

村人們見那具白骨上沒有一片腐肉，皆露出了驚恐之色。

「我表弟曾有這麼一段過去……」我將從前發生的事情全都坦誠以告，最後說道：「這件事聽起來實在不可思議，但我有證據證明這些都是千真萬確的事。請仔細看這具白骨，頭顱跟軀體是不是分了開來？況且廣州郊外如今還留有我表弟的墳墓，當年也有很多人目睹我表弟遭斬首。我表弟為何還能活著，已讓我百思不解，他竟然因我的一句話而再次死去，更是讓我有如丈二金剛摸不著頭緒。這件事到底是怎麼發生的，連我也說不出個所以然來。」

村人們都知道少萍來自異鄉，數年前才遷居至此，此時見他成了一具白骨，都嚇得直打哆嗦。少萍的妻子堅稱這是一樁謀殺案，一狀告上官府，令我一度遭到監禁。但不久之後，官府查出我具有舉人身分，而且還是廣州知名的狀師，再加上有力人士為我居中遊說，讓我馬上就獲得了釋放。我盡可能地蒐集了手邊所有的證據，呈交給負責調查此案的官差。他們比對了少萍寄給我的親筆書信及受刑前所寫文章，也到廣州城外的墳墓去看過了。唯一令我感到遺憾的一點，是超峰寺的老住持這時已經圓寂，沒有辦法為我作證。這案子成了一樁懸案，但至少我成功證明了自己的清白。如此不可思議的經歷，令我再也沒有心思工作。我心想此時最好的做法是出門遠遊，於是我來到了香港，轉眼間已在這裡住了半個世紀。

你說這故事太荒誕不經？打從一開始，我不是就跟你說了嗎？我怕別人笑我這老頭子腦袋不中用了，所以我很少跟人說起這個故事。如果可以的話，我也想像你一樣嗤之以鼻。但是到了我這個年紀，很多事情都已不能再一笑置之。最近我開始認為人只要試圖反抗人生，就能獲得另一個完全不同的人生。因此我相信我那些去世的妻兒們其實都還活著，只是我不知道他們現在住在哪裡。我每天都期待著能收到他們寄來的信，所以到了郵差送信的時間，我就會像這樣站在家門口痴痴地等著。

（初發表於一九五六年三月）

冗長的戰爭

一

陳三是駐紮於臺灣的國民黨軍分隊長。八年前隨著失勢的蔣介石來到這塊土地時，還只有二十五歲，不僅年輕氣盛，而且臉色紅潤，滿面福相。如今卻是雙頰削瘦，憔悴得簡直像四十多歲的中年人。

在一般人的觀念裡，吃苦才會老得快，但令陳三如此蒼老的主要原因，卻是軍隊裡的單調生活。

軍隊是為了戰爭而存在。一旦進入戰爭狀態，原本各自獨立的士兵就會配合得天衣無縫，凝聚出井然有序的動作，每個人都宛如是巨大機械的零件之一。這就是軍隊的魅力。然而一旦無法發揮這股魅力，軍隊就會變成全天下最枯燥無味的地方。由於臺灣與中國本土之間有著名為臺灣海峽的天然屏障，加上美國第七艦隊守在一旁，號稱五十萬（？）的軍隊全成了度假組織。剛開始的時候，士兵們還很開心，認為終於可以過一陣子遠離戰爭危險的和平日子。但不打仗之後，每天能做的事情只有煮飯、洗衣服，以及偶爾演習一下讓美國老大哥看。這種生活何時才能結束，何時才能返回故鄉，沒有人說得出答案。若是在大陸，不想再當兵了，還有很多方法可以逃之夭夭。但是在這塊狹小的臺灣島上，任誰都知道就算逃走也會被抓回來。每一天的乏味生活實在太難熬，甚至讓士兵們不禁感慨年輕也是一種錯。

幸好當年日本兵撤離臺灣時留下了很多軍營，國民黨軍隊不怕找不到地方遮風蔽雨。但是中國軍隊在結構上與日本軍隊截然不同，炊煮伙食都是由各分隊自行負責。因此每個分隊都有火爐，都有鍋碗瓢盆，每天都會拿到配給的米，分隊長還會拿到買菜的經費。分隊長有權指定任何一名部下外出買菜，但陳三這些年來都是親自外出採買，並沒有假手他人。因為陳三認為採買時的油水錢與其讓部下賺走，不如放進自己口袋。

這一天，陳三一如往常帶著一名部下前往市場買菜。從軍營到街上大概要走半個小時。平緩的山丘上排列著整齊的鳳梨田，來到平地後，景色則轉變為綠油油的甘蔗田。穿梭於其間的道路是最近才經過重新修築完成的，看起來平坦漂亮，但有風的日子依然是塵土飛揚。

一踏進街上，道路頓時變得狹窄而蜿蜒，兩側櫛比鱗次地排列著低矮的紅磚屋舍。這是一條歷史悠久的老街，戰爭時很幸運沒有遭遇空襲，因此許多古老建築都保留了下來。陳三感覺這裡的氣氛與大陸有幾分相似。

這些年來，陳三幾乎每天都會來到這條街上，因此就連亭仔腳的紅磚柱子哪裡有缺損、下雨天哪裡會漏雨都早已一清二楚。若是仔細觀察，會發現漏雨位置正下方的地面石板向下凹陷，可見得絕非最近三、五年才開始漏雨。

但是位於街道正中央的市場卻是相當氣派的建築物，與周圍景色可說是有些格格不入，市場外以混凝土牆圍起，宛如達官貴人的宅邸。這是日治時代日本人強迫臺灣人興建的市場，當初剛建造時一定怨聲載道，如今卻也成了臺灣人感嘆從前比現在好的最佳證據。

靠近市場入口的圍牆附近有著報社的告示板，陳三每天都會站在這裡看新聞。陳三腦袋裡所有關於天下大勢的知識，都來自於這幾塊不收錢的新聞告示板。

這一天，陳三也來到了告示板前方。平日這裡只會有一、兩個人，這時卻聚集了黑壓壓的一大群人。

「你到菜攤前等我。」

陳三支開了部下，小心翼翼地鑽進人牆之中。內心除了恐懼之外，也期待著能看見什麼引發世人熱烈討論的好消息。

但是仔細想想，發生振奮人心好消息的機率可說是微乎其微。相較之下，因生活窮困而舉家自殺或殺人的事件已成了家常便飯，不再讓人感興趣。其它諸如蔣介石總統的演講，以及陳誠院長的反攻大陸文章，也是大同小異。因此在每天發生的新聞當中，最能引人注意的竟是令人不禁拍案叫絕的巧妙騙術。

譬如曾發生過這樣的例子。大約一年前，報上刊登了徵求入贅女婿的啟事。臺中市某富翁過世，留下了兩個千金，負責照顧她們的人向全臺公開徵求女婿。啟事中載明不論本省人或外省人都能應徵，唯一的挑選標準只有適不適合當作女婿，有意應徵者須將照片及履歷表投遞至臺中郵局的某號郵政信箱。

陳三雖對臺灣人並無好感，看到這則啟事時卻不禁有些心動。反正返回大陸的希望相當渺茫，不如在臺灣跟有錢的當地女人結婚也不錯。陳三認為自己的學歷雖只有國小畢業，但身為男人的條件並不算差，而且若能站上有權運用龐大資產的地位，應該能幹下一番轟轟烈烈的事業。可惜自己身為軍人，沒有結婚的自由。

陳三愈想愈覺得當兵實在是人生的一大錯誤。雖然餓不死，卻不管走到哪裡都得承受輕蔑的目光。一般老百姓就算是當服務生，一個月也有三百元薪水（當時一元約等於十圓日幣），陳三每個月的軍俸卻只有三十元，可說是少得可憐。而且只要國民黨與共產黨的戰爭不結束，這種貧窮的日子就得永遠持續下去。既沒有辦法辭去軍職，也沒有辦法結婚。

自從見了那則啟事之後，陳三憂鬱了一整天，簡直把自己當成了悲劇的男主角。他並沒有想過處境與自己相同的年輕人多達數十萬，滿心認為只要寄出一封信，就可以跟女人相親，女人就會愛上自己，從此過著幸福快樂的日子。但一想到兩人要順利結婚，自己得先克服多少障礙，陳三不得不承認自己並沒有即使為此賭上性命也在所不辭的勇氣。想到最後，陳三還是放棄了向別人借西裝來拍照的念頭。雖然放棄了，莫名的悔恨卻一直殘留在心底。

就在這股悔恨也幾乎快要消失的某一天，告示板前如同今天一樣擠滿了人。陳三抱著好奇心走上前一瞧，告示板上寫的斗大新聞標題是「臺中市結婚大騙局案」。

一讀之下，陳三立即察覺這案子正與不久前令自己大為心動的那則徵女婿啟事有關。根據報導指出，那則啟事吸引了四千多封來自全臺灣的應徵信。除了住在臺中一帶的應徵者之外，全臺灣北至基隆、南至恆春，幾乎所有應徵者都收到了一封語氣誠懇的手寫回信。其內容大意為：「經過慎重評估，我認為你是最適合與兩位千金其中之一結婚的人物。但現在這個年代，結婚還是要尊重當事人的意見，因此我打算假借出外經商的名義，將兩位千金帶到你的居住地附近。到時候我會事先告訴你下榻旅館，當天請你來拜訪我們，我向兩位千金介紹你時，會說你是我的朋友。不過我想你應該也很清楚，最近物價高漲，帶著兩位千金出外遠行所費不貲。我不敢要求你負擔全額旅費，只希望你能提供五百元作為部分車資，超過五百元的花費則由我自己負擔。但如果親事順利談成，希望你不要忘了我的好處。此外並提醒你，在見到兩位千金時，千萬不要提及相親一事。」大致是這樣的內容。信封裡除了信紙之外，還附上了兩位千金的照片。

或許有人會認為，這種兒戲般的內容根本不會有人理會，但事實上來自全臺灣的回信超過兩千封，而且每一封信裡都放了五百元。這場騙局會如此成功，背後有許多原因。一來五百元雖然不是小錢，但大多數的人都勉強負擔得起；二來照片裡的女人貌美如花，而且還可以從兩個女人中挑一個。但最重要的一點，是許多男人從大陸來到臺灣之後，一直過著看不到未來的日子。

「這世上蠢蛋真多。」

陳三讀完後如此暗想。他早已忘了自己當初還因為沒辦法寫信應徵而懊惱不已。

「如果我有五百元，我寧願拿到慰安所花掉。天底下才不會有那麼好的事情。」

陳三滿腦子幸災樂禍的想法。平常拿到買菜的油水錢後，陳三總是放在自己口袋裡，這天卻買了兩根甘蔗，並把其中一根給了一起來市場的部下。

二

但今天的氣氛卻有一點不太對勁。

陳三想要擠進人群裡，卻被站在身旁的一個臺灣男人推了回來。

「你幹什麼！」

「你才幹什麼！」

轉頭一看，那人滿臉橫肉，似乎是地痞流氓。陳三正要發怒，話到嘴邊又嚇得吞了回去。

「請問是有什麼大消息嗎？」

「你說這不是廢話嗎？」男人一臉不屑地大喊：「這個阿兵哥想看大消息，大家讓一讓吧。」

周圍的人同時轉頭望向陳三。站在前面的數人讓出了一條路，陳三雖然身材矮小，也能不踮腳尖就看見新聞標題。

陳三以為自己眼花了。但眨眨眼後，那標題並沒有任何改變。

原來國防部宣布，為了補充反攻大陸的軍隊數量，決定徵召全省壯丁實施軍事訓練。後頭還刊登了行政院長那洋洋灑灑的激勵文、臺灣省參議院議長那慷慨激昂的訪談文，以及國防部長決意要徵召三萬名壯丁的訪談文。

陳三感覺周圍所有臺灣人的視線都落在自己身上，為了不顯露出心中的恐懼，他故意裝出平靜的態度，臉色卻早已慘白。

「阿兵哥，看來我們馬上就要進去跟你作伴了。到時候你可要多多關照。」背後傳來譏諷聲。

「哈哈哈哈……」周圍的人哈哈大笑。

「隊長，發表一下感想吧！」

轉頭一看，剛剛那凶神惡煞般的男人正把拳頭舉到自己的眼前，當成了麥克風。

「我什麼也不知道。要問感想，去問國防部長吧。」

陳三嚇得往後退了一步，沒想到腳下絆到了一顆石頭，整個人差點摔倒。他急忙跳起，推開人群拔腿奔跑。

「真是窩囊的小子。」

背後傳來臺灣人的拍手聲。

陳三實在不明白為什麼會發生這種事。那些政府高官的腦袋裡不知在想什麼，怎麼會在這種時候決定徵召臺灣人入伍？難道那些高官住在雲端上，不清楚臺灣人都是遭受日本帝國主義荼毒的野蠻人？讓一群野蠻人接受軍事訓練，簡直就像是把刀子放在瘋子手裡一樣危險！

陳三會有這樣的想法，全因為在他的眼裡，臺灣人是一群異邦人。聽說臺灣人的祖先都是來自於福建、廣東的移民，但如今的臺灣人卻是一群滿口日語，腳踩木屐，脾氣暴躁，不辨是非，喜歡打架鬧事的傢伙。一旦遇上不順己意的事情，就會說出「日治時代比現在好得多」這句口頭禪。

「這些傢伙一定是日本人！要不然，就是染上了日本人的習性！」

陳三暗自咂嘴。

來到菜攤前一瞧，部下正坐在空菜籃上，一派悠哉地抽著菸。

「喂！你在摸什麼魚！」

陳三不禁大吼。部下一臉驚恐地跳了起來。

「快點把菜買一買，要回去了！阿婆，快幫我秤三斤豆芽菜！」

「從今天開始，一斤要漲二十錢。」

賣菜的阿婆說道。

「妳說什麼？才過一天，怎麼會漲這麼多？」

「批發的漲價了。不止是菜，連肉跟魚也漲了。」

「我每天都來跟妳買，別這麼無情，用昨天的價錢賣我吧！」

「我可不做虧本生意。你若不跟我買，就去別家買吧。」

阿婆冷冷地回答。由於過去從不曾發生過這種事，陳三氣不過，罵道：

「好，我以後不會再跟你買了！」

但陳三問遍了市場裡的其它菜攤，才知道菜價真的一夕之間上漲了。而且菜販的態度與昨天截然不同，陳三想要殺價，竟一再遭到拒絕。

陳三在市場裡繞了好幾圈，最後還是只能回到阿婆的菜攤前。雖然很不甘心，但阿婆的豆芽菜仍是最便宜的。阿婆一邊秤著豆芽菜，一邊說道：

「年輕人得當兵去了，過陣子人手不足，菜價會更貴。」

「對了，阿婆，妳不是也有個兒子嗎？」

「是啊。」

「兒子被抓去當兵，應該讓妳很困擾吧？」陳三緊接著問道。沒想到阿婆的回答完全出乎陳三的意料之外。

「困擾是困擾，但那也沒辦法。若是自己的土地沒辦法自己保護，那才是真正的困擾。」

「就算兒子當兵去了，妳也不難過？」

阿婆瞪了陳三一眼，說道：

「我兒子聽到有機會當兵，開心得不得了。當兒子的在笑，我做娘的總不能在哭。」

陳三原本想安慰阿婆幾句，聽了這回答後一時啞口無言。

把買好的菜交給部下後，陳三故意從後門離開市場，不敢再走前門。

陳三愈想愈是覺得不可思議。世上怎麼會有人聽到要當兵還歡天喜地？怎麼會有母親送兒子去當兵還能不流一滴眼淚？

至少在陳三從前生活的社會裡，這樣的事情絕不可能發生。就連陳三自己，也是逼不得已才加入軍隊。當初軍方來村子裡招募士兵時，陳三其實還未成年，卻為了讓家裡獲得「安家米」而虛報了年齡。說得明白點，那就像是出賣自己的身體。當時太平洋戰爭正打得如火如茶，就算留在村子裡，也很有可能會餓死。臨走時，母親送陳三直到村外，緊緊摟住了陳三，哭得呼天搶地。陳三只要一想到那些米能讓母親及年幼的弟弟妹妹多活一個月，就覺得自己的犧牲是值得的。

但是進了軍隊之後，陳三才發現軍隊生活比想像還要糟得多。很多士兵明知道逃兵被抓回來很可能肚子上會挨一槍，還是不顧死活地逃走，有些部隊的兵員數甚至已不到帳面數字的一半。但指揮官往往還是以帳面數字向上呈報，如此才能私吞多餘的薪俸，因此底下的士兵往往一個人被當成兩個人用。但是一到要檢閱的時候，自連隊長以下個個急得像熱鍋上的螞蟻，為了湊足不足的兵員，有些部隊甚至會夜襲附近的村落，強行擄走壯丁。這些倒楣被擄逮到的年輕人會像囚犯一樣被綁成一大串，帶回軍營裡湊人數。等到檢閱結束後，這些被擄來的人就會開始逃亡，但也有人就這麼留在軍隊裡。在那個戰亂時代，男人就算拚死拚活地工作，也不見得能填飽肚子。只要待在軍隊裡，雖然日子過得辛苦，卻不用擔心餓死。換句話說，軍隊成了懦夫跟懶人混口飯吃的最佳去處。

漫長的軍隊生活之中，陳三從不曾起過逃亡的念頭，因為陳三想不到比當軍人更無憂無慮的生活方式。而且陳三順應軍中環境的能力不錯，加上做起事來頗為能幹，一下子就獲得長官賞識，晉升為基層士官。如今陳三已在軍中待了十多年，雖然有時會想起母親及弟弟妹妹，但由於故鄉曾遭日軍占領，抗戰後又成為國共交戰的戰區，因此他們很可能都已經死了。

不管實際上有沒有死，陳三都寧願當他們死了，才不用每天牽腸掛肚。

但是臺灣這塊土地，偏偏又讓陳三不時想起故鄉。

「這下可不得了了。」陳三忍不住咕噥。「剛剛在市場裡，你沒看到嗎？」

「……？」部下一愣，回答道：「菜又要漲價了，這可真不得了。」

陳三一聽，氣得說道：

「豈止是菜價的問題！臺灣人要當兵了！」

「啊，原來分隊長說的是那件事。」

「這才是最不得了的事！臺灣人個個奸詐狡猾，擅長說花言巧語，沒人知道他們肚子裡在打什麼鬼注意。就像剛剛，我差點被一群臺灣人圍毆呢！像這種人，怎麼能讓他們當兵！」

「看來我們隊上還是自己種菜比較實際。」

「你在說什麼傻話？與其種菜，不如趕快回故鄉才是實際。」

陳三不再開口說話，默默朝著軍營的方向邁步。

三

不久之後，陳三所擔憂的事情成為了現實。陳三所屬的部隊裡，也來了不少臺灣人的訓練兵。

關於徵召臺灣人入營，軍方高層也有不少人持反對意見，但據說這麼做是來自於美國老大哥的壓力。要如何安置這些入營的臺灣人，軍方高層也一直難有共識。有人主張應該讓新兵混入老兵之中一起接受訓練，但大多數的看法認為這麼做肯定會發生爭執。一來臺灣人與來自大陸的士兵本來就感情不睦，二來語言不通與風俗習慣的差異也容易造成摩擦，三來臺灣年輕人都識字而大陸老兵卻大多是文盲，如果混在一起，老兵勢必會遭到歧視。因此高層最後的結論是將新兵與老兵分開訓練。部隊長將陳三與其他幾名基層士官叫到面前，先捧了一句：「你們是成績最優秀的士官。」接著說道：「臺灣兵的分隊長就由你們擔任了。」

打從新兵入營日的一星期前，街上便熱鬧得像在舉辦慶典。有人在大馬路上蓋了一座拱門，門上寫著「慶祝入營」，上頭還插滿了青天白日旗。打從大白天，街上就有喝醉了酒而情緒激動的臺灣人組成了遊行隊伍。

陳三看到一群臺灣人迎面走來，趕緊躲到路旁，深怕遭到這群酒後亂性的臺灣人毆打。但仔細觀察之後，陳三發現這些臺灣人似乎真的並不排斥當兵。

到了入營的當天，更是有數不清的人站在通往軍營的道路上，歡送新兵們入營。這些人肩膀上掛著紅布條，頭上綁著寫了各種恭賀之詞的頭巾。跟十年前相比，只不過是日本國旗換成了青天白日旗。有些新兵背後的人高舉旗幟，上頭寫著「武運長久」或「祝入營」等詞句，還有些新兵背後跟著樂隊。不僅沒有人哭泣，而且所有人還配合著步伐唱出了慷慨激昂的歌聲。

替天討伐不義
我軍忠勇無雙
…………

自後頭跟上的另一隊伍則高唱：

承蒙吾皇徵召
生命榮耀黎明
…………

後頭又來的一隊則高唱：

離鄉數百里

迢迢入滿州

…………

這些都是臺灣人在日治時代學會的軍歌。眾人來到了軍營門口，身掛紅布條的新兵們聚集在一起，歡送的人群將他們團團包圍。樂團匯合之後，繼續演奏起軍歌。

歡聲猶在耳

今別父母國

…………

臺灣人皆扯開喉嚨縱聲高歌。唱完了歌之後，則是喊出新兵的名字，接著三呼萬歲。如「劉某某萬歲」、「莊某某萬歲」。

陳三站在圍牆上，親眼目睹這副詭異的景像，不由得目瞪口呆。這是陳三有生以來第一次看到這樣的入營場面，至於那些人所唱的軍歌，陳三只知道那是日語，卻聽不懂意思。如果聽懂了，想必會更加錯愕吧。

「總之……總之……來了一群不得了的傢伙。」陳三感慨萬千地咕噥道。

這一天，有十五名臺灣兵成了陳三的部下。這些臺灣兵的身高都比陳三高，而且身強體壯。陳三想到接下來得與這些人一同生活，便不由得惴惴不安。

剛開始的兩、三天，大家相安無事，但這些新兵逐漸習慣軍中生活後，便開始發起牢騷了。

「分隊長，為什麼這裡沒有吃飯的食堂？」

「打從以前就沒有。」

「但日本時代明明就有。軍隊坐在地上吃飯，簡直像乞丐一樣。」

「別提出這種無理的要求。」

「這可不是無理的要求。分隊長，請你向小隊長建議，安排一間食堂。」

「你們剛入營，或許並不清楚，士兵在軍隊裡是沒有發言權的。不服從上級命令的士兵，可是會被關禁閉。」

但新兵們並沒有因這句恫嚇而退縮。若不是上頭嚴禁對新兵使用暴力，陳三早就在他們的兩腿之間踹上一腳，此時卻只能把氣往肚裡吞。

新兵們看出對分隊長說再多也沒用，改為向小隊長提出訴求。當他們發現連小隊長也不肯幫忙，竟擅自從各隊新兵中遴選出兩名代表，跳過了中隊長、大隊長的層級，直接向連隊長提交以下陳情書：

一、我們是負責保衛國家的士兵，不是乞丐，請為我們準備能坐在椅子上吃飯的設施。

二、由各分隊自行炊煮伙食實在太沒效率了，請設置專門負責伙食的單位。

三、我們習慣每天洗澡，請增加洗澡的設施。

這些要求聽起來合情合理，但連隊長認為自己握有士兵的生殺大權，倘若輕易答應他們的要求，實在有損顏面。

「這我沒辦法自作主張，得向上請示國防部。」

連隊長以這句話敷衍新兵，接下來好幾天都沒有給予明確答覆。

臺灣兵開始鼓譟不休，他們認為自己從軍不是為了煮飯燒菜，如果是野戰期間也就罷了，平時也由士兵自己煮飯實在不合理。陳三自己一個人上市場採買，倒也樂得清閒。但是過了不久，臺灣兵又開始主張伙食太差，是因為分隊長管錢不老實。

「不是我不老實，是最近菜價太貴。」

「菜價一點也不貴，如果你不信，可以派我們其中一人去買。」

「沒錯，乾脆改成兩人輪班制好了。」

臺灣兵們你一言我一語地說道。

陳三不禁有些焦急。每天出門採買是分隊長的特權，他已經享受這個特權十年了，如今卻遭新兵們無情搶奪。陳三心想，絕不能輕易屈服。

「如果你們懷疑我，可以派一個人跟在我身邊。」

「區區採買工作，不必分隊長親自出馬，全交給我們就行了。」

「那可不行。」陳三堅決不肯答應。「就像你們不信任我，我也不認為你們每個都是誠實君子。」

協商的結果，臺灣兵決定每天輪流派一人跟隨陳三出去採買。每個臺灣兵都對陳三絲毫不留情面，陳三站在告示板前看新聞，臺灣兵就站在旁邊看新聞，陳三進公共廁所，臺灣兵就進公共廁所。陳三故意東買西買，豆腐、蔬菜、鹹魚全都只買一點點，把數字搞得相當複雜，想要魚目混珠。沒想到臺灣兵竟能將付了多少錢、剩下多少錢記得一清二楚。其中有個特別精明的臺灣兵甚至對陳三說道：

「分隊長，你這種買法太糟糕了。」

「你說我糟糕？那你來買買看。」

陳三氣呼呼地說道。買菜買了這麼多年，陳三在這件事上相當有自信。

沒想到臺灣兵一使用臺語向市場裡的小販攀談，每個都大方地給臺灣兵打折。如此一來，採買自然而然成了臺灣兵的工作，陳三反倒成了管錢的會計員。

「今天買到不少便宜的菜。好久沒吃香蕉了，我們買香蕉來吃吧。」

「分隊長，你想吃香蕉，我請你吧。」

「不用，我這邊還有一點錢。」陳三拍拍胸前口袋，說道：「你可別裝乖乖牌，不然會被其他人怨恨。」

「沒那回事，只有不會買菜的傢伙才會被怨恨。」

陳三的內心充滿了憂鬱。出門採買的樂趣，絕非只是從口袋掏出錢而已。自從每天帶著臺灣兵出門採買之後，除了每個月的軍俸之外再也沒有任何油水。每個月一到月中，錢包裡便空空如也。

相較之下，臺灣兵由於經常收到家裡寄來的零花錢，因此出手總是相當慷慨大方。

「分隊長！」

這天買完了菜，在回營的路上，臺灣兵突然說道：

「這條路好遠啊。」

陳三停下腳步，看了對方一眼。那臺灣兵將買來的東西放在路旁的草叢上，從口袋掏出了香煙。

「來一根吧？」

臺灣兵沒等陳三答話，就將菸遞了過來。

「謝謝。」

兩人於是坐在路旁抽起了菸。臺灣兵接著又說道：

「分隊長，有件事想請你幫忙……」

「什麼事？」

「能不能請你幫我拿這些菜？」

「我幫你拿？」

「只要一看見軍營，我就會接過來。你幫我拿菜，我會付你搬貨費。」

「你出多少？」

「唔……就一元吧。」

「一元太少了！隊長幫新兵做事，怎麼能只拿一元？」

「分隊長，你既然這麼說，我倒想問問你，你一個月的薪水有多少？」

「呃……」陳三頓時語塞。

「只要搬到進營門前就好了。如果你不要，那就拉倒。」

「好，我搬，反正這條路我走慣了。」

陳三將東西扛在肩上，率先邁開大步。一想到有錢賺，便絲毫不覺得沉重。

「這傢伙一回到隊上，一定會向其他人吹噓。雖然有點沒面子，但如果能每天賺一元的搬貨費，這門生意倒也划得來。」

四

但是陳三心中的「這門生意」並沒有持續太長的時間。臺灣兵發現連隊長並不打算答應他們的要求，再次找上連隊長談判，這一次他們揚言要發動絕食抗議。連隊長心想，這些人絕食反而能省下一些米，因此完全不當一回事。沒想到當天就有街上的報社打電話來問道：「請問絕食抗議何時開始？」連隊長這才慌了手腳，改口聲稱「剛剛接到了來自國防部的指示」，立即派人清掃長年無人使用的兵舍，並修理長桌及長椅。另一方面，連隊長也同意重新啟用大伙房。這間大伙房自日軍撤退後已蒙了超過十年的灰塵，如今終於重見天日。

這項政策一實施，陳三又恢復了一個月只有三十元的生活。既然不再需要上市場，當然也沒有賺零花錢的機會。

熱帶的太陽幾乎一整天都高掛在天上，夜晚遲遲不肯來臨。進行訓練的日子累得汗流浹背，沒有訓練的日子卻又閒得發慌。

陳三雖已不必再上市場，但一有空還是會到街上走走。就好像失業的人每天早上還是會漫無目標地出門亂走一樣，每天朝著街道的方向邁步已成了陳三的習慣。

坑坑洞洞的石板道路、燻黑的紅磚房屋……陳三出生於浙江省的農村，與臺灣沒有任何關聯，眼前的景色卻令陳三不禁感到懷念。仔細一算，自己在這條街上走動的日子已長達八年。哪一戶人家有待嫁的女兒，哪一戶人家有智能不足的小孩，全都一清二楚。明明如此熟悉，卻沒有一戶人家願意請陳三進去喝杯茶。

自從新兵入營之後，街上經常可以看見新兵。每個新兵都是花錢如流水，相較之下老兵不僅口袋沒錢而且無家可回，不知不覺竟漸漸遭到世人遺忘。上兵、士官長之類的階級在這裡沒有任何意義。軍隊階級只在與敵方部隊互開大砲的時候能發揮效果，一旦來到街上，唯有口袋的深度才能代表身分。軍人如果沒錢，就連特約茶室的小姐也不會給好臉色看。而這樣的變化，也是肇因於臺灣兵的入營。

特約茶室的費用為一次五元，這點從以前到現在都沒有改變。但以前上特約茶室的都是來自大陸的士兵，大家都一樣窮，因此每個人都只會付五元。根據政府所建立的健康保險制度，只要士兵付五元，政府就會再補貼十元，因此小姐每次可拿到十五元。從前陳三每星期都能上特約茶室，有時候甚至一星期上兩次。但自從來了那些臺灣兵之後，他們每次上特約茶室都會給五元或十元的小費，因此小姐們也變得愈來愈狡猾，懂得以較少的次數賺取較多的收入。但即使這些小姐再怎麼勢利，士兵們平常能接觸的女人就只有她們。因此若不能讓小姐開心，士兵當然也開心不起來。要讓小姐開心，只有一個辦法。

這個月陳三拿到了軍俸，卻沒有立即上特約茶室。口袋裡放著三十元，能夠帶給陳三一股安心感。只要口袋裡有這筆錢，自己就隨時有能力讓女人展顏歡笑。一想到這點，陳三的心情就相當雀躍，而且這股雀躍的心情能維持一個月之久。到了發軍俸的日子的兩、三天前，陳三才終於上茶室找小姐。

「這陣子怎麼都沒來？」

茶室裡一個客人也沒有，熟識的小姐難得露出了諂媚的笑容。

陳三從口袋裡掏出兩張皺巴巴的十元鈔票，塞到小姐手裡。這一招確實效果驚人，小姐眉開眼笑地說道：

「你是不是生病了？這麼久沒來，我有點擔心呢。」

「妳這麼關心我？」

「那當然，我們又不是外人。我早就記得你了。」

「我也記得妳。」陳三說道：「小孩好嗎？」

小姐聽陳三還記得她的孩子，態度變得相當親切，從抽屜裡拿出一個證件套，抽出裡頭的小男孩照片。

「今年春天就要上小學了，日子過得真快。」

那照片是將兩張照片貼在一起。陳三翻至另一面，上頭是個身穿空軍軍官制服的男人。

「他是我老公，開著飛機從上海起飛，就再也沒有回來了。」小姐說道。

這句話小姐已說過上百次，每次說的時候，都流露出一股難以言喻的深情。

「一家三口若能過和樂融融的日子，不知該有多好。」陳三說道。

「但絕不能嫁給軍人，什麼時候會戰死都不知道。」小姐說道。

「若我不是軍人，應該是個好對象吧？」

「是啊，你會是個稱職的老公。」

「那妳願意跟我一起逃走嗎？」

小姐一聽，嗤嗤笑了起來。

「我是認真的。」

「我也是認真的。我相信總有一天會出現一個好男人，把我從這個困境中救出去。」

那小姐身材削瘦，容貌實在稱不上漂亮，而且年紀應該也超過了三十歲。雖然臉孔腫脹且帶了一點鉛灰色，但微笑的時候眼角還是帶著一點女人的魅力。

「我就是那個好男人，我知道怎麼樣帶女人上天堂。」

「你別說這種嚇人的話，我可不想死。」

「但我想跟妳一起死。」

陳三突然緊緊抱住小姐。

「救命！」

小姐突然大聲尖叫。陳三嚇得趕緊跳起，沒想到小姐卻摟住了陳三的脖子，膩聲說道：

「聽你這麼說，我好開心。」

離開茶室的時候，太陽的位置與進去時沒有絲毫不同。在這短短的時間裡，陳三幾乎花光了一個月的軍俸，但向來為人小器的陳三卻不感到惋惜。

「反正這筆錢讓我興奮了一個月，最後像這樣花光，也算是值得了。那女人完全不知道這些事，還對我笑得開懷，真是太天真了。」

那女人的微笑深深烙印在陳三的眼皮上，「救命」與「好開心」的兩句話不斷交疊，迴盪在陳三的耳畔。陳三走在路上，數次閉上了雙眼。反正睜開眼睛也只能看見甘蔗田與鳳梨田，與其面對那些寒酸的風景，不如閉著眼睛走路。

即使過了一晚，陳三依然沒有從美夢中清醒。他心中開始有了這樣的想法：我每次去，就算只給她五元，但政府還會再額外給她十元。我只要去六次，她就能拿到九十元，這可是今天她拿到的錢的三倍。這麼好賺的生意，她怎麼會不感興趣？如果覺得上床很累，我可以只給她五元，聊個兩、三句話就離開。反正我只要能看見她就心滿意足了。

雖然陳三心中這麼想，但拿到了軍俸之後，卻沒有馬上去茶室找那小姐。因為陳三總覺得如果只給她五元，就只能看見五元的笑容。

新兵們都外出了，陳三獨自一人留在兵舍裡，心裡感到百無聊賴，只能躺在床上發呆。他忍不住踢了棉被一腳，原本摺得整整齊齊的棉被落至床下，露出了新兵藏在底下的骯髒內衣。

「對了，我可以這麼做。」

陳三突然伸手一拍。

這天傍晚，陳三將那名新兵叫到面前，問道：

「從前你住在家裡，衣服都是誰洗的？」

「我媽媽。」

「你很討厭洗衣服，對吧？」

新兵不禁有些臉紅。

「反正我得洗自己的衣服，不如我連你的一起洗，如何？」陳三露出陪笑的表情。

過去陳三就曾以一次一元的價碼幫新兵搬東西，因此那新兵聽了並不驚訝。

「你收多少錢？」新兵問。

「一個月二十元，如何？」

「二十元太貴了，其它分隊的行情價是十五元。」

「十五元也行，但我有條件，你得幫我拉其他人加入。」

「等我問問大家。」

不到一天的時間，陳三便與新兵們談妥了價碼。從隔天起，陳三除了自己的衣服外，還得洗其他五名新兵的衣服。既然不用自己洗，這些新兵開始每天都換內衣，有人甚至早、晚各換一次。由於是採月費制，並沒有規定一天只能換幾次內衣，陳三面對堆積如山的髒衣物，也找不到理由抱怨。

陳三每天都辛苦地洗著衣服。雖然又累又忙，但一個月能多賺七十五元，若再加上幫自己洗衣的十五元，就相當於軍俸的三倍。換句話說，這麼做能換來三次女人的笑容。

但洗了不到一星期，新兵之中開始有人抱怨了。

「分隊長，請幫我們把洗好的衣服燙平。」

「別開玩笑了，燙衣服很費時間的。」

「但鄰隊的分隊長都提供燙衣服服務。」

「我當然也會燙衣服，但若要我燙衣服，我要加錢。」

「但鄰隊並沒有多收錢。鄰隊的分隊長還說，如果你不幫我們洗，他願意幫我們洗。」

「等等，你們先別激動。反正在軍營裡電費不用錢，我可以幫你們燙，但我沒有熨斗。」

「熨斗當然得由你自己準備。天底下哪個國家的洗衣店，會叫客人提供熨斗？」

「話是這麼說沒錯，但我可沒有錢買熨斗。」

「如果你身上的錢不夠，這個月我們可以先付錢給你，但只限這個月而已。」

到了這個地步，不答應也不行了。陳三找遍了街上的二手商店，找到了一支專業洗衣店使用的大熨斗。陳三看那熨斗上佈滿了鐵鏽，摸起來有些粗糙，心想應該不貴，沒想到一問之下，竟然要一百元。陳三既驚訝又沮喪，試著向老闆殺價，老闆卻連一塊錢也不肯降。但即使再怎麼貴，還是得掏錢買下，陳三只好忍著一個月不上茶室找那小姐。

不管颳風下雨，陳三都得拚命洗衣服，簡直成了洗衣小童。每天睜開眼睛，就得面對堆得像山一樣高的髒衣物，一天的時間幾乎都在洗衣服中度過。

剛開始的幾天，陳三只想靠這個方法製造跟女人親近的機會。但是一個月過去了，陳三拿到七十五元，突然又覺得將這筆辛勤工作才賺得的血汗錢花在特約茶室的娼妓身上，實在太可惜了。

（初發表於一九五七年）

看不見的國境線

黃太太正蜷曲著身子，坐在客廳的安樂椅上看書。

女兒艾莉絲帶著保羅走了進來。

「媽媽，保羅有事求妳答應。」

黃太太抬起頭來，見保羅的表情異常嚴肅。

「來，請坐吧。」

黃太太說道。但保羅並沒有就坐，站著說道：

「黃女士，我想妳應該猜到了。我希望妳能答應我跟艾莉絲的婚事。」

黃太太緩緩起身，感慨萬千地凝視兩人，旋即恢復柔和的微笑。

艾莉絲接著說道：

「媽媽，我捨不得讓妳過獨居生活。如果妳不嫌棄，等我們結婚之後，請妳來跟我們一起住，好不好？保羅也很贊成這麼做。」

他。

「謝謝你們。只要你們能過得幸福，不必掛念我的事情。」黃太太說道。

「我們一定會過得很幸福，請不必擔心。」

保羅回答。他的臉上充滿了自信。黃太太見了，頻頻頷首數次，宛如是在說服自己相信他。

「何時辦喜宴？」

「關於這一點……」

保羅忽然吞吞吐吐，不斷向艾莉絲投以求救的眼神。

「保羅把我們要結婚的事告訴上司，上司說最好別在北京結婚。」艾莉絲代為回答。

「什麼？為什麼不能在北京結婚？」母親一愣，將身體湊過來問道。

「因為保羅的職業是外交官。」女兒解釋道：「雖然英國政府已承認中共政府，但那是基於實務上的必要性。如果外交官要跟這裡的女人結婚，還是得克服很多麻煩的限制。保羅必須先轉調到其它國家，我們才能結婚。如果他無論如何要留在這裡，就必須辭去外交官工作。」

「這太荒謬了！」黃太太尖聲說道。「對方連我們是什麼樣的人都沒有調查過，就作出這樣的決定，這實在不像英國人的作風……」

「黃女士，請妳先別激動。」保羅急忙緩頰。「我的上司很清楚妳的狀況，也曾見過艾莉絲。對於我們的婚事，他是抱持贊成態度的。本來我在這裡的任期還有兩年，但他說如果我希望，可以設法先把我調回英國國內。」

黃太太頓時沉默不語。如果自己對這門婚事有絕對的決定權，或許自己會一口回絕保羅。

但一想到女兒的狀況，黃太太便明白自己無法如此狠心。艾莉絲已經二十八歲了，在中國人的觀念裡，已過了適婚年齡。如果沒有把握這次的機會，艾莉絲很可能要孤獨地過一輩子。這個悲劇的原因並非艾莉絲缺乏身為女人的魅力，而是因為艾莉絲並非黃太太的親生女兒。

黃太太在北京住了三十五年，向來認為自己是北京人，但外貌卻是個白人，出生在美國威斯康辛州的商人之家。黃太太年輕時曾積極投入女權運動，因而一直沒有結婚，在二十八歲時更為了替教會服務而遠渡重洋至中國的漢口。在漢口的慈善醫院裡，黃太太認識了當時在慈善醫院當醫生的黃博士。兩人從相識到結婚，歷經了長達六年的歲月。黃太太並不像其他大部分住在中國的白種人一樣對黃種人抱持歧視，但在挑選結婚對象上，黃太太的態度相當謹慎。因為這樣的態度，兩人的婚後生活可說是一帆風順。

不過兩人並不打算生孩子。因為他們認為若是生下孩子，這個孩子的未來恐怕多災多難。結婚之後，黃博士調職到位於北京的一家親美的慈善醫院。黃博士在學術研究上並沒有什麼傲人的成就，但由於個性穩重且善於交際，在同事之間頗有人緣，不久就升任為小兒科主任醫師。

那個時期常有窮人趁著傍晚無人之際，將嬰兒拋棄在醫院門口。這些棄嬰不僅營養不良，而且大多生了病，總不能棄之不理，最後都會被送入小兒科。

有一天，黃博士在巡視病房的時候，食指偶然間被一名棄嬰以那嬌小、雪白的手掌握住。

「乖、乖。」

黃博士一邊安撫，一邊想要將手指抽回。沒想到那嬰兒握得非常緊，黃博士硬生生將手指抽離，嬰兒頓時縱聲大哭。

這件事在黃博士心中留下了深刻的印象。回到家之後，黃博士告知了黃太太。黃太太停下用湯匙舀湯的動作，問道：

「那是個什麼樣的孩子？」

「有一對大眼睛的可愛女孩。」

「既然是這樣，不如我們領養那個孩子，如何？」

「可是……」

丈夫一句話還沒說出口，黃太太已打斷了丈夫的話，接著說道：

「那孩子抓住你的手指不放，也是一種緣份，我會把她當親生女兒扶養的。」

當時的女嬰，就是艾莉絲。因此艾莉絲與黃太太沒有血緣關係，是個純種的中國人，有著黃皮膚及黑髮。不過艾莉絲的個性大而化之，頗不像是個中國人，因此不知道她是養女的人，都誤以為她只是長得像爸爸而不像媽媽。恰巧，黃博士與艾莉絲兩人也有幾分相似。

黃太太認為與其讓女兒長大後自己察覺，不如早點讓她知道，因此從不曾隱瞞這個祕密，而女兒的身世也沒有讓一家人的感情蒙上陰影。

然而女兒的身世卻帶來了令人意想不到的麻煩。

二戰結束後的隔年，黃博士便突然因腦溢血而去世。當時黃博士已在醫院擔任了十年以上的院長，生平頗有積蓄，加上黃太太自己在美國也有一些父親留下的遺產，因此生活不成問題。但父親去世的時候，女兒還在上海讀大學。

獨居老人的生活可說相當寂寞，但黃太太並沒有將女兒立即叫回身邊，而是選擇一個人孤零零地住在北京。

這年夏天，艾莉絲回到北京時，帶了一個中國籍的男朋友。這個男人散發著都會的洗鍊風格，黃太太也相當有好感。畢竟艾莉絲也到了該找對象的年紀，黃太太暗想，女兒若能嫁給這個人也不錯。

艾莉絲帶著男朋友前往北海公園、紫禁城、萬壽山等地觀光。回來之後，黃太太對著那青年得意洋洋地說道：

「如何？北京是不是很美？世界上再也找不到比北京更美好的地方了。我雖然出生於美國，卻相當討厭美國。」

「黃夫人討厭美國？這是為什麼？」青年驚訝地問道。

黃太太似乎早已等著這個問題，旋即侃侃說道：

「我討厭的是美國人的價值觀。每個人都認為自己的價值觀是正確的，這沒什麼大不了，但強迫他人接受的作法就讓人難以苟同了。只有野蠻人才會做那樣的事，像我們中國人就從來不干涉他人的生活方式。」

黃太太原本有一頭棕色頭髮，如今已像雪一樣白，但那張臉孔絕對不像是個中國人。從黃太太的口中聽到「我們中國人」這句話，會讓人有種彷彿立場對調的錯覺。然而事實上黃太太比一些中國人更像中國人，而且認為中國才是能獲得心靈平靜的棲身之所。崇尚西洋文化的青年當然完全無法理解黃太太的想法，但黃太太並不在乎青年如何看待自己。黃太太認為等他年紀大了，自然能夠體會。

然而就在遊覽了西山的那天，青年突然說要回上海。當時黃太太正計劃要將青年介紹給朋友們認識，得知後嚇了一跳，雖然再三挽留，青年還是在那天晚上獨自離開了。艾莉絲一直躲在房間裡不肯出來，黃太太放心不下，走進了女兒的房間裡。

「媽媽，妳不用為我擔心。」

「到底發生了什麼事？」母親問道。

「是我太傻了，不過這也沒辦法，我只是說了實話而已。」

艾莉絲眼眶含淚，接著說道：

「今天我跟他在西山飯店裡喝茶，他提到我跟媽媽長得一點也不像，我就把抓住手指的事跟他說了。他本來一副想跟我求婚的樣子，聽了之後卻突然像變了一個人。我猜他知道我不是媽媽的親生女兒後，開始擔心娶我沒有任何好處。」

「……」

「說穿了，他根本不愛我，只是想得到我們家的財產而已。否則的話，就算聽到我不是媽媽的親生女兒，也不會表現出那樣的態度。我一直被他耍得團團轉，真是太傻了。」

「啊啊……啊啊……可憐的艾莉絲……」

黃太太緊緊抱住女兒的肩膀說道：

「妳是我的女兒。不管誰說了什麼，妳都是我的女兒。遇上那種男人是我們運氣不好，但不能認為全中國的男人都像那樣子。艾莉絲，妳一定要打起精神，不能為這種事沮喪。」

然而這件事帶給艾莉絲的打擊比母親所預期的還要巨大。暑假已經結束，艾莉絲卻提不起勁回上海，只是每天把自己關在家中。此時艾莉絲的年紀才二十出頭，原本應該活得快快樂樂，卻變成了這副德性，令母親憂心不已。

但從另一面來看，黃太太也逐漸難以忍受現在的生活。黃太太不僅嫁給了中國人，而且深愛著北京，已經完全把自己當成中國人。但只有在丈夫黃博士還活著的時候，黃太太才能當名副其實的中國人，等到黃博士一死，黃太太頓時成了一個住在北京的美國老婦人。黃太太一想到這種世態炎涼的現象，便不由得情緒激動。

「艾莉絲，妳要不要跟媽媽一起出門旅行？」

「去哪裡？」

「妳想去哪裡，我們就去哪裡。」黃太太說道：「艾莉絲，妳最想去什麼地方？」

「唔……我想去美國。」

「好，那我們就去美國。」

「真的嗎？我好開心。」

黃太太看見艾莉絲的雙眸流露出神采，便不再為離開北京感到惋惜。雖然黃太太對親朋好友只是說要暫時出門旅行一陣子，但內心認為若能讓女兒獲得截然不同的人生，不管在哪裡定居下來都無所謂。

母女於是先到上海，再搭船遠渡美國。相隔三十年，黃太太再次踏上了故土。然而三十年後的美國已人事全非，再加上黃太太的內心變化，如今美國對黃太太而言已成了名副其實的異鄉。

「美國不是我的國家。」

黃太太在心中吶喊著。每當被那急促的生活步調壓得喘不過氣來，黃太太心裡就有一股想要立即回北京的衝動。

剛開始的時候，艾莉絲還抱著走馬看花的好奇心態，但過了一陣子之後，連她也開始對旅行感到厭膩。

「還是北京好。現在的北京一定開滿了杏花吧。」

「媽媽也正這麼想。」

「媽媽，不如我們回北京吧。」

事實上打從兩人抵達舊金山，黃太太就一直期盼著艾莉絲能說出這句話。

就在那年初夏，母女兩人又回到了北京。看著路旁一棵棵美麗的槐樹，黃太太不禁歡喜讚嘆。此時黃太太的年紀已過花甲，未來不知還有幾年好活，她暗暗立誓，此生絕不再踏出北京一步。但另一方面，她也祈禱能在有生之年幫艾莉絲找到一個好對象。

位於正陽門附近的黃家宅邸再度點亮了耀眼華麗的水晶燈。任何親友之間的餐敘活動，黃太太都盡量帶女兒一起參加。黃家生活寬裕，艾莉絲本人也相當漂亮，但她就是找不到合適的婚配對象。從來沒有人坦白對黃太太說，那全是因為艾莉絲並非親生女兒。就算有人說，黃太太也絕不會相信。黃太太雖有著藍色眼珠，但在這件事上，卻是徹頭徹尾的中國人。

宛如夢境般的歲月轉眼即逝。北京遭共產黨占領，權力落入人民政府的手中。就連黃太太身旁的交友圈，也有許多人的生活遭逢巨變。如今的北京，可說是個充滿肅殺之氣的首都。但即便是當年日軍占領北京的時候，黃太太也不曾離開北京，如今當然更沒有棄北京而去的念頭。黃太太對政局的變化絕不遲鈍，只是沒有興趣而已。相較於北京的悠久歷史及無盡美夢，這些都將會成為微不足道的過往雲煙。

黃太太心中只牽掛著女兒的將來。女兒的年紀愈來愈大，卻一直獨守空閨。如果可以的話，黃太太希望女兒能嫁給中國人，繼續跟自己在北京長住下去。但日子一天天過去，黃太太明白已不能再拘泥於人種問題。

就在這個時期，艾莉絲認識了保羅・李察遜。保羅是在人民政府掌權後才赴任的英國大使館副領事，不僅家世好，而且是個前程似錦的年輕人。當初保羅跟著印尼領事初次拜訪黃家時，正處於對北京的美景如癡如醉的時期。每個剛來到中國的人都會歷經這麼一段時期，那就像是一種傳染病。

「北京真是太美了，倫敦跟巴黎遠遠不及。」

保羅的第一句話，便得到了黃太太的好感。

「不愧是貴族子弟，跟那些目光如豆的暴發戶完全不同。」黃太太說道。

「聽說黃女士在這麼美的首都住了三十五年，真是讓人羨慕。北京不僅景色美，連女孩子也美。」年輕紳士說道。

「沒錯、沒錯。」黃太太聽得眉開眼笑。

「黃小姐的容貌也帶著東方之美，她應該是像父親，是嗎？」

「不，她不是我的親生女兒，她是純血的中國女孩。但我對她的愛更勝於親骨肉。」

黃太太此時的心態較接近西洋人。她有自信能說服他人相信自己是真心深愛著沒有血緣關係的養女。

「如果不嫌棄的話，請帶她跳支舞吧。」

保羅答應了，走到艾莉絲面前，低頭輕輕說了一句話，接著兩人便踏起了舞步。黃太太在一旁看著，心中大感欣慰。

自這天起，保羅便開始與艾莉絲交往。兩人的關係發展完全符合黃太太的期望。艾莉絲雖已二十八歲，但外貌比同年紀的西洋女人年輕得多，保羅也是個溫文儒雅的好青年。

沒想到就在兩人即將要結婚的時候，竟遇上了這樣的難題。黃太太心下遲疑，久久拿不定主意。保羅不僅是英國人，而且還是個外交官，艾莉絲嫁給他之後，夫婦兩人遲早必須遷居至國外，這點黃太太已早有覺悟。但若連喜宴也無法在北京舉辦，黃太太實在難以接受。

「保羅說舉辦喜宴之前，想安排讓我跟他的父母親見上一面。」艾莉絲說道。

「這麼說來，喜宴要辦在倫敦？」黃太太問。

「是的，如果可以的話，我希望岳母也能來倫敦一趟。」保羅回答。

「但是……如果不在北京結婚，你要怎麼把艾莉絲帶到倫敦？艾莉絲沒有美國國籍，當然也沒有護照。」

「這個部分我會設法解決。」

「保羅說帶我到香港應該不成問題，等到了香港之後，再另外想辦法前往倫敦。」

艾莉絲跟著解釋。接著她凝視母親的臉，問道：

「媽媽，妳願意來嗎？」

黃太太不禁陷入了沉默。心裡雖然很想參加女兒的喜宴，卻一點也不想離開北京。何況自己年事已高，長程旅行實在有些吃不消。

自從人民政府掌權之後，不管是中國人還是外國人，要離開中國本土都得經過一連串繁雜的申請手續。外國人要出境比中國人容易一些，然而一旦離開了北京，多半就再也回不來了。因此若決定要參加女兒的喜宴，那也意味著要永遠離開住慣了的北京。黃太太從來沒有料到自己將面臨這樣的窘境。

既然不能犧牲女兒的幸福，黃太太唯一的選擇便是獨自留在北京。雖然黃太太心中已打定了這個主意，但為了不讓艾莉絲難過，因此遲遲不敢給予明確的答覆。

為了順利讓艾莉絲出境，保羅四處奔走尋求協助。但艾莉絲是保羅的未婚妻一事，卻必須隱瞞不告訴任何人。婚約本身並不具法律上的效力，反而可能會引來不必要的猜疑。何況保羅的身分是外交官，若對一名中國女性提供了超越朋友道義的協助，可能會讓人質疑艾莉絲的身分並不單純，如此一來要出境就會變得更加困難。基於這種種因素，保羅雖盡了全力，艾莉絲的申請書還是被出境審核官擋了下來，遲遲沒有核發出境許可。

另一方面，保羅的上司已成功將他轉調回英國國內，因此保羅必須在規定的期限內離開中國。

「今天我請朋友不著痕跡地打聽，得到的回答是艾莉絲的出境申請書並沒有任何問題，再過一陣子應該就能拿到出境證。」保羅說道。

「但要是艾莉絲一直沒有拿到出境證，該怎麼辦才好？」

黃太太已做起最壞的打算。

「別擔心，如果艾莉絲真的沒辦法出境，我會再回來的。」保羅笑著說道。

「你這是在開玩笑吧？」

黃太太回想著過去的失敗經驗。如果艾莉絲真的無法離開北京，接下來事態會如何發展可說是顯而易見。

「如果真的沒辦法離開，我就跟媽媽一輩子住在北京。」

艾莉絲的態度意外平淡。

「媽媽可沒有幾年好活，搞不好明年就死了。」黃太太一臉認真地說道。

「但既然出不去，那也沒辦法。保羅，你說對吧？」

「不會出不去的。雖然無法一起出發，但我已經拜託在香港政府的朋友幫忙照顧妳，不用擔心。只要到了香港，坐五天飛機就能抵達倫敦。」

黃太太見兩人如此樂觀，心裡反而更加擔憂。如今回想起來，或許當初促成兩人交往是個錯誤的決定。艾莉絲深信保羅不會背叛的想法並無不妥，但如果這場戀情破滅，艾莉絲肯定會受到嚴重打擊，再也無法重新振作。而且黃太太認為這個結果的可能性最高。

保羅・李察遜在耶誕節過後不久，便離開了北京。艾莉絲經常到相關單位走動，催促核發出境證。若是國民政府的時代，不僅有後門管道可走，而且外交部內也有許多父親的朋友，艾莉絲要出境應該不困難。但如今卻是求助無門，在人民政府裡一個認識的人也沒有。

艾莉絲臉上的焦慮之色愈來愈濃。她雖然竭力掩飾，心情卻早已被母親看得一清二楚。黃太太深知女兒的處境，可幫不上任何忙。

黃太太逐漸開始對自己過去的人生抱持懷疑。自己一輩子沒有生小孩，一來是因為結婚時的年紀已屆中年，二來則是深知混血兒的人生之路必定相當坎坷。當初住在祖國的時候，黃太太便已看過太多類似的例子。因此黃太太深信夫妻相愛是一回事，生孩子卻是另一回事。丈夫常笑著說：「妳想太多了」，但最後黃太太還是說服了丈夫，貫徹這個決定直到最後一刻。但在現實生活中，這樣的決定反而帶來了更糟糕的結果。丈夫去世後，黃太太要恢復美國國籍一點也不難，但女兒只具有中國國籍，沒有辦法加入自己的戶籍。然而不論是從精神面還是從現實面來看，兩人都是名副其實的母女，事到如今已無法切割。艾莉絲的男朋友是英國人而非中國人，或許也可說是黃太太當年的深思熟慮所帶來的結果之一。一想到這裡，黃太太便不禁懷疑收養艾莉絲是否真的讓她獲得了幸福。當初艾莉絲還躺在慈善醫院裡的時候，如果是被其他貧窮的中國夫妻收養，如今肯定沒有這些煩惱。

大約過了兩個月後的某天，艾莉絲回到家中時神情異常興奮。

「媽媽，我好像能去香港了。」

「真的嗎？」

「我今天見到了負責審核的主任，他把我的背景經歷問得一清二楚，最後說了一句應該沒問題。」

「真是太好了。」

母女兩人不由得緊緊相擁。

「他問我為什麼要出國，是不是對共產黨的政策感到不滿。我回答絕對沒有那回事，出國只是基於迫不得已的私人理由。我還跟他說，如果共產黨的政策都是為了人民好，自然能凝聚民心，沒有必要限制人民出入境。他說我想岔了，限制出入境是為了防堵間諜滲透，畢竟臺灣還有著人民之敵的殘存勢力。」

「他要怎麼說都行。媽媽一聽到妳終於能去找保羅了，感覺肩膀上的擔子輕了不少。」

「媽媽，但妳一個人生活，一定會很寂寞吧？」艾莉絲臉上的喜悅之色頓時轉變為悲傷。「而且我捨不得跟媽媽分開。」

「乖孩子，別說這種話。妳應該很清楚，除非共產黨要把我趕走，否則我是絕對不會離開北京的。」

黃太太嘴上雖這麼說，但眼眶也積滿了淚水。

「希望有一天，世界上的國境線能夠消失。到時候，我們就能回來探望媽媽了。」艾莉絲說道。

三天後，艾莉絲拿到了正式的許可證。如今隨時可以出國，艾莉絲卻變得依依不捨，反倒是黃太太不斷催促女兒收拾行李。

就在氣候依然寒冷難熬的三月初，艾莉絲啟程離開了北京。只有少數知道內情的朋友前來為她送行。

「一到香港，就要馬上捎封信來，知道嗎？讀妳的信，是媽媽唯一的生活樂趣。」

「媽媽，妳也要寫信給我。」

艾莉絲再度開始啜泣。

列車走了之後，天上開始飄下細雪。黃太太走在宛如灑上了白色粉末的鐵軌上，內心不斷說服自己這麼做是對的。

北京的春天相當短暫。雪融了之後，庭院裡的桃花全都開始綻放。黃太太搬了一張椅子，放在向陽的露臺上，看著庭院裡的樹木發楞。原本一天就能讀完一本小說，這時卻讀得非常緩慢，腦中不時浮現艾莉絲的身影。

艾莉絲抵達了香港之後，每隔三、四天就會寄一封信給母親。如今艾莉絲住在位於九龍的飯店裡。保羅已早一步離開香港了，艾莉絲只見到了保羅委託代為照顧艾莉絲的朋友。那個人是個政府官員，任職於專門處理貿易事務的工商署。他對艾莉絲相當親切，帶著艾莉絲拜訪了移民局。但移民局的官員表示，從中共統治下的北京出境的中國人要前往英國，可說是難上加難。那朋友說出了保羅跟艾莉絲是未婚夫妻關係，但對方卻要求兩人必須先結婚才行。

某一天，黃太太接到了這麼一封艾莉絲的來信。

親愛的媽媽！

我要告訴妳一件不好的消息。今天早上，我收到了保羅的來信，信上說保羅的父母反對我們結婚。保羅怕我傷心，所以只是輕輕帶過，但是說到底，就是他的父母認為這時保羅如果娶一個中國女人，將阻礙他身為外交官的前程。保羅自己當然並不這麼想，他說有自信能夠靠著兩人的愛情說服父母同意，因此希望早一天讓他的父母與我相見。

但是我總覺得保羅在信裡的態度已經跟以前不同了。我知道英國人向來最擅長說體面話，其實心裡非常歧視中國人。當然我不認為保羅也是這樣的人。我所知道的保羅有著不受偏見影響的高尚人格，所以才能愛上這樣的我。但保羅實在太柔弱、太善良，且太懂處世之道，我擔心他不會願意為了愛情而拋棄自己的前程。我心裡巴不得立即飛往英國，但取得護照的日子遙遙無期。在我滯留於香港的這段期間，他的心情會不會又產生新的變化？一想到這件事，我就擔心得睡不著覺。

媽媽，最近這陣子我愈來愈無法理解這個世間了。當然這意思並不是我不再相信愛。如今我依然能深刻體會到媽媽及過世的爸爸對我的愛。同樣的道理，我也應該相信保羅對我的愛。但我實在不明白，為什麼這世間的人總是只以利害關係來判斷事情，不肯好好看清楚眼前的人？每當面對這種殘酷的現實，我就不禁能想像媽媽與爸爸當年歷經了多少波折。媽媽，妳真是太偉大了。只要想起媽媽，我的心靈就受到鼓舞。從前保羅也經常稱讚媽媽，但我想他可能並不具備媽媽所擁有的勇氣。我本來已有當英國人的覺悟，就像媽媽打從心底認為自己是中國人一樣，但如果保羅不能接納我，我也只能放棄。不過就算沒辦法跟保羅結婚，我無論如何還是要見他一面，把我的心情告訴他。

如果媽媽因這封信而難過，我會更加感到愧疚。其實我很好，比媽媽所想的要好得多。香港的四月已經熱得像夏天一樣。來到這裡之後，我深深體會到了英國人不求虛名而求實利的觀念。除此之外，我也經常想起北京。雖然我出生於北京，但我可能是個不適合住在北京的女人。不過我絕不悲觀，就跟媽媽一樣。

艾莉絲

黃太太的老花眼鏡因淚水而蒙上了一層霧氣。拿著信紙的手指微微顫動。

「我就知道……我就知道……」

一股強烈的怒意自內心深處竄出。

「該死的英國佬！海賊的子孫！什麼貴族子弟！我就知道英國人沒一個好東西！」

黃太太氣得失去了理智。她恨極了保羅，以及包含保羅在內的所有英國人。

她在居家服外披上一件大衣，戴上黑帽，拿起邊緣磨損的大手提包，來到了依舊颳著冷風的大馬路上。她邁著大步，走得相當急促，簡直不像是個年屆古稀的老女人。

走進電報局後，她立即討了一張電報委託單，在上頭寫了「立即回北京」這幾個字。但就在檢查有無寫錯字的時候，她的心情產生了變化。

艾莉絲的命運該由她自己決定。艾莉絲今年已經二十九歲了，當年自己在她這個年紀，可不會聽從任何人的命令。與黃博士結婚也是黃太太自己的決定，直到現在黃太太從不曾認為這個決定是錯的。或許艾莉絲要獲得幸福，也得先歷經一番苦難。

黃太太撕毀了手中的電報委託單。

一定要想辦法鼓勵艾莉絲才行。黃太太如此想著。這麼經不起考驗，要如何在這人世間立足？但黃太太轉念又想，如果保羅像哈姆雷特一樣懦弱，又該如何是好？艾莉絲今年已經二十九歲了！

走回家的路上，黃太太步履蹣跚，十足是個佝僂老婦。

接下來有好些日子，艾莉絲音訊全無。直到一個月後，黃太太才又收到女兒的回信。

親愛的媽媽！

這兩、三天，我幾乎快要輸給了北京的誘惑。如果我擁有能夠自由出入境的許可證，我一定會立即打包行李，回到媽媽的身邊。

香港真的是個寂寞之地。走在街上遇不到一個認識的人，回到飯店也只能一個人吃飯。就算是再美味的餐點，沒有人陪著吃也是食之無味。

全都是北京不好！對不起，或許我不該這麼說。但我總覺得如果這世上沒有北京，我們的生活一定能夠更順從現實。媽媽，妳能瞭解我的心情嗎？

對現在的我而言，保羅比北京更加重要。昨天我又收到了他的來信。他是個做事一板一眼的人，每星期一定會寄一封信給我，而且信中總是重複一些相同的話。

但我已經無法猜出當他不在書桌前時，心裡在想些什麼事。他跟我之間彷彿有了一道高牆，這恐怕是比沒有護照更加棘手的問題。或許再過一陣子，他還沒放棄我，我已經先放棄了他。但我嘴上雖這麼說，心裡卻還相信著保羅對我的愛。媽媽，妳聽我這麼說，一定會嘲笑我吧。以我現在的年紀，實在不該再有這種孩子氣的想法。

如果沒有辦法前往倫敦，我會先在香港就業，暫時住上一陣子。保羅的朋友說可以幫我找到航空公司或美國圖書館的工作。月薪大概五百港幣，以目前香港的水平來說相當不錯。或許這也是保羅要我死心的手段也不一定，但我不在乎。

我知道依媽媽的個性，絕對不會想離開北京，來到香港與我同住。但如果媽媽能陪在我的身邊，我一定會更有堅持下去的勇氣。

艾莉絲

黃太太讀完了信，緩緩從椅子上站起。

既然艾莉絲需要自己，是不是應該立即飛到她的身邊？到底該選擇北京，還是選擇艾莉絲？古老的回憶與殘酷的現實不斷在黃太太的心中交戰著。

並沒有任何人企圖將黃太太從北京趕走。如今北京的生活確實比過去艱苦得多，但類似的狀況在過去也發生過許多次。而且北京生活難過，世界上其他角落並不見得就比較好過。

但黃太太想設法幫艾莉絲挽回保羅的心。黃太太認為這是自己的義務，亦是這一生的使命。如今自己雖年老力衰，但自尊心不允許自己在這最後一刻放棄使命。

就在下定決心要離開北京的那天，黃太太哭了一整晚，直到天空泛起魚肚白。隔天出門辦理出境手續時，雙眼又紅又腫。

任何人聽到黃太太將離開北京，恐怕都不會感到錯愕。一旦丈夫過世，她就只是個美國人。既然是美國人，就該回美國去。這可說是如今這個世間的常識。

辦理手續的過程比當初艾莉絲出境時容易得多。黃太太脫手了長年居住的宅邸，並資遣了所有傭人。但她捨不得家裡那些平日愛用的北京地毯、陶瓷及銅器，印尼領事基於對她的同情，聲稱可以設法幫她把這些東西偷偷運出國。

黃太太含著淚水，一面整理行李，一面回想著當初剛來到北京時的情景。

就在這一年的盛夏時分，黃太太來到了正陽門的車站，結束了長達三十六年的南柯一夢。許多人都來到車站為她送行，她握著手帕，向眾人一一道別。每個人都感染了老婦人心中的感傷。但這些前來送行的人，心裡的感觸可說是與接受送行的人截然不同。其實每個人都在羨慕她可以貫徹自己的一生信念，不必被迫進行自我批判。

列車離站後橫越了南郊，不久便停靠於豐臺站。車窗外可看見一個賣花的小販，走在黎明的月臺上。

三十六年前的回憶驀然浮上心頭。第一次跟丈夫搭著火車進入北京的那天，她看見月臺上有人賣花，不由得發出了歡呼聲。

「有人在月臺上賣花，很稀奇吧？」

丈夫露出大陸人特有的溫柔微笑，買了一大束幾乎難以環抱的晚香玉[1]給她。

這就是她對北京的第一印象。明明感覺像是昨天才發生的事，怎麼一眨眼已過了三十六年！

她奮力將上半身探出車窗外，大聲喊道：

「晚香玉！晚香玉！我全部都買了！多少錢？」

賣花的小販嚇得合不攏嘴，她沒有多說一句話，直接打開使用了多年的手提包，掏出裡

1　晚香玉：花名，別名夜來香。

頭所有人民幣。

晚香玉堆滿了她的座位。強烈的香氣不斷竄入她的鼻孔之中。她以幾乎可說是本能的氣勢，將臉埋進了花束之中。原本以為早已乾涸的雙眼，再度湧出了碩大的淚珠。列車開始前進的刺耳聲響，掩蓋了她的激烈噓唏聲。

（初發表於一九五六年五月）

刺竹

一

報紙刊登了政府破獲大規模共產黨地下組織的消息。

鄭垂青讀到這則報導時，正坐在由臺北開往南部的快速列車上。

報紙上列出了將近二十個名字。余秋陽、廖子雄……全部都是臺灣人。大部分的名字對鄭垂青而言都相當熟悉，其中雖然也有五、六個沒聽過的名字，但鄭垂青的心裡一點也不感到陌生。

他將這則報導反覆讀了好幾遍，幾乎忘了自己此時也正遭到追捕。為什麼自己的名字不在這上頭？鄭垂青感到百思不得其解。命運的轉捩點往往只在剎那之間，或許只是自己的運氣特別好吧。

鄭垂青心裡會有這樣的想法，可說是理所當然。不過一眨眼的時間，自己與他人的命運竟有了天壤之別。

一切都發生在前天晚上。鄭垂青與余秋陽相約前往鬧區喝酒。那鬧區名為圓公園，位於住著大量臺灣人的大稻埕內。鄭垂青喝得爛醉如泥才回家，隔天早上醒來時感覺腦袋隱隱作痛，完全不想起床。妻子錦霞擔心丈夫上班遲到，頻頻進來催促，他卻充耳不聞，繼續賴在床上。他心想，大不了向上班的銀行請一天假。但錦霞卻不允許丈夫這麼做，硬把丈夫挖起。垂青無奈地將早已涼了的早飯扒進嘴裡，走出家門時太陽已高高掛在天上。

他所任職的銀行位於城內的鬧街上。職稱美其名為研究室研究員，但說穿了就是個領乾薪的閒職。這家銀行只是一家小規模的市內銀行，去年獲任命為董事長的男人卻是個好大喜功的人物，竟模仿大銀行在行內設置了研究室。多虧了董事長的這個舉動，垂青才終於找到工作，不必過挨餓受凍的日子。距離戰爭結束已過五年，通貨膨脹的旋風帶動了銀行的景氣，就算銀行裡多了五個、十個像鄭垂青這樣擁有大學學歷卻找不到工作的臺灣人，對銀行來說也是不痛不癢。說白了就像是巧立名目的失業救濟政策，發錢的跟拿錢的都不當這是工作。為了不引起其他行員的不滿，研究員必須按時上下班，卻沒有固定的工作內容。

乍聽之下相當幸運，但對一個未滿三十歲、充滿了幹勁的年輕人而言，這卻是最悲哀的職業。每天都得到銀行報到，讓他的心中充滿了鬱悶。但若要比悲哀，年過四十卻做著相同工作的余秋陽肯定是有過之而無不及。兩人年紀差了十歲以上，性格也迥然不同，卻是意氣相投，經常一起喝酒聊天。或許原因之一，就在於兩人皆深陷在相同的泥沼之中。

垂青忍受著初夏的灼熱陽光，走過了兩旁種滿椰子樹的道路，來到銀行前的十字路口時，遇上了研究室的女同事。那女同事一臉倉皇之色，對著他說道：

「大事不好了！剛剛來了一群保安司令部的人，把余先生抓走了！」

「什麼？」

「他們好像也要抓你，你快逃吧！」

垂青完全沒有意料到會發生這種事，內心有些難以置信。但仔細想想，這其實是可以預期的結果，只能怪自己太沒有警覺性。

如果保安司令部真的派人到銀行抓人，住家當然也不安全。此時如果回家，等於是自投羅網。垂青在剎那之間便丟了職業與家庭，他唯一能做的事，是想盡辦法別讓性命也丟了。

對於失去的職業與家庭，垂青心中並沒有絲毫惋惜。或許是基於一股愚蠢的生物本能，垂青滿腦子只想保住自己的性命。此刻的他並沒有自我反省的餘裕，對人生也沒有絕望到要主動放棄這萬中無一的逃命機會。

二

火車奔馳於連綿不絕的甘蔗田之間。垂青將手肘靠在窗邊，一臉茫然地凝視著不斷流逝的景色。

過了甘蔗田之後，放眼望去盡是綠油油的稻田。一群白鷺鷥自稻田的上方低空掠過。火車進入了一座小村落，紅磚建成的農家庭院內，可看見嬉鬧的孩童。出了村落之後，景色又變回甘蔗田。

「只有傻子才會在旅行途中看書。這種時候應該倚靠著車窗欣賞窗外美景。」

垂青回想起秋陽曾說過這樣的話。

秋陽與垂青都畢業於東京某私立大學，但秋陽的畢業年度比垂青早了十年。秋陽在畢業後便搬遷至華北，任職於一家日系的資源開發公司。垂青結識秋陽，是在戰後兩人分別從東京及華北回到臺灣之後了。當時的秋陽是個我行我素的孤獨男人，心愛的妻子已在華北過世，留下了一個女兒。秋陽帶著女兒回到臺灣後，在故鄉新莊過著落寞寂寥的日子。

垂青曾到新莊的鄉下拜訪過秋陽的家。秋陽指著擺在房間裡的亡妻照片說道：

「你讀過《浮生六記》嗎？裡頭有個叫芸娘的女人，我老婆就跟她一模一樣。」

從他那感觸良深的表情，便能看出他有多麼深愛著妻子。

秋陽與妻子是依照傳統習俗相親結婚，並沒有談過戀愛，但夫妻生活的點點滴滴直到如今依然深深烙印於秋陽的心中，這讓垂青感到頗為驚訝。垂青告訴自己，那是因為秋陽的妻子已經死了的關係。

其後兩人交情愈來愈深，垂青才發現秋陽是個信念至上的左派思想家。垂青感到極為納悶，不明白秋陽心中的信念與感情如何能結合在一起。相較之下，垂青與錦霞是不顧雙親反對而結婚，卻過著時而熱情時而冷漠的生活。因此垂青心中對秋陽可說是充滿了羨慕。

秋陽在去年年底，正好是妻子過世五周年的時候突然再婚了，新娘竟是個才剛滿二十歲的年輕女孩。

「女兒一直沒有母親，實在太可憐了。」

秋陽一臉靦腆地解釋道。但他對新婚妻子疼愛有加，令人不禁懷疑他結婚並非全是為了女兒。

可惜如今秋陽遭保安司令部逮捕，可說是必死無疑。國民黨政府在中國大陸兵敗如山倒，只能在臺灣苟延殘喘，最近這陣子的施政幾乎只能以瘋狂來形容。只要是對政府心懷不滿的民眾，不分男女老幼，不論信奉何種思想，全部都會被扣上共產主義的紅色大帽子。當年垂青有個朋友從日本內地回到臺灣時，因一時疏忽，行李裡放了一面紅旗。船一抵達基隆港，那朋友立刻被送進了收容所，不久後便成為馬場町刑場的亡魂。拷問方式也相當殘酷，例如他們會把嫌犯的下半身綁在堅硬的長椅上，在腳掌與椅子之間硬塞進一塊塊的磚頭。或者是由八名審問官輪番上陣，對嫌犯日以繼夜進行審問，不讓嫌犯睡覺。最後捏造出煞有其事的罪狀，嫌犯可能還摸不著頭緒，卻已被貼上共匪的標籤，接下來就只能等著被帶到臺北車站前廣場槍決。

從前垂青曾親眼目睹一輛卡車上載滿了這類嫌犯，在馬路上遊街示眾。但當時的他完全沒想過這樣的命運會降臨在朋友身上。

然而秋陽即使遭判死刑，似乎也沒有立場怨天尤人。畢竟這是凡人與凡人之間的戰爭，只有武力能解決一切，正義云云皆只是空談。既然要幹大事，就要有功敗身死的覺悟。

相較之下，廖子雄的情況更加令人同情。他的父親是臺南數一數二的大地主，生活環境跟只能領死薪水的秋陽及垂青截然不同。雖然地主階級在戰後的財勢已大不如前，但畢竟還有著難以撼動的基業。子雄不須仰賴薪水過活，自東京撤回臺灣後便在臺北買了房子，每天過著遊手好閒的日子。他的父母擔心他的未來，擅自幫他挑了結婚對象，上個月才為他舉辦了婚禮。

像這樣的男人根本沒有理由抱持共產思想，事實上他確實也不是共產黨員。他只是每一天都過得跟學生時代沒有兩樣，也可能因此懷念起住在東京的日子，所以經常來銀行找我們聊天，就這麼順理成章地加入了我們的組織。若硬要說他跟我們共謀圖事，那件事也不過就是數個月前跟我們一起去新公園喝茶而已。那時候我們曾互相約定，如果將來有機會掌握大權，一定要攜手合作。余秋陽在組織裡的年紀最大，屆時就推舉他當領袖。

人家說出外靠朋友，子雄最大的不幸就是靠了我們這群朋友。一旦遭政府盯上，就算他是豪門子弟，恐怕也難以脫身。不僅如此，以現在的社會狀況來看，有錢很可能反而為他招來禍端。

話說回來，命運之神為何唯獨對我特別眷顧？

垂青的腦海不禁浮現秋陽及子雄在監獄裡痛苦呻吟的畫面。他們遲早會遭判處死刑吧。在行刑的那天，當他們被拖上刑場時，若發現我不在身旁，心中將作何感想？

「啊啊……」

垂青忍不住發出哀嚎。心臟在這一瞬間彷彿凍結了一般。

「他們可能會以為是我告的密！」

那將是天底下最可怕的事情。垂青的腦海裡浮現了銀行董事長那張充滿精力的紅潤臉孔。這個如今讓垂青得以溫飽的董事長，在前一個時代，曾是鄉下公學校的代課教師，而且還是臺灣共產黨的黨員。有一天，他的黨員身分曝了光，遭日本警察追捕，最後躲進漁船的冷凍庫裡，趴在冰塊上，才成功自基隆港逃走。他曾流浪到廈門，在小學裡負責敲鐘，後來卻又在這裡遭國民黨逮捕。當時抓住他的國民黨特務威脅他若不供出同伴的消息，就要將他殺死，最後他選擇犧牲同伴，獨自苟活了下來。戰爭結束後，國民黨前來接收臺灣，他作為其爪牙，能夠在短短時間內就當上銀行董事長，靠的絕對不是單純的運氣。

垂青雖靠他提供的閒職餬口，但絕不希望讓別人認為自己跟他一樣卑劣。

「秋陽啊！你一定願意相信我吧！」

沒錯，他一定會相信我，直到最後一刻！

但是秋陽的妻子、子雄、以及他們的家人，難道不會認為我是叛徒嗎？就算不當我是叛徒，恐怕也會認為我臨危變節！

這個擔憂讓垂青陷入了沮喪的深淵。在這一刻之前，垂青一直陶醉在獨自一人幸運逃走的喜悅之中，但在這一刻之後，他才驚覺自己是唯一遭到同伴遺棄的那個人。

垂青不像那些同伴們一樣有著可寄託心靈的家庭。他自認為婚姻失敗，雖有兩個小孩，卻已失去了重新振作的精力。這輩子剩下的唯一心願，是希望當個讓同伴們敬重的男子漢。

一想到這裡，垂青驀然有股立即出面自首的衝動。若要說心中有一絲一毫的罪惡感，那不是對國家社會，而是對那些同伴們。可惜事到如今就算自首，也沒有意義了。自首將被視為誠心悔改，因此可以免除一死，就算這麼做，也只是讓世人看見自己的醜態而已。

比起自首，找個地方躲起來不讓政府找到，似乎更有男子氣概。而且更重要的一點，是如今快速列車正不斷往南飛馳。這與保安司令部及高等法院完全是相反方向。

三

垂青的目的地是故鄉臺南市。

自從母親過世後，故鄉兩字變得有名無實，回來的次數屈指可數。舅舅[1]一家人如今還住在臺南，從事服飾加工業，過著平靜的生活。但如今垂青大禍臨頭，實在不敢投靠平日極為疏遠的舅舅。

比起那種空有名分的親戚，垂青打從離開臺北的瞬間，就想到了另一個更適合藏身的地點，那就是甘姑的家。她是母親生前唯一的女性好友。

甘姑是個眉清目秀、舉止端莊的女人，據說年輕時髮色偏紅，讓人聯想到玉蜀黍的雌蕊。光看她的長相，便知道她年輕時一定是個美女，但她卻剃髮為尼，把一生奉獻給了佛祖。母親當年曾說過，甘姑出家當尼姑是因為曾有名聲響亮的算命先生說她有剋夫相，如果結婚會害死丈夫。若仔細觀察，會發現她的眉毛呈現明顯的半圓形，鼻樑也有些突出，看起來像是鷹勾鼻。但甘姑的家裡頗有家產，就算是在從前的時代，也不太可能僅為了算命先生的一

1　譯注：日文中的「叔父」可以指母親的弟弟（舅舅）或父親的弟弟（叔叔），以故事情節判斷，主人公與母親關係似乎較親近，因此權譯為舅舅。

句話就終身不嫁。

那個時代的社會觀念是女人不需要學問，因此甘姑並不識字。但她靠著一對耳朵，記住了包含《觀音經》、《太陽公經》在內的十多種經文。在垂青小時候，每當遇上祭拜的日子，甘姑就會在前一晚來住在家裡，從清晨四點一直誦經直到天明。這個習慣一直持續到垂青的母親過世為止，據說母親過世的時候，她也從早到晚誦經，超渡這個貧窮朋友的亡魂。

當時垂青還在就讀高等學院，算起來已經是十多年前的事了。垂青也曾跟著母親一同拜訪甘姑的草庵。那座草庵位於臺南市郊區一座名為竹溪寺的古老寺廟附近，道路非常狹窄，僅能容一輛牛車勉強通過，兩旁盡是刺竹形成的竹林。那些刺竹長得相當高大，彷彿插入天際，每當吹起南風，就會發出獨特的聲響，宛如吱吱嘎嘎的磨牙聲，聽起來相當淒涼。

當時母親雖已年過四十，但一頭茂密的黑髮依然光澤油亮。垂青的身材頗為修長，母親卻相當嬌小，若將頭髮梳開，髮梢會碰觸到地板。從前的人傳說頭髮愈多的女人愈歹命，母親的一生可說是印證了這句諺語。

在垂青還不懂事的時候，父親就拋家棄子，前往了日本內地，從此沒有再踏上故鄉的土地。雖說父母的婚姻是雙親擅自作主的盲婚，垂青還是無法原諒在異鄉與日本女人另組家庭的父親。但只要垂青一說父親的壞話，母親反而會出言制止。雖然遭到了拋棄，但母親從不曾憎恨過丈夫。

垂青一心只希望母親能夠安度晚年。

「媽媽，等我大學畢業後，我們一起搬到日本內地去住吧。」

當年兩人走在被竹林包圍的小路上，垂青如此說道。

但母親沉默不語，心中多半正想著兒子為何不肯住在故鄉。擁有愈高的學識，住在殖民地愈是痛苦，但母親完全無法理解這點，當然也無法體會垂青心中的煩惱。有人告訴母親，大學生就像是從前考上科舉考試的秀才，母親一直對此深信不疑，垂青實在不忍心讓母親的美夢破滅。

母親心中雖然抱持疑問，但從不曾說出口。這或許是一種幸福，也或許是一種不幸。

「還有幾年才畢業？」

「如果順利的話，還要五年。媽媽，妳再忍耐五年就行了。」

「但我一點學問也沒有。跟我住在一起，會讓你沒面子。」母親嘆了口氣說道。母親的腳曾經綁過纏足，雖然後來沒綁了，但腳掌相當小，走起路來有些搖搖擺擺。

「媽媽，妳說這是什麼話！」垂青忍不住大聲說道：「學問一點也不重要，重要的是一顆美麗的心！心美的人比有學問或有錢的人更高尚得多！」

母親喜極而泣，半晌說不出話來。她在路中央停下腳步，匆匆掏出手帕。

「但媽媽可能沒辦法活那麼久。算命先生說過，媽媽這一生是嬉媒嫺命（丫鬟命）。」

「算命的說的話哪能相信。」

「……」

垂青轉頭一看，母親的雙眸閃爍著珍珠般的淚光。

但不久之後，事實證明母親的預感勝過了他心中的殷切期盼。大學三年級的時候，平常極少聯絡的舅舅突然寄來了一封信。垂青原本也沒多想，但拆信一讀，驟然有種全身血液都從腳下流乾了的錯覺。信中說，原本腸胃就不好的母親因罹患腸扭轉而去世了。

根據故鄉的傳統，子女沒有趕上見父母最後一面是最大的不孝，父母臨死前沒能見到子女是最大的不幸。但當時正值戰爭期間，就算垂青在母親過世前接到電報通知，恐怕也籌不出旅費回家一趟。但即使如此，母親從病危到臨終，自己竟然一無所知，還是令垂青感到萬分痛苦。或許母親是因為不想讓兒子擔心才刻意隱瞞，但垂青還是不由得恨母親太過無情。既然成了亡魂，好歹也該託夢相告。

戰爭結束後，垂青回了故鄉一趟，當時曾在舅舅的家裡見到甘姑。甘姑把母親臨終前的情況告訴了垂青，但垂青情緒激動，甚至沒有辦法把話聽完。

為了將來能與兒子過平靜的日子，母親決定接受腹部手術。抱持傳統思想的母親要下這樣的決定，不知需要多麼大的勇氣。這點除了垂青之外，恐怕沒有人能體會。但手術結果並不理想，母親陷入昏迷狀態。據說母親在昏迷期間，雙手不斷搖擺，做出攪拌鍋內肉鬆的動作，嘴裡還呢喃著：「做好後寄給垂青吃。」

垂青想像當時的情境，不由得放聲大哭。早逝的母親雖然不幸，但獨活在世上的自己卻更加悲哀。垂青心裡不禁詛咒起棄自己而去的母親。搬回臺北居住之後，垂青偶爾還會夢到母親，並在夢境中想起母親已死而嚎啕大哭。

垂青努力想要將母親忘記，結果是，他總是在母親的忌日過了之後才想起這件事。

四

「啊，你回來了。」

垂青一走進圍牆內，便看見甘姑坐在庭院的椅子上，正在縫補衣服。原本黑中帶紅的頭髮已全變成了白色，臉型也變得削瘦許多，但雙眸流露出溫柔的笑意。

「什麼時候回來的？」

「剛到不久。甘姑近來好嗎？」

「託你的福，還過得去。」

甘姑起身自庭院後頭取來另一張竹椅，讓垂青坐下。

「甘姑，如果妳方便的話，我想在妳這裡住一陣子……」垂青老實說道。

「只要你不嫌棄，當然沒問題。」

垂青的突然來訪，並沒有讓甘姑露出一絲狐疑表情。或許在甘姑眼裡，垂青還是當年那個流著鼻涕的頑童吧。

從這天起，垂青便在甘姑的草庵裡住了下來。

每天到了深夜，垂青便會聽見年老的甘姑發出有氣無力的乾咳聲。但甘姑每天在天未亮便起床誦經直到黎明的習慣，卻也沒有改變。三餐吃的皆是素菜，大多是花生、醬瓜、豆腐一類。甘姑從以前就很擅長做素菜，尤其是以香菇蒂頭做成的素肉鬆有著濃濃的香氣，是垂青小時候最愛吃的食物。可惜戰後的社會變化也影響了甘姑的經濟狀況，香菇的價格太過昂貴，甘姑已買不起。不過偶爾餐桌上會出現豆腐皮的料理，那滋味總是讓垂青懷念起小時候的日子。

「妳媽媽也很喜歡吃齋菜呢。」

吃飯的時候，甘姑經常聊起垂青的母親。雖說這是兩人之間唯一的共通話題，但垂青每天聽著早已遺忘的往事，那種感覺有點像是胸前的舊傷口被挖了開來。

「她的命真不好，要是能看見你現在的成熟模樣，她可不知會有多高興……」

但如今回想起來，母親死得早或許也是一件好事。兒子是她生命中唯一的重心，要是得知垂青即將被送上死刑臺，她一定會死不瞑目吧。與其讓母親痛苦難過，垂青寧願由自己承受孤獨的滋味。

草庵的周圍盡是竹林，但庭院相當寬廣，甘姑將角落一小塊地當作農田，種植些時令蔬菜。垂青不好意思整天只是吃閒飯，因此將整片空地掘鬆，撒上瓜類及豆類的種子，並插上番薯的藤蔓。此時正是夏天，甘姑有時會在清晨較涼爽的時候，踏著她那因纏足而只有三寸大的小腳，下到田裡幫忙摘番薯藤。這片空地從前原本就是雇用男丁耕種的農田，因此垂青只是稍微整理一下，蔬果便長得相當茂盛，幾乎覆蓋了整個庭院。

甘姑的草庵幾乎不會有客人來訪。每個月頂多只有一、兩次，甘姑的姪子[2]會來草庵拜訪。甘姑在街上有一棟房子，以極便宜的價格租給了他人，那姪子是甘姑在這世上唯一的親人，每個月會特地將租金送來給甘姑。近來物價高漲，相較之下租金收入少得可憐，但即使如此，姪子還是得再三催討才能拿得到錢。

草庵裡的生活相當節儉，幾乎到了要把一枚銅錢切成兩半使用的程度，但垂青覺得日子過得逍遙自在。只要待在這裡，就不用煩惱社會及家庭的事。

不過垂青相當謹慎，每天只有清晨及晚上才會外出散步，而且總是盡量挑選沒有人的鄉間小徑。他心裡暗自盤算，只要在這裡待上個幾年，那些特務跟憲兵應該就會忘了他這個人

2　譯注：日文中的「甥」可指外甥或姪子，本文姑且譯為姪子。

吧。畢竟那些人並非與垂青之間有私怨，只是想巴結上司及證明自己是優秀的獵犬而已。垂青對他們而言就像一隻小兔子，即便脫網逃走，他們也不會放在心上。

但這世上還是有著不找出垂青絕不肯罷休的人物。那正是與垂青最親近的一群人。

垂青心目中所認定的「親人」，唯有已經過世的母親。當然父親及舅舅也有血緣關係，但這血緣關係反而成了垂青心中的沉重負擔。父親如今依然與垂青的同父異母兄弟一起住在神戶，但垂青即使是在日本上大學的那段期間，也從不曾去拜訪過他們。因此苦苦尋找著垂青的人物，當然不是他們這些人。

事實上若以嚴謹的定義來看，夫妻似乎不能算是親人。但即便垂青的妻子是由自己所選，卻無法像朋友一樣以快刀斬亂麻的態度與對方一刀兩斷。這種無法切割的悲哀關係，讓垂青不由得對錦霞產生恨意。

不，不止是錦霞。就連秋陽、子雄那些人，心裡一定也認為垂青既然死裡逃生，就該好好利用這份運氣，確實完成肩上背負的使命。垂青必須為了妻子而活，必須為了朋友而死，必須實行所有強人所難的要求，否則就會失去作為一個人的資格。

換句話說，不管是親人或朋友，對垂青而言都只是痛苦的根源。回顧將近三十年的人生，垂青發現憎恨是唯一支撐著自己生命的一股力量。因為受母親疼愛，所以恨母親；因為遭父親拋棄，所以恨父親；因為結為夫妻，所以恨錦霞；因為接受了名為薪水的施捨，所以恨銀行董事長；因為獨自一人苟且偷生，所以恨秋陽及子雄。

垂青舉著沉重的雙腿，獨自走在夕陽餘暉中的東門城下。每當一颳起風，甘蔗田便會劇烈搖擺，宛如火焰一般。

穿過了甘蔗田後，來到埤圳邊的堤防上。垂青朝著上游的方向邁步，偶然間抬起頭來，看見前方有一群水牛正沿著堤防邊奔來。

走在後頭的人手持長鞭，不斷驅趕著牛隻。那些有著白色軀體的牛隻雖然擁有碩大的尖角，卻只是乖乖地被趕著走，龐大的身軀不時互相碰撞。據說這種水牛在印度是比人還神聖的動物，被視為神的使者。但日本人將此品種輸入殖民地後，牠們就成了搬運物品的馱獸。牠們的力氣相當大，但性格溫馴，或許作為馱獸才是牠們最自然的身分。

在漫長的人生裡，垂青從不曾察覺這些水牛的美。但如今垂青看著這些擁有美麗尖角的牛，律動著其美麗的身體曲線，橫越自己的眼前，身影愈來愈小，最後消失在景色的彼端。垂青看得如癡如醉，久久不能自已。

這天夜裡，垂青夢見了數不清的水牛朝著自己猛撲而來。

五

就在隔天，錦霞與舅舅一同出現在垂青的藏身之處。

「垂青！」

當時垂青正在庭院裡砍柴，若想偷偷逃走並非做不到。但他一聽到那尖銳的呼喚聲，全身登時有如觸電般劇烈顫動。即使不回頭看，也知道是誰來了。錦霞來到他的身旁，雙眼淚如雨下。

「哭什麼，笨蛋！」

垂青的口氣中充滿了敵意，連自己也嚇了一跳。但錦霞一點也不害怕。

「你還活著，真是太好了。我一想到你要是有三長兩短，就擔心得不知道該怎麼辦才好……」

錦霞說到一半，抽抽噎噎地哭了起來。垂青聽她這麼說，心頭反而湧起一股莫名的怒火。何必這麼怕我死掉？妳平常不是一天到晚罵我不中用嗎？

垂青正想罵她兩句，但一陣子沒見，錦霞竟憔悴得不成人形，讓垂青實在罵不出口。當初她不顧雙親反對，與自己這種不長進的男人在一起，已是最大的悲哀。既然如此，為了顧及尊嚴，兩人原本應該好好互相扶持才對。

垂青長期失業的那段日子裡，家中無米可炊，錦霞願意低聲下氣地回娘家要錢，也是為了這個理由。至少在表面上，兩人都不能承認過去的生活是失敗的。

「孩子們還好嗎？」

垂青以毫無感情的聲音勉強擠出這句話。妻子一聽，臉上才恢復了一絲生氣。

「現在交給他們的外婆照顧。我們已經搬出幸町的房子了。」

「嗯。」

「你既然躲在這裡，為什麼不跟我說？你知道我有多擔心你嗎？」

錦霞見丈夫平安無事，忍不住又抱怨了一句。但她接著說道：

「不過我們還算是幸運的，沒有落得余先生、廖先生他們那種下場……」

「余先生他們後來怎麼了？」

「你不知道嗎？報紙上寫得清清楚楚。」

「自從逃走之後，我就沒看過報紙。」

「這麼說來，你是真的不知道？可憐的余先生，已經被處死了。」

「果然……」垂青低聲說道：「那廖子雄呢？」

「他被判九年徒刑。聽說他家塞了不少錢，還是沒辦法讓他無罪釋放。」

錦霞目不轉睛地看著丈夫，接著說道：

「廖先生雖然可憐，但他太太比他更可憐。聽說廖家的長輩都說廖先生一結婚就遇上大禍，一定是被妻子的命拖累了。我聽到他太太的處境，也忍不住哭了。」

「妳還是跟以前一樣愛哭。」

「這件事我們可也是當事人。你要是也落得一樣下場，我一定活不下去。」

「話說回來，你們怎麼知道我在這裡？」

錦霞默默轉頭望向舅舅。舅舅代為回答：

「前天我在路上偶然遇見甘姑的姪子，是他告訴我的。你跟我是親戚，我卻得問他才知道你的下落。你也真是的，害我丟了這麼大的臉。」

「我只是怕給舅舅添麻煩。」

「你怕給我添麻煩，就不怕給甘姑添麻煩？」

「一點也不麻煩。」甘姑打起圓場。「請問垂青到底遇上什麼事了？」

眾人試著向她說明，但她一點也不想深入瞭解。即便她聽到這一生唯一的摯友生下的兒子竟是窮凶極惡的罪犯，也絕對不會相信吧。

「全都是政府的錯！這麼蠻橫的政府，應該早點垮臺！」錦霞突然歇斯底里地大喊。

眾人受到震懾，皆沒有開口說話。

「錦霞，我想跟妳單獨談談，我們到外面走走吧。」

錦霞一聽，乖乖跟著丈夫走出了草庵。

此時已開始吹起北風，竹林裡的枯黃竹子不斷發出悲戚的吱嘎聲響。每發出一次聲響，便可看見黃色的枯葉滿天飛舞。

兩人默默走著，他停下腳步，她就停下腳步，他繼續邁步，她就繼續邁步。前方的道路彷彿永無止境，垂青走了好一會，終於開口說道：

「接下來妳有什麼打算？」

「什麼打算？」錦霞瞥了丈夫一眼，說道：「還能有什麼打算？當然是勸你回家。」

「妳這是在逼我變節！我絕不回去！」垂青突然激動地大喊。

「為什麼回家就是變節？你並沒有出賣朋友，朋友的罪名也不會因你回家而變得更重。更何況你那些朋友，有哪一個值得你跟他講義氣？」

「……」

刺竹不斷發出哀嚎聲。縫隙間隱約可看到蔚藍的熱帶天空。

「就算你繼續躲在這個地方，又有誰會稱讚你？最後的結果只是被社會遺忘，就這麼從世上消失而已。」

「與其要我屈服於國民政府，我寧願就這麼從世上消失。」

「你說這種話真是太沒志氣了。從前的你，可不會像現在這樣死要面子。你以為你能跟政府那些人講道理嗎？你說你不願屈服於他們，難道你過去從沒有向他們低頭過？過去你向他們低頭的時候，難道是真的尊敬他們嗎？如果你還搞不清楚，我就明白地告訴你，過去你向他們低頭，全是為了錢！」

「住嘴！」

垂青大喝一聲，但妻子的聲音反而更加高亢。

「不，我不會住嘴的。今天我要把話說清楚。你既然身為丈夫，就有義務養活我們一家人。為了妻小而活，不僅不是變節，而且應該是你唯一的節操。如果能做到這點，就算要向他人低頭多少次，又有什麼大不了？」

「跟我這樣的男人結婚，是妳的不幸。」垂青神情落寞地呢喃道：「錦霞，這是個好機會，妳乾脆跟我分手，如何？」

「為什麼說這種話？」錦霞氣急敗壞地說道：「為什麼我們必須分手？我做的每一件事，可都是為了你好！何況你現在惹上麻煩，我怎麼能獨自逃走？你認為我是那樣的女人嗎？」

垂青無奈地嘆了口氣。這種一廂情願的愛情已讓他大感厭煩。

「我只是不想再給妳添麻煩。如果遲早要分手，還是趁年輕的時候比較好。」

錦霞抬起了頭。垂青彷彿能聽見她心中的吶喊。就算你嘴上說得好聽，當危急的時候，還不是露出了醜陋又懦弱的本性。我們在一起四年了，你以為我不瞭解你嗎？

「我已經都安排好了，你只要到高等法院露個臉，就可以平安回家了。」錦霞說道。

垂青一聽到這句話，原本有如槁木死灰的雙眸突然流露出了一絲生氣。

「我向你上班銀行的董事長苦苦哀求，才談成了這件事。那個董事長是個親切又溫柔的人，百忙中還願意為了我們抽空到司令部談判好幾次。」

原本充滿希望的臉色在一瞬間染上了厭惡的神情。

「我不要！我不要！如果要我接受那傢伙的憐憫，我寧願咬舌自盡！」

可惜這無助的吶喊聲不足以改變任何事實。

整個空中只充塞著刺竹的吱嘎聲響。錦霞以更加強而有力的嗓音說道：

「我會先回臺北，跟董事長討論具體的行程，過幾天再來接你回去。」

此時兩人已走出了竹林。

垂青拖著沉重的步伐走在妻子的身旁。熱帶的豔陽毫不留情地投射在妻子的頭髮及頸子上。過去垂青曾以最激昂的情緒讚嘆著她的美麗，如今卻以相同的情緒批評著她的醜陋。

六

三天後，錦霞帶了一些要給甘姑的伴手禮，又來到了草庵。

「都談妥了。」錦霞眉開眼笑地說道。

在名為「生命」的惡狼面前，垂青就像一隻毫無抵抗能力的綿羊。但若不是錦霞，那頭惡狼也不會找上自己。這一晚，垂青與錦霞搭上了開往臺北的快速列車。兩人在三等車廂裡相鄰而坐，錦霞似乎已好幾天沒闔眼，不一會便靠著他的肩頭發出鼾聲。

垂青也想要跟著小睡片刻，但一閉上雙眼，眼前驟然浮現死去的秋陽的臉，頓時睡意全失。最令垂青感到意外的一點，是原本以為對秋陽的恨意會永遠纏著自己不放，但如今那股恨意卻已若有似無。即使聽到了秋陽已死的消息，也只覺得一切都是如此虛幻。或許朋友就像是鏡中的自己，即使看起來近在咫尺，伸出手卻是捉摸不到。

火車在清晨抵達了臺北。兩人一下火車，錦霞立即帶著垂青前往了某位老政客的宅邸。那位老政客雖是臺灣人，但在國民黨內部卻頗吃得開。見到兩人的時候，老政客或許是早已看慣了像垂青這樣的降兵敗將，並沒有說出一句毫無意義的訓誡之語。這讓垂青著實鬆了口氣。

「我們走吧。」

時間一到九點，老人立即站了起來，轉頭對錦霞說道：

「請放心，妳老公今天一定能回家。」

「麻煩您了。」

一輛汽車早已等在門口。在錦霞的目送下，車子出了庭院，沿著碎石路前進。車子進入城內後，在高等法院的拱門前停了下來。垂青跟著老人下了車，登上石階。進入專門處理自首的部門後，垂青在對方事先準備好的厚厚一疊文件上簽名並蓋上指印。不到一個小時，一切手續都已辦完，兩人又從那座石階走了下來。

「快去向董事長道謝吧。促成這件事全是他的功勞，我只是順水推舟而已。」

老人臨走前如此說道。

垂青獨自一人朝著街道的方向邁步而行。

算起來已有將近四個月沒有走在人群之中了。但或許是時間還沒到中午的關係，每家店裡都沒有客人，顯得冷冷清清。垂青的雙眸閃耀著異樣的神采，彷彿來到了陌生的異國街道。

來到銀行前方，從前的回憶浮上腦海。沿著亭仔腳停滿了汽車、三輪車及腳踏車，擁擠的程度與銀行內不遑多讓。現金出納組的鐵欄杆裡一定還是有著堆積如山的鈔票吧。當大量的鈔票聚集在一起，看起來就不太像鈔票了。一想到上班族每個月必須為了那少得可憐的薪水而賣命工作，就覺得這些鈔票不過是折磨人的工具。但如今就連那少得可憐的薪水，也將離自己而去。飢餓的季節不知不覺已來到了自己的背後。

為了避開他人的目光，垂青利用後門的階梯進入了董事長室。門口的小妹一看到垂青，先是嚇了一跳，接著立即轉身入內。垂青只在去年剛到銀行就職時，曾經進入過董事長室一次。那是一間風格沉穩洗鍊的辦公室，地上鋪著胭脂色的厚重地毯。

「來，坐吧。」

垂青正有些不知所措，董事長臉上忽露出若有深意的微笑，招呼垂青就坐。即便這是董事長的命令，以垂青此時的立場當然不能坐下。

「給董事長添了麻煩，深感抱歉。」垂青低頭鞠躬。

「人沒事就好。」董事長輕拍垂青的肩膀。「不必耿耿於懷，這也算是寶貴的經驗。希望以後你能過更踏實的生活。」

董事長的聲音比想像中還要溫柔，垂青不禁有些吃驚，愣愣地看著對方。

董事長雖然身高不高，但體型肥胖，而且神情中彷彿散發出無限的精力。無論從哪個角度看，他都不像是個從前曾信奉共產主義的人物。雖然他在社會上受到厭惡，批評他的聲音從來沒有消失過，但另一方面，行員們對董事長的評價卻相當高。不過那是因為銀行只要一有獲利，他就會慷慨大方地發出獎金，藉此收買行員們的心。原本這間銀行的股份大部分為日本人所持有，戰爭結束後全由臺灣銀行接收。因此就算他發出再多獎金，也只是「慷他人之慨」而已。垂青深知他的手法，因此認為他是個卑鄙狡詐的男人。

垂青從口袋掏出一枚信封，輕輕放在董事長面前。

董事長即使不拆開來看，也知道那是辭呈。他直接將信封推了回去。

「年輕人對共產主義感興趣，並沒有什麼不對，畢竟這是擁有正義感的最佳證據。墨索里尼說過，二十歲只有傻子才不信共產主義，三十歲只有傻子才信共產主義。你若要為這件事引咎辭職，那大可不必了，哈哈哈……」

董事長的笑聲迴盪在整間辦公室內。垂青的心中湧起了一股前所未有的激烈怒火。自己竟然得靠這種人的同情才能苟活下去，不如乾脆從世界上消失算了。

「但既然惹出了這麼大的事情，我已經沒有臉回研究室了。」垂青說道。

「嗯，我能體會你的心情。」

董事長似乎刻意想表現出寬宏大量的一面，那張嘴臉實在令垂青難以忍受。

「我記得你的故鄉是在臺南？」董事長接著問道。

「是的。」

「既然如此，我把你轉調到臺南分行，如何？那裡沒有研究室，但工作相當清閒，你可以在那裡好好養精蓄銳，恢復了精神後再回臺北。總而言之，把辭呈帶回去吧。」

董事長說完這句話，便按下桌上的呼叫鈴，要茶水助理帶下一位訪客進來。

垂青知道自己是澈底敗北了。走出銀行大門時，眼淚已幾乎要奪眶而出。董事長的溫柔態度，比將他痛罵一頓更令他難以忍受。

垂青原本打算帶著妻小一起餓肚子，一來反抗妻子的要求，二來對朋友也是一種贖罪。但如今的垂青就連這小人般的抵抗也做不到。垂青不得不承認是錦霞贏了。她說要回去煮麵慶祝，現在應該正在廚房忙得不可開交吧。如今垂青已找不到任何理由可以不吃這碗麵。

一星期之後，垂青帶著妻小再度搭上了開往南部的快速列車。妻子的身旁坐著年僅三歲的女兒，膝蓋上還抱著一個小嬰兒。

垂青將手肘靠在窗邊，一臉茫然地看著窗外不斷飛逝的景色。臺南那有如廢墟般的街景浮現在垂青的腦海。自己馬上要到那個地方報到了。如同行屍走肉般的自己，即將要到那座如同廢墟般的城市。做出如此安排的董事長，或許是個可怕的天才。

舊皮袋就要裝舊酒，新皮袋就要裝新酒，廢墟就要住廢人。[3]

垂青的眼前驀然浮現了母親的墳墓。好久沒去掃墓了，恐怕墓碑已遭雜草掩埋。一到臺南，先去割割草吧。

（初發表於一九五六年三月）

3　前兩句典出《馬太福音》。

傘中的女人

一

天色陰霾不開。若是能起風，或許感覺還會清爽一點，但整個世間彷彿屏住了呼吸，沒有半點動靜。從前每次經過這一帶的時候，總是能聽見鳥雀的鳴叫聲，今天卻是一片死寂。

「該不會要下雨了吧？要是在這種地方遇上大雨，可讓人吃不消。」

此地距離下一個驛站大約還有十里遠。

我停下腳步，抬頭仰望天空。幸好天色看起來並不像是隨時會下雨的模樣。

「總之還是快點趕路吧。」

我重新揹好背上的行李，邁開大步往前走。焦急的心情令我幾乎忘了行李的沉重。

太陽已即將下山，夜色自路旁隨處可見的林投樹的根部悄悄逼近。

過去為了經商，我已走過這條路兩次，清楚記得再走不久應該就會看見一座橋。但我提起精神走了許久，一直走到太陽完全下山了，還是沒看到橋。

「只有一條路，應該不可能走錯才對。」

我一邊說，一邊回頭瞥了一眼。沒想到就在這時，我竟然看見左手邊的方向隱約有些燈火。剛剛走過來時怎麼會沒有看見？我愈想愈是納悶。而且那燈火雖然稀稀落落，但數量著實不少，並非只有一、兩盞燈。那似乎是座村落，將整座森林的上方照得隱隱發亮。

一看見那些燈火，我便彷彿受到吸引一般，轉頭沿著原路往回走。走了一會，原本以為只有一條路地方，竟然分成了兩條岔路。其中一條是我剛剛走過的路，另一條則似乎通往村落。為何剛剛沒有看見，實在令我百思不解。

於是我立即彎進了左邊那條岔路。前方先是一片相思樹林，出了樹林後便來到一處規模不小的村落。家家戶戶皆緊閉門窗，昏暗的街道上一個行人也沒有，但街道的入口處就有一家簡陋的旅舍。

「打擾了……請開開門……」

我一邊敲門一邊喊道。裡頭有人應了一聲，我接著說道：

「我路過此地，想要投宿一晚……」

門上開了一道小孔，孔內露出一對眼睛朝我上下打量。那人似乎是確認我周圍沒有其他人後，才拿起門栓，拉開了沉重的門板。

「客官，很不巧，小店都住滿了。」貌似旅舍老闆的男人說道。

「這種偏僻村莊的旅舍，怎麼可能住滿？」我說道。

「這陣子剛好要舉辦祭典，原本遷往外地的村人都回來了。」

「這可怎麼辦才好……老實說我迷了路，請問你這村叫什麼名字？」

「你要上哪裡去？」

「我要去蒼梧。」

「蒼梧離此地約有三十里遠，我們這村叫相思里。」

「如此說來，我果然是走錯了路。照理來說應該不可能走錯才是，到底是在哪裡走錯了？」

我左思右想，還是想不出個所以然來。此時微微起了點風，夜空上的雲層開始飄移，一粒粒雨滴從天而降。

「這個時間總不能走夜路回去，請你給個地方讓我窩身，只要能遮風蔽雨就行。」

「這個嘛……」旅舍老闆將雙手交叉在胸前，沉吟了半晌後說道：「遮風蔽雨的地方倒也不是沒有，但我不太敢讓你住。」

「為何這麼說？」

「前面不遠處有一棟兩層樓的屋子，從前曾是青樓，後來由我買了下來，但屋裡似乎鬧鬼，沒有人敢住進去。」

「鬧鬼？」我笑了起來，問道：「什麼樣的鬼？」

「我自己也沒住過，聽說是個女鬼，而且還是個大美人。但就算再美，可還是個人見人怕的女鬼。」

「請帶我去瞧瞧吧。人死了才會變成鬼，但比起死人，我覺得活人更可怕，哈哈哈……」

「你這時逞強，遇上了女鬼可別來找我抱怨。」

旅舍老闆說完這句話，忽又壓低了嗓子說道：

「不過你如果真的遇上，也不會來找我抱怨了。」

最後這一句話，我聽得一清二楚，那意思似乎是住在那棟屋子裡的人都會沒命。我轉頭朝旅舍老闆望了一眼，他看起來四十多歲年紀，一副老實模樣，實在不像是會帶手下偷襲旅人的強盜，何況以我懷裡那點錢，也不至於遭人覬覦。

旅舍老闆轉身進屋，取來兩盞提燈，將其中一盞交給我。接著他率先邁步，領著我走在夜晚的街道上。穿過了民宅聚集的街道，來到一處長滿了柳樹的河岸邊。兩人自柳樹下通過，又走了五分鐘左右，便看見一棟兩層樓屋子。

「就是這裡。」

旅舍老闆在門上一推，門板發出吱嘎聲響，往內側滑開。

「裡頭被蓋跟燭臺一應俱全，晚安。」

旅舍老闆說完便轉身離開了。

走進屋裡一瞧，樓梯的周圍是一間大廳，擺著黑檀木的椅子及長板凳。我高舉提燈仔細觀察屋內，發現正中央有張圓桌，圓桌邊有一座燭臺。

於是我以提燈的火點亮了燭臺，周圍頓時變得明亮不少。放眼望去，屋內打掃得相當整潔，看起來完全不像是長年無人居住。

走上樓梯來到二樓，看見一間擺著床鋪的房間，牆邊有一座朱漆的妝臺。我心想，從前的青樓女子多半就是在這裡接客吧。

我走到床鋪邊，才剛一坐下，鼻中忽聞到一股古怪的黴味。我趕緊起身打開窗戶，就在這一瞬間，我驀然感覺似乎有東西撞在臉頰上。我嚇了一跳，趕緊伸手一抹，才發現那是雨滴。緊接著便是一陣激烈的淅瀝聲響，屋外已下起了滂沱大雨。

二

不知過了多少時間，我偶然轉頭，這才驚覺床邊坐著一個女人。

「妳是誰？」我吃驚地問道。

「我是這個家的人。我叫四娘，來給官人請安……」

「我怎麼會在這裡？」

我竟完全想不起來自己為何會在這棟屋子裡。

整個房間內燈火輝煌，遠處傳來胡琴聲，餐桌上擺滿了酒瓶及山珍海味。

「是我請你來的。」四娘笑著說道：「有件事想請你幫忙。」

「請我幫忙？」

「不急著說這些，先喝杯酒吧。」

四娘拉著我的袖子往餐桌走。

「那可不行。」我一甩袖子，說道：「妳得先說要我幫什麼忙，我才能吃這些東西。要是吃了之後才發現我幫不上忙，我還得把東西吐出來還妳，那可有點麻煩。」

「你真是個性耿直，看來我沒有找錯人。」

「總而言之，先把話說清楚吧。」我不管三七二十一地問道。

「我不是活人。」四娘說道。

「妳不是活人？」我吃驚地望著她。「但妳看起來跟一般人沒有兩樣，嘴唇有血色，眼珠也是黑的，怎麼看也不像是個鬼。」

「只有你才會對我說出這種話。剛剛我都聽到了，你不怕鬼，卻怕活人，是嗎？」

「妳是因為這樣才找我幫忙？」我苦笑著說道：「根據我的經驗，會作祟的大多不是死人，而是有血有肉的活人。妳是個死人，卻來找我這活人幫忙，正是最好的證據。說吧，妳為什麼不當個作祟的活人，卻要當死人？」

「都怪我太傻。」四娘突然雙目含淚。「從前在這一帶，我的名氣相當大。說起四娘，沒有人不知道。許多富家公子、貴族子弟來見我，為了討得我的歡心，即使花再多錢也在所不惜。但他們想盡辦法討好我，卻反而更讓我看清楚他們的本性。就在這個時候，我遇上了一個男人，他叫柳子英，不僅英姿煥發，而且才華洋溢……」

「可惜他沒有錢也沒有權勢。」我想也不想地說道。

「你真是清楚。」四娘露出寂寞的笑容，接著說道：「但他看起來是個相當誠懇的人。至少在我這種女人的眼裡，他是誠懇的。請你別笑我，像我們這種煙花女子，總是需要找個人來作為內心的支柱。如果找不到這樣的人，我們的日子實在太煎熬。因此當我一見到他，就愛上了他。但我愈想愈覺得很不公平，為什麼其他庸庸碌碌的男人都那麼有錢，像柳子英這樣的人卻那麼窮。如果可以的話，我很想幫助他獲得成功。我相信他只要掌握到機會，一定能飛黃騰達。我記得很清楚，他一直說想要經商，只是苦無資本。就在某一天晚上……對了，那天晚上也下著大雨，就跟今晚一樣。他難得又來找我，我把他叫進了自己的房間裡，對他說，如果你真的有心打拚，我可以給你資本。他著實嚇了一跳，剛開始的時候，他說我賺的也是辛苦錢，不願意接納我的建議。而且他還提醒我，經商自有盈虧，不見得一定會賺錢。我告訴他，這些我都明白，就算你把錢虧光了，我也不會怨你。我只有一個條件，那就是如果你有大富大貴的一天，絕對不能把我忘了，否則我做鬼也不會饒了你。他聽我這麼說，輕輕摟著我的肩膀，說他不是那樣的男人。因為他實在太窮，找不到東西可以抵押，他左看右看，最後拿起一把傘交給我，並發誓說他如果變節，我可以拿著這把傘去找他，只要他一看見這把傘，就會當場慘死。於是我拿出了辛苦存下的兩百兩銀子交給他，半開玩笑地跟他說，這把傘就質當在我這裡吧。」

「那男人再也沒有回來，對吧？」

「他經商成功了，卻沒有回來找我，只在我身邊留下了一把破傘。」

「到頭來，這只證明他跟其他男人沒什麼不同。當初若不是妳自己要拿錢給他，這時候又怎麼會恨他？」

「他對我發了誓！如果敢拋棄我，就要以死贖罪！」女鬼歇斯底里地大喊。「如果他是因為經商失敗，沒有臉見我，我一定會原諒他。但他靠著我給他的資本，可是成功賺進了龐大財富。我完全不知道這件事，一直痴痴地等著他，等了好久好久，直到再也等不下去，我只好接受其他男人為我贖身。沒想到就在不久之後，他竟然派來了使者，說要用四百兩買回以前放在這裡的破傘。換句話說，他想用錢買回從前的誓言。」

「妳為什麼不賣他？天底下不知有多少男人甚至不會把傘買回去，相較之下，那個柳子英算是有誠意多了。」

「你不懂。你們男人都以為錢能買到幸福，卻不在乎多少美夢因錢而破滅。我們煙花女子向來活在金錢交易之中，所以深知幸福是無法靠錢買的。沒錯，別說是四百兩，就算是一千兩，我也不會把傘賣掉。我不僅沒有賣傘，而且我自殺了。我要變成厲鬼，帶著這把傘去找他。」

我低頭一瞧，四娘的雙手正小心翼翼地環抱著一把傘。

「既然是這樣，為什麼到現在都沒有採取行動？」我問。

「我需要有人幫我。當我躲在這把傘裡頭的時候，我需要有人把傘帶到那個人身邊……」

「妳想拜託我的，就是這件事？」

「沒錯，請你把我帶到那個人身邊。方法很簡單，你只要拿著這把傘，搭船前喊一聲『搭船了』，坐轎子前喊一聲『坐轎子了』，等到進了那個人的家裡，偷偷把傘放下就行了。」

「那個叫柳子英的男人住在哪裡？」

「他如今在廣州城裡開了一家錢莊，你只要進廣州隨便找人一問，馬上就能知道。」

「這事情可有點難辦……」

四娘見我猶豫不決，突然跪了下來。

「求求你幫我這個忙。我看得出你是個有俠義心腸的人，所以才找上了你。來到這裡的路上，你應該看到了不少柳樹吧？從這裡數過去的第五棵柳樹的樹下，埋了五十兩白銀。只要你能帶我去找那個人，那五十兩就是給你的謝禮。」

我一聽到能賺五十兩，馬上改變了心意。如果有五十兩，別說是幫人帶把傘，就算是買兇殺人也是綽綽有餘。

「只要把傘帶到廣州就行了，對吧？我先說好，要我殺無怨無仇的人，不管給我多少錢，我都不幹。」

「請放心，只要把傘帶到廣州就行了。來，請拿去吧。」

三

我伸出手想要拿傘，四娘的身影突然消失了。定眼一瞧，我竟然躺在充滿黴味的棉被裡。頭頂上不斷傳來雨滴敲打屋頂的聲音。

「對了，我想起來了。是那個旅舍的老闆把我帶到了這屋子。」

我一邊咕噥，一邊翻了個身。就在這瞬間，我竟赫然看到牆壁上有一道女人的影子。我大吃一驚，從床上跳了起來。轉頭一看，剛剛在夢中出現的那個女人正坐在妝臺前化妝。

女人慢條斯理地化著妝，即使發現我跳下床，她也絲毫不以為意，只是專心地看著鏡中的自己。整個房間裡沒有任何動靜，只有燭臺的火光不住搖曳著。

我想要說話，但不知為何竟發不出聲音。女人從妝臺的抽屜裡取出一支梳子，開始解開頭上的髮髻。長長的秀髮一直垂到地板上。她將頭髮仔細梳理了一遍，接著想要綁回髮髻，但綁了半天總是不滿意，最後她以雙手捧住了頭部。

「啊！」

我忍不住尖叫。

那女人竟然以雙手摘下了頭顱，放在妝臺上。

我嚇得摀住雙眼，跌跌撞撞地急奔下樓。

來到了樓下的大廳時，我看見四個女人正圍著桌子打麻將。

「不得了！不得了！」我大喊。

「什麼事不得了？」

背對我的女人問道。她並沒有轉頭看我。

「二樓有個女鬼！她竟然把腦袋摘下來綁頭髮！」

「這有什麼稀奇？」

四個女人同時起身，轉頭朝我望來。下一瞬間，她們同時摘下了自己的腦袋。

「哇啊！」

我倉皇轉身逃走，腳下在石階上一絆，狼狽地摔了一跤。就在這時，我再一次從夢中驚醒。

當我恢復神智，我發現自己蜷曲著身子躺在墳場邊。放眼望去看不到昨晚旅舍老闆帶我去的青樓舊屋，甚至連村落也不見蹤影。但我的頭頂上方竟豎著一把破紙傘，多虧了這把傘，我的身體才沒有被雨淋濕。

太陽已高高掛在原野的彼端，天空萬里無雲。我起身抓起頭上的那把傘，拿在手裡仔細端詳。那是一把將油紙糊在竹柄上的紙傘，看起來毫無異狀。

但我想來想去，實在不明白我身邊怎麼會多了這把傘。如果昨晚做的夢都是真的，那這把傘就是由一個叫四娘的女人在夢中交給我的東西。夢境裡的每個細節都深深烙印在我的腦海。

我抬頭環顧四周，發現不遠處有一條河，河畔種著一排柳樹。

「如果這把傘真的是那女人的傘，五十兩的事情或許也是真的。」

我一邊呢喃，一邊從近處一棵棵數過去，數到第五棵柳樹時，伏身動手挖掘泥土。不一會，我挖到了一個罈子，打開罈蓋一瞧，裡頭確實放著白晃晃的五十兩白銀。

「反正我剛好要回廣州，只不過帶把破傘就能得到五十兩，真是太輕鬆了。」

但我轉念又想，既然五十兩是真的，這傘背後的故事當然也是真的。我帶著這把傘，等於是帶著一個可怕的東西在身上。

話雖如此，但五十兩已在眼前，若埋回土裡實在太可惜。我想任何人遇上像這樣的事情，腦袋裡都會萌生一個投機取巧的做法，那就是只拿走錢，卻把雨傘留在原地。這做起來一點也不困難，只要把傘放回墳墓旁就行了。

於是我將傘放下後便轉身離開。剛開始的時候，我擔心女鬼會從後頭追上來，或是懷裡的白銀會憑空消失。因此我每走幾步路，便忍不住伸手摸摸自己的褲帶。但那沉甸甸的五十兩銀子一直在我的褲帶裡，沒有任何異狀。

然而我走了一會，又覺得把傘丟在原地實在不是個妥當的做法。畢竟那把破傘凝聚了那女人的怨念，她在拜託我帶走傘時，一定早已算準了我一看到錢就會改變心意。她只是暫時不動聲色，想要看看我會走多遠而已。不，也或許她是打從一開始就對我全盤信賴。我這個人雖然幹過不少壞事，但從不曾背信忘義。一旦受到託付，就算為此犧牲生命也在所不惜。那女人也曾親口說過，她找上我是因為知道我有一副俠義心腸。

於是我再一次回心轉意，沿著原路走回。那把傘依然放在原本的地方，我將傘拿起，說道：

「大姐，我們走吧。」

雖然我沒有聽見任何回應，但我感覺得出似乎有東西進入了傘中。

四

走了一會，我又開始變得有些不安。小心翼翼地拿著一把破傘走路的模樣實在很愚蠢，不知道的人看了恐怕還以為我的腦袋有問題。更何況這把傘裡頭還躲著一個女鬼。

我不禁擔心起今晚要在哪裡過夜。無論如何，今晚絕對不再露宿野外了。問題是就算能夠投宿旅店，這把傘要放在哪裡？如果把傘放在房間裡，晚上搞不好又會看見女鬼在妝臺前摘下腦袋。但如果把傘放在外頭，又怕被人拿走。假如傘被拿了，想想那女人實在有點可憐。

來到了河岸邊，我的腦中突然浮現一個點子。回想當時四娘曾對我說，如果要搭船，就要先喊一句「要搭船了」。這或許意味著鬼在白天是看不見東西的。要不然，就是不會游泳。我想起過去曾在書上看過，鬼不但會生病，而且也會死。如果我能想辦法讓傘中的女鬼溺死，不就解脫了嗎？

於是我站在河岸邊，眺望著混濁的河水。一會之後，我將傘夾在兩腳之間，假裝褲帶鬆了想要綁緊，身體輕輕一抖，讓傘從兩腳之間滑入河中。

傘一落入水裡，便順著平緩的水流慢慢漂向下游。我看著傘愈漂愈遠，急忙轉身狂奔。但跑了一會，我總覺得那傘好像化成了妖怪，正在後頭追趕著我。我心驚膽顫地轉頭往後看，什麼也沒看到，但當我將頭轉回前方，又開始覺得那把傘在後頭跟著。

「我也有點不太對勁，搞不好被那女人附身了。」

我不敢再繼續往前跑，只好沿著原路往回走。但我在河岸邊找了一會，河裡已不見那把傘的蹤影。

「世上有很多男人拋棄女人就像拋棄舊鞋一樣，我只不過是拋棄了一把傘，應該沒有那麼大的罪過吧。何況我已經回頭來找了，是那把傘故意躲了起來，不讓我找到。」

我如此自我安慰，離開了河岸邊。

這天晚上，我投宿在村落的簡陋旅舍裡。五十兩白銀還在我懷裡，晚上獨自入睡時，也沒有夢到女鬼。但對於把傘丟掉這件事，我愈想愈是後悔。那女人即使化成了鬼也要報仇，我卻沒辦法實現她這可憐的心願，實在是個沒用的男人。

「大姐，請妳原諒我。等到了廣州，我就用這筆錢收買一些流氓來替妳報仇。」

我嘴裡不停這麼咕噥，轉眼間天色已經亮了。

我隨便吃了早飯，便匆匆忙忙趕往渡船口。就在我走過了緊鄰河畔的一長排屋舍，正要進入渡船口時，我突然停下了腳步。昨晚被我丟掉的那把傘，竟然就卡在下方的河岸邊。我還來不及細想，已經跳了下去，伸手拾起那把傘。水滴不斷自傘上滴落，簡直像是剛在大雨中使用過一般。我一邊甩掉傘上的水，一邊獨自呢喃：

「大姐，要搭船了。沿這條河往下，很快就到廣州了。妳放心，我不會再折磨妳了。」

此時那把傘在我看來就像是開開心心地甩掉身上水珠的麻雀。

在前往廣州的一路上，我成了個盡責的嚮導。搭船時對著傘喊「搭船了」，下船時對著傘喊「下船了」。每當我這麼一喊，我便感覺傘中彷彿有個看不見的女人輕輕點頭。

第三天早上，船抵達了廣州城。我一上岸，立即便向人打聽柳子英所開的錢莊。我不費吹灰之力就問到了地址，照著地址尋去，便看到一座外表氣派壯觀的錢莊。於是我手持破傘，裝出一副客人的神情走進門內。

「我想賣碎銀，今天的賣價是多少？」

坐在鐵欄杆裡的錢莊總管朝我上下打量了兩眼，接著拿出一個大算盤，伸出手指撥弄。我趁著對方不注意，盡可能朝屋內深處走去，將傘豎立著擱在牆角。

「嗚嗚嗚……」

就在這一瞬間，後頭忽然傳來了呻吟聲。坐在屋內最深處的錢莊老闆忽然站了起來，以雙手掐住自己的脖子。我的腦海裡反射性地浮現了那天晚上四娘抱著頭顱的模樣。下一瞬間，我頭也不回地拔腿狂奔。我感覺一顆心臟亂跳個不停，轉眼間已是上氣不接下氣。此時我心裡唯一的期盼，是趕緊從夢境中醒來。

（初發表於一九五八年）

太公望

一

現代人喜歡以太公望來形容釣客，但真正的太公望不見得喜歡釣魚，當然也不是釣魚高手。

為什麼一個不愛釣魚也非釣魚高手的男人會成為釣魚的始祖？或許這聽起來有些矛盾，但那似乎是因為他並不是真的想要釣魚。

太公望一整天皆坐在渭水河畔的柳樹下，手裡拿著一根釣竿。雖說不喜歡釣魚的人很難學會釣魚，但畢竟太公望年事已高，卻是一無所長。

在外人的眼裡，太公望看起來怡然自得，日子過得相當愜意，但太公望凝視泛著綠光的平靜河面，內心卻是無比懷念從前的時光。雖然妻子是個兇巴巴的母老虎，可是離異之後，還是會忍不住想起她。

太公望是歷史上最晚婚的男人之一。因為他年輕時看破了世態炎涼，在三十二歲時便進入崑崙山中修習仙術，長達四十年的時間。但是在這數十年的歲月裡，師父教會他的事情卻只有挑水、澆松、種桃、燒火而已。什麼騰雲千里、鑽地行走之術，全都沒有學會。那是因為太公望雖然做事認真，對師父也沒有任何怨言，但總是無法澈底斬斷世俗之心。

所謂的仙術，是一種能夠洞悉世間的過去與未來，並且長生不死的祕術。要學習仙術，就必須跨越歲月的屏障。但太公望雖然討厭紅塵俗世，入了深山之後卻又懷念起凡塵，魂魄迷惘不定，因此不管學什麼都只是徒具架式。師父原本以為他過一陣子就會安定下來，剛開始還耐著性子教導他，但最後師父也放棄了，對他說道：

「你沒有學仙術的慧根，還是回到凡間去吧。只要你肯努力，一定能找到活下去的辦法。這裡不是你該久待的地方，快收拾行李下山去吧。」

迫於無奈，他只好辭別師父，下山來到宋家莊，借住在老朋友宋異人的家裡。宋異人是當地名士，同情太公望已七十二歲卻還單身未娶，因此親自作媒，讓太公望迎娶了附近馬家莊的馬氏之女。新婚妻子馬氏雖然四肢健全，卻是個嫁不出去的老女人。結婚後，兩人住在宋家的一間偏房裡，馬氏見丈夫整天無所事事，氣得說道：

「宋伯伯是你的結義兄弟，你住在他家必不愁吃穿，但若有一天他死了，我們夫妻要如何謀生？得趁現在學些一技之長，今後才有活路。」

「妳這麼說也有道理。」太公望點頭說道。

精明是女人的天性，馬氏立即問道：

「有沒有什麼你會做的買賣？」

「我長年來只做仙人的修行，凡塵裡的買賣什麼也不會，不過倒是會編竹簍。」

「好，那你就編竹簍去賣吧。後園就有竹林，你去劈些竹子來編竹簍，一毛錢也不必花。」

太公望於是編了竹簍，擔著往商朝的首都朝歌去了。從宋家莊到朝歌共有三十五里路，太公望千里迢迢地擔著竹簍到了朝歌，在大街上沿路叫賣，但走得腿痠腳麻，卻連一個也沒賣出去。太公望心想乾脆回家算了，但總不能將竹簍丟棄，只好又擔著沉重的一大堆竹簍跋山涉水回到家裡。太公望又餓又氣，一看見妻子，劈頭便罵：

「混帳東西！」

妻子也不甘示弱，說道：

「你罵我做什麼？天底下哪一戶人家不用竹簍？你賣不出去，是你自己無能，怎麼怪到我頭上？」

兩人吵了起來，宋異人走過來打圓場，問了詳情後說道：

「你們別爭了，若是要做生意，方法還多得是。我家倉庫裡堆了太多麥子，吃也吃不完，都快發臭了。不如製成麵條，讓你拿去賣吧。麵條大家都會吃，總不可能像竹簍一樣賣不出去。」

太公望於是照著建議製了麵條，挑到朝歌去賣。但繞遍了整座朝歌城，卻連一條也賣不出去。太公望腹中飢腸轆轆，卻又不能吃籮筐裡的麵條，最後擔著麵條走到了城門邊。太公望疲累已極，只能將擔子放下，倚靠著城牆休息。

此時突然有人喊了一聲「賣麵的」，太公望精神一振，問道：

「要買多少麵？」

「一文。」

即使只有一文，也是場買賣。太公望於是趕緊量了一文錢的麵。

「既然賣了一文，接下來一定還能賣更多。」

太公望喜孜孜地想著，此時突然有人大喊：

「賣麵的，馬來了！」

太公望轉頭一看，一隊騎著馬的士兵正以排山倒海般的氣勢疾奔而來。太公望急忙躲到一旁，但裝著麵的籮筐被馬腳一勾，麵全都撒在地上了。

一片片馬蹄不斷踐踏在麵條上，太公望感覺彷彿自己的腸子也被踏得稀巴爛。

那些都是紂王麾下的士兵。紂王溺愛寵妾妲己，不理國事，導致天下大亂，四方皆有人起義造反。

老妻子見丈夫擔著空籮筐回來，笑得合不攏嘴，後來才知總共只賺了一文錢，又鬧起脾氣。

太公望（這時叫姜子牙，還只是個修仙失敗的落魄人物）一句話也沒有回嘴，因為他知道自己說一句，妻子至少會頂十句。

「人家說愚妻愚妻，我這妻子果然又蠢又笨，只把男人當賺錢的工具。」

太公望心裡埋怨妻子，卻也想不出什麼謀生的好辦法。

宋異人在南門附近開了一家餐廳，販賣點心之類，太公望在異人的建議下，到店裡當掌櫃。該地鄰近練兵場，路上行人眾多，必定生意興隆。太公望於是殺豬宰羊，做了些饅頭糕點，只等著客人上門。沒想到那天忽然下起大雨，別說是行人，連鬼也沒一隻。加上天氣炎熱，沒多久餐點都要餿了，飯也要酸了，太公望只好讓店員們吃了個飽，早早關上店門。

「食物會餿，活物總不會餿。」

一段時日之後宋異人又拿出五十兩銀子，交給太公望做生意，太公望到鄉下買了一些豬、羊，想趕到城裡賣掉。不料當時已有半年沒有下雨，百姓苦於乾旱，官府為了祈雨，貼出了布告，禁止百姓殺生造孽。太公望毫不知情，趕著牲口進城門，守衛全衝了出來，大喊：

「把這個犯禁的抓起來！」

太公望一時有如丈二金剛摸不著頭緒，只能轉身逃走。守衛見太公望逃走，也不追趕，只是沒收了牲口。

太公望既沒有臉見宋異人，也不想見妻子的臉，不由得仰天長嘆：

「唉，世人是如何養家活口的？真是太了不起了。」

他突然極度羨慕起那些有辦法自力更生的人。相較之下，自己空有六尺之軀，卻是如此不中用，實在愧對天地。

太公望雖然不想回家，卻又無處可去，最後還是踏上了歸途。宋異人見他愁眉苦臉，帶著他到後花園散心，對他安慰道：

「黃河尚有澄清日，豈可人無得運時？你只是這陣子運氣太差而已。」

「是嗎？」

太公望半信半疑。

宋家宅邸的後花園有一大片空地，太公望從不曾到過。這天太公望走進空地，看了那地理環境，旋即說道：

「宋兄，你怎麼不在這裡蓋一座樓房？」

「為何要蓋樓房？」

「只要在這裡蓋樓房，你的後代子孫將出三十六個高官，富貴榮華更是享之不盡。」

「噢，你會看風水？」

「略知一二。」

「其實我不是不想蓋，而是蓋不了。老實告訴你，我在這裡已蓋了七、八次，每次蓋到一半就燒掉，最後我也放棄了。」

「原來如此，我明白了。」太公望在膝蓋上一拍，說道：「這必定是妖孽作祟。宋兄，你選個吉日開工，由我來降妖伏魔。」

數天後，宋異人叫了工人在這裡夯土整地，準備蓋起樓房。猛然間，一陣狂風大作，飛沙走石，黑暗中響起了雷鳴聲。太公望在一道道閃電的後頭看見了妖怪的影子。

「站住！」

太公望披頭散髮，一手拿著長劍，迅速衝了過去。他一邊指著那影子，一邊持劍揮舞。天上雷聲大作，不一會便落下碩大的雨滴。太公望挺劍而立，直到雨停才收劍。

天氣放晴之後，太公望建議宋異人將土再堆高一層，在上面蓋新的樓房。宋異人照著做了，這次樓房不再燒毀。

某天宋異人對太公望說道：

「你會風水，又會看相，怎不開間算命館？」

太公望愣愣地看著對方，反問：

「看相有錢賺？」

當初住在崑崙山上時，相命占卜都是家常便飯，因此太公望從沒有想過這也可以賺錢。

「那當然，只要算得準，一生花用都不用愁了。」

太公望恍然大悟，於是在首都租了一間屋子，開起算命館。但是過了四、五個月，卻沒有一個客人上門，太公望每天只是坐在桌邊打瞌睡。

某一天，一名樵夫扛著薪柴從算命館門口走過，看見招牌上寫著「一張鐵嘴，識破人問凶與吉；兩隻怪眼，善觀世上敗和興」。那樵夫性情蠻橫，帶著一半鬧事的心情走進門內，突然在桌上重重一拍，太公望嚇得跳了起來。

「你能算什麼？」樵夫問。

「過去未來之事皆能算，算了必準。」

「好，那你就來幫我算一算。若準，我給你二十文錢；若不準，我打你幾個拳頭。」

太公望嘆了口氣，心想四、五個月都沒生意，今天終於有了客人，卻是個來挑釁的。但在這個節骨眼已不能退縮，太公望只好請樵夫取下一枚占卜用的封帖，看了一眼後說道：

「你必須要照我的指示去做，才能算得準。」

「沒問題。你要我做什麼，我就做什麼。」

太公望提起了毛筆，一鼓作氣寫下：

「一直往南走，柳陰一老叟。一百二十文、四個點心、兩碗酒。」

樵夫一看，不屑地說道：

「這哪裡準了？我賣柴二十多年，向來只有拿錢，從沒有人請我吃點心、喝酒。」

「不必多說，去了就知道。」

樵夫於是照著指示往南邊走。不一會，看見一棵柳樹，柳樹下站著一名老人。樵夫正感驚訝，那老人突然喊道：

「賣柴的，你這些柴怎麼賣？」

「老先生，全部賣你一百文錢。」

樵夫本來想說一百二十文，但不想讓太公望算中，故意少說了二十文。老人仔細看了看那些薪柴，說道：

「乾得很，真是好柴，確實值一百文。勞煩你幫我搬進家裡。」

樵夫照著吩咐走進門內，穿過庭院時，看見風將落葉吹得滿地都是。樵夫是個愛乾淨的人，旋即取了掃帚，把地上掃得乾乾淨淨。

老人到屋內取錢，走出來後說道：

「今天是我女兒大喜的日子，又遇上你這樣的好人，真是太好了。」

老人說完後又走進屋內。不一會，走出一名童子，手上捧著托盤，上頭擺著四樣點心及一壺酒、一個碗。

「員外說給你吃。」童子說道。

樵夫將酒倒在碗裡喝，一壺酒恰好倒滿兩碗。

「算命先生說得真準。」

樵夫正嘖嘖稱奇，老人又走了出來。

「多謝員外。」

樵夫道了謝，老人取出一百文錢交給樵夫，說道：

「這是薪柴的錢。」

接著老人又取出二十文錢，說道：

「今天我女兒大喜，這些錢你拿去買酒喝吧。」

樵夫聽得目瞪口呆，急忙奔回太公望的算命館。沒想到來到館前一看，大門已經關上，叫了也沒人應門。

「那個算命先生是神仙下凡，不曉得跑到哪裡去了？」

一問鄰居，才知道太公望關上店門後往南門的方向走了。樵夫急忙自後頭追了上去。太公望正在城外的田野小徑上跑得上氣不接下氣，忽聽見背後有人呼喊。

「喂！喂！」

太公望轉頭一瞧，正是剛剛那樵夫以驚人的氣勢奔來。以老人的腳力絕對逃不了，太公望只好停了下來，等在路旁。

「太準了！太準了！」

太公望聽見這句話，才恢復了鎮定。雖然他對自己的掛算相當有自信，但畢竟想藉此賺錢已算是有了邪念，有邪念的舉動往往會帶來反效果。要是算得不準，被那個魁梧的男人打上一拳，老命肯定不保。

但一聽到算得準，二十文錢的事又浮上太公望的心頭。

「既然準，二十文錢拿來。」

「別說是二十文，就算給你一百二十文，也是委屈了你。」

「別說這些廢話，我就只要二十文，快拿出來。」

「你別急，先等等。」

樵夫將太公望拉回算命館內，旋即奔出門外。此時剛好有個身穿官服的小官差走過門口，樵夫立即拉住了他的袖子。

「你扯我的袖子做什麼？」

「沒別的事，只是要你算個命。」

「算命？」官差勃然大怒，說道：「我有要事在身，哪有時間算命？」

「這算命先生奇準無比，我好意要你算，你敢不算？」

「荒唐！我算不算命，還要由你決定？」

「你說什麼？」

「我就是不算。」

「你不算，我把你扔進河裡！」

樵夫說著便抱起官差疾奔，那官差大吃一驚，說道：

「等等！我算，我算。」

「既然要算，我就饒了你。若不準，這算命錢我幫你出；但若準了，你得請我喝酒。」

樵夫硬將官差拉進算命館內。那官差正趕著辦事，隨口說道：「算什麼都行。」

太公望看著對方取下的八卦封帖，問道：

「你這卦想問什麼？」

「就問我此行前往收取稅金的吉凶吧。」

「好，那我就寫了，待你自己去驗證吧。稅金是一定收得到的，一百零三錠銀子已經在那裡等著你了。」

「謝謝，我得付你多少錢？」

「我這卦不是普通的卦，收你五錢銀子。」

「太貴了吧！」

「如果不準，全數奉還。」

官差內心頗不服氣，但由於急著去收稅金，也不與太公望爭辯，取出五錢銀子放在桌上便匆匆離開了。

不少閒人都聚集在門前，等著看結果。不久之後，那官差帶著收得的稅金回來了。

「這位算命先生真是太準了，五錢銀子一點也不貴。」

自從這件事之後，太公望在朝歌城內聲名大噪，算命館前人聲鼎沸。

雖然賺進了不少錢，但太公望的心情卻頗為鬱悶。長期靠幫人算命來維持生計的結果，太公望雖然已習慣了這份工作，但同時也更加肯定自己無法違逆命運。

根據八卦與八字的推算結果，太公望知道自己有宰相之命，但必須遠離首都前往西岐。這點令他感到相當困擾，因為他的老妻子簡直像長了根的植物一樣，一步也不肯離開宋家莊。

「如果你非去不可，那你就自己一個人去吧，我既然生在朝歌，絕不前往異國。」

「娘子，這就是妳的不是了。嫁雞怎不逐雞飛，夫妻豈有分離之理！」

「不管你怎麼說，總之我不願離鄉背井。你要去之前，先寫一張休書給我。」

「娘子，妳別說這種氣話，快隨我去吧！將來一日身榮，無邊富貴。」

「現在有的錢，已經讓我很滿足了，我不需要更多的錢。將來你若飛黃騰達，就再娶一個更有福份的妻子吧。」

「妳可不要後悔！」

「我絕不後悔。」

「唉……」太公望搖頭嘆息。「我這全是為了妳好，為什麼妳就是不明白？」

妻子馬氏說什麼也不肯相隨，太公望只好揮淚寫下休書交給妻子。

其後太公望離開了馬家莊，翻山越嶺進入西岐，內心卻對前妻念念不忘。明知道一切都是命中註定，但要忘了老來得伴的甜美回憶，卻是談何容易。

終歸一句話，太公望註定要在渭水河畔釣魚，而且得釣好幾年的魚。由於釣魚不是他的真正目的，所以他對釣魚也沒有多大興致。

二

某一天，太公望一如往常在河邊垂釣，忽有一名樵夫自一旁經過。那樵夫放下薪柴，探頭朝太公望的魚籠裡瞥了一眼，發現裡頭一條魚也沒有。

「老先生，我看你每天都在這河邊坐上一整天，真虧你不會厭煩。」樵夫說道。

太公望充耳不聞。

「哎……」

樵夫話說到一半，突然哈哈大笑。原來太公望的釣線懸浮在水面上，並沒有沉入水中，而且釣針筆直，並不彎曲。

「你笑什麼？」太公望問。

「老先生，我笑你已經老糊塗了。古人說：『且將香餌釣金鰲』，我教你怎麼做吧。你先以火燒那釣針，彎成句形，在上頭放餌，並且在釣線的中央綁一枚浮標。如此一來，浮標一動，便知有魚吃餌。否則像你這般釣法，別說是三年，就算給你釣上一百年，也釣不到一條魚。我說你啊，實在是太傻了。」

「你懂什麼！」太公望氣呼呼地說道：「你只知其一，不知其二。我在此雖是垂釣，但意不在魚。男子漢大丈夫，豈可彎針而求魚？我所要釣的不是魚，是王侯！」

「哈哈哈……」

樵夫再度捧腹大笑，說道：

「老先生，憑你這嘴臉，竟然也想當王侯？我看你只像猿猴，不像王侯。」

太公望瞪著對方說道：

「你說我的嘴臉不像王侯，我看你的嘴臉也好不到哪裡去。」

「至少比老先生好看得多。」

「我不是那意思。我看你的面相，左眼青，右眼紅，今天進城必定會打死人。」

「你別胡說八道。」

樵夫跳了起來，擔著薪柴往西岐城去了。來到城門口時，正好遇上了文王移駕郊外的車隊。

「迴避！迴避！」

樵夫聽到吆喝聲，急忙閃身進入一條窄巷。但由於那巷子太狹窄，樵夫又走得過於匆促，肩上的薪柴竟擊中了城門的守衛。那守衛倒在地上，竟然就這麼死了。

周圍的人立刻將樵夫捉住，押解到了文王面前。

「你是做什麼的？為何殺人？」文王問。

「我……我叫武吉，剛剛為了閃躲車隊，肩上的薪柴一個不小心打中了人，我不是故意要殺他的。」

「就算你不是故意，殺了人還是得償命。」

武吉一聽，登時放聲大哭。

文王是賢明君王，從不建造監牢。若有人犯了法，就在地上畫線當作監牢，豎一根木樁當作獄卒。由於文王精通八卦之數，若兇嫌敢逃走，文王就會算出其藏身地點，捉回來加倍懲罰，因此無人敢逃。

武吉就這麼被關在露天的監牢裡，三天三夜無法回家。

「母親不知道這件事，一定正苦等著我回家。若她得知我將要被處死，不知會有多難過。」

武吉愈想愈是悲傷，眼淚流個不停。

就在這時，文王的臣子散宜生剛好路過，見武吉哭得傷心，問道：

「你是上次那個殺了人的武吉吧？殺人本該償命，有什麼好傷心的？」

「這我明白，但我若死了，留下年老的母親無人照顧。我母親今年七十二歲了，我不在她身邊，恐怕她就要餓死，而且還沒有人給她買棺材安葬。一想到這件事，我就心裡難過。」

散宜生略一沉吟，說道：

「武吉，不用哭，待我去見文王，讓你暫時返家一趟，安頓母親的老後生活。但國有國法，等你事情辦完了，就得回來受刑。」

隔天，散宜生上殿為武吉請願，文王下旨准奏。

武吉回到家中，一看見母親的臉，再度淚如泉湧。

「母親，我們好命苦啊。」

「兒子啊，你若死了，我也活不下去。」

母子兩人緊緊相抱，不知如何是好。過了一會，武吉忽然想起一件事，說道：

「對了，在河邊釣魚的老人一看見我的臉，就說我今天會打死人。」

「有這種事？那位老人叫什麼名字？」

「我沒問他的名字。」

「他住在哪裡？」

「我不知道他住在哪裡，但他總是在河邊垂釣。」

「你快回去找他，他既然有先見之明，或許能救你性命，快去吧！」

武吉於是疾奔回渭水河畔，太公望依然坐在柳樹下釣魚。

「老先生！」

「午安，你是那一天的樵夫？」

「是啊。」

「那天你是不是殺了人？」

武吉一聽，趕緊跪下求道：

「請救救我一命！」

「我怎麼有辦法救你？」太公望淡淡回應。

「為了母親，我絕不能死。求求你救我一命，大恩大德必當報答！」

武吉雙手合十，對著太公望頻頻磕頭。

「好吧，不然你照我所說的話做做看。」

太公望依然握著手裡的釣竿，對著武吉說道：

「你立刻回家，在你睡覺的床鋪前挖一個洞，長度跟你的身高一樣，深度要達四尺。天黑之後，你就睡在洞裡，叫你母親在你的頭上及腳下各放一盞燈，然後抓兩把米或飯，撒在你身上，再放上些雜草。睡一覺起來，你就可以照常去做生意，不會有事了。」

武吉回到家中，立刻照太公望的吩咐挖洞及擺放燈座。

這天深夜，太公望在自己所住的小屋裡披頭散髮，手舉長劍，向天祝禱，驅散了依附於武吉的凶星。

就這麼過了半年，某一天，散宜生突然想起了武吉的事。散宜生心想，武吉過了這麼久還不回來，想必是畏罪潛逃了。武吉說他要回去安頓年老的母親，自己看他可憐，才特別奏請文王讓他回家一趟，沒想到他竟然這麼不知好歹。

散宜生於是前往拜見文王，請文王占卜武吉的藏身之地。

後人稱文王為占卜的始祖。文王原是臣服於商朝的四大諸侯之一，因勢力逐漸壯大，受紂王猜忌，因而遭幽禁於商朝首都朝歌。文王早就算出自己會有七年的牢獄之災，因此曾囑咐所有人不得在自己遭幽禁的期間前往朝歌。但文王的長子沒有遵守這個吩咐，前往朝歌懇求紂王饒恕父親性命，因此遭紂王殺害。文王算出商朝即將滅亡，讓紂王氣得暴跳如雷，紂王心想，如果這個人真有預言能力，給他吃他兒子的肉，他必定會發現。於是紂王將文王兒子的肉以鹽醃了，假裝是打獵得到的鹿肉賜給文王。文王明知那是兒子的肉，但若不吃，必定會被冠上謀反罪名而遭殺害，只好強忍著淚水將肉吃了。七年之後，文王果然獲得釋放，回到了本國。他立即宣布反叛商朝，一方面施行德政贏得民心，一方面到處尋找潛藏於鄉野之間的遺賢能人。

這時文王取出一文錢，占卜武吉的下落，半晌之後重重嘆了口氣，說道：

「武吉不是逃了，而是害怕受刑，自己跳下萬丈深淵自殺了。真是可憐，他只是失手殺人，其實罪不致死……」

三

文王每天心裡只想著如何向紂王報仇。只要能夠打倒紂王，就算賭上自己的一切也在所不惜。至於能不能取得天下，文王並不在意。

某天夜裡，文王正睡在床上，忽然從東南方跳出一頭白額猛虎，腋下生著翅膀。那頭老虎猛然朝文王的蚊帳撲來，文王急忙喚左右侍衛。

「吼——！」

老虎來到文王面前，竟停下腳步，仰天咆嘯。就在這一瞬間，一陣火光衝向天際。

文王大驚失色，就在此時醒來，全身汗水淋漓。

打開窗戶往外一瞧，還是三更半夜，滿天星辰靜悄悄地發出光芒。

「這個夢到底是什麼意思？人家說聞虎吼而名聲振，但那頭老虎的腋下竟然生著翅膀。」

到了隔天早上，文王將散宜生叫到面前，把昨晚作的夢說了一遍。散宜生又驚又喜，說道：

「這是天大的吉兆。不久之後，我國必得棟梁之臣、大賢之客。」

「怎麼說？」

「從前商高宗夢見飛熊，後來便得到了賢臣傅說。大王昨晚夢見的有翅老虎，正是飛熊。大王又看見火光衝天，這是火鍛物之象。西方屬金，金碰到火必受鍛鍊而成大器，因此這對我們周國來說是天大的吉兆。」

歲月流逝，文王雖然致力於整頓軍備，但與君臨天下的商朝相比，周國畢竟只是西方的一個小國。紂王根本不把文王放在眼裡，每天還是一樣過著酒池肉林的生活。西方平靜無事，有如暴風雨前的寧靜。

進入春天後，桃李花開，柳樹也冒出了新芽。

某一天，文王突然想到郊外散心，散宜生提議：

「若要出遊，建議去南郊。南郊不僅風光明媚，而且若之前的飛熊之夢靈驗，或許有機會遇上賢人。」

這一天天氣晴朗，文王於是帶著文武百官出了南門。

衛士已事先圍起了南郊的一座山坡，不讓閒雜百姓進入。群臣引導文王來到了其中。

眾人登上山頂，眼前是一望千里的美景。清澈的潺潺流水穿梭於森林之間。但是再仔細一看，遙遠的山坡下方戒備森嚴，到處是旌旗及手持武器的衛士。

「為何要把山圍住，不讓百姓上山？」文王責問群臣。

掌管警備的將軍惴惴不安地走上前說道：

「這是為了讓大王能夠安心狩獵。」

「這你就錯了，我不想打獵，只想與眾人在這裡踏青。快把衛士撤了吧。」

「遵旨！」

將軍恭恭敬敬地退下。

文王騎著馬，領著數名近臣下了山，在河邊欣賞風景。

就在這時，忽有一名樵夫扛著薪柴，一邊吟詩一邊走了過來。

春水悠悠春草奇，
金魚未遇隱磻溪。
世人不識高賢志，
只作溪邊老釣磯。

「你們聽見他吟的詩了嗎？」
馬上的文王轉頭朝近臣說道。散宜生看著那吟詩的樵夫，總覺得他長得很像武吉。
武吉偶然抬頭，看見騎著馬的文王一群人，嚇得趕緊躲進旁邊的小徑之中。
「大王，這個人好像就是當初失手打死守門士兵的武吉。」
「不可能，武吉已經死於萬丈深淵了。」
但散宜生相信自己沒看錯，趕緊命部下將那名樵夫捉來。
武吉跪在地上，一張臉緊貼著泥土，不敢抬起頭來。
「武吉！」
「草民在！」

平時極少動怒的文王得知這個人真的是武吉，氣得滿臉通紅。

「大膽刁民，竟敢欺君枉法！」

文王將武吉痛斥一番，轉頭對散宜生說：

「帶下去！這次絕不能再讓他逃了！」

武吉跪著說道：

「草民並沒有刻意躲藏或逃走。去年蒙大王恩典，讓草民先回家一趟，草民不知如何是好，曾到此處三里外的磻溪，向一個老人求教。」

「什麼？」文王將身體湊上前問道。

「那老人對草民說，只要在床邊挖一個四尺深的洞，躺在裡頭再鋪上草，頭上腳下各點一盞燈，撒上米之後睡一晚就沒事了。草民只是照做而已。」

「那老人叫什麼名字？」

「他是東海許州人，姓姜，名尚，字子牙，道號飛熊。」

文王聽得瞠目結舌，一時啞口無語。

「恭喜大王！」

散宜生上前說道：

「這位老人必定就是先王太公長久盼望的賢人[1]，大王今天來到南郊，得以遇上賢人，正是個應兆。大王，請務必赦免武吉之罪。」

文王點了點頭。散宜生接著對武吉說：

「武吉，立刻帶我們去見那位老人。」

武吉率先邁步，朝著太公望垂釣的柳樹下前進。但穿過了樹林，看見了那棵柳樹，卻沒有看見剛剛還坐在那裡的太公望。武吉一愣，停下了腳步。

「或許是換了地方。」

文王左右張望，接著說道：

「那裡有一座小屋，或許是進屋去了。」

那是一座以竹桿及茅草蓋成的簡陋小屋，與文王所住的氣派王宮完全不能比。

文王推開門扉，裡頭走出一名大約十歲的孩童。

「老先生在家嗎？」文王面帶微笑問道。

「剛剛跟朋友出去了。」

「什麼時候回來？」

「不知道。有時馬上回來，有時一、兩天，有時四、五天。」

1　此即「太公望」名稱的由來。

「大王！」散宜生上前說道：「既然是要聘請大賢，應當遵循禮法。我們今天只是偶然來訪，或許他是故意避不見面。不如我們改天再來吧。」

「有道理，就這麼做吧。」

文王一行人於是出了小屋，沿著原路來到柳樹下。只見石頭旁放著一根青色竹釣竿，釣線在河面上隨著水流搖曳。夕陽餘暉將原野、流水與山巒照得美艷無方，有如正在燃燒一般。然而放眼望去卻不見太公望的蹤影。文王想著那尚未謀面的賢人，想著國家社稷的未來，遲遲不肯離去。

當文王回到宮殿內，太陽早已完全下山。文王向群臣下令：

「所有人都在宮殿裡齋戒沐浴三天。」

此時文王年事已高，雖然抱著不向紂王報仇絕不瞑目的心情，但畢竟人壽有其定數，即使是文王也難以違逆。文王知道要在自己這一代報仇雪恨，恐怕相當困難。然而此時的周國只有兩條路可走，若不能消滅商朝，就會被商朝消滅。因此即使自己死了，子孫也必須繼承自己的遺志。既然如此，無論如何要趕緊為周國尋找一位能夠匡扶社稷的賢能之人。

文王求賢若渴的心情，就跟他的復仇之心一樣強烈。但有一個將軍無法理解文王的心情，因此對文王這種前所未聞的恭謙做法頗有不滿。

「大王，那磻溪老人或許只是個騙子。如果大王以如此隆重的禮數前去迎接，卻發現這個人言過其實，可就枉費了大王的一番誠意。不如由我前往，直接把那老人帶回來就是了。」

「將軍。」散宜生義正詞嚴地說道：「如今天下大亂，賢人君子多隱身於山林之間。何況自古以來，哪有毛遂自薦的賢人？」

「我也是這麼想。」

文王表達贊同之意。

到了第四天，文王率領車馬，親自坐上轎子出了南門。行了數十里，下令車馬駐紮於林外。文王徒步走進林中，身旁只帶著散宜生。

舉目一瞧，太公望正坐在柳樹下垂釣。

太公望早已算出今天文王會來迎接自己，卻故意裝作渾然不知，等著文王走到身邊。

「賢人啊。」文王喊道。

太公望轉過頭來，看見君王就站在眼前，才急忙拋下釣竿，跪地說道：

「草民不知大王駕臨，有失迎候，請大王恕罪。」

文王趕緊上前扶起了太公望，說道：

「今天得以見到老先生，是我這輩子最開心的事。」

「草民惶恐。如草民這般老朽非才，實在擔當不起大王的厚意。」

「我今天得到老先生，有如得水之魚。來，請坐我的轎子吧。」

「大王的轎子，草民絕不敢坐。」

太公望再三推辭，文王堅持要太公望上轎，兩人推讓了半天，最後散宜生提議：

「不如大王坐轎，讓老先生騎大王的馬。」

「如果這麼做，我數天齋戒沐浴的心意都白費了。」

文王仍如此勸道，但見太公望堅決不肯坐轎，只好自己坐上轎子。太公望坐上馬時，已是個將近八十歲的白髮老翁。一直到過世為止，太公望輔佐文王及其兒子武王，消滅了商朝，為周朝奠定了基礎。但史書上並沒有記載他後來還持續釣著魚。

（初發表於一九五八年二月）

石頭

一

阿葉婆有六個兒子及兩個女兒。其中只要有一人發達，阿葉婆的日子就會好過得多，可惜這八個子女全都一貧如洗。

以下請聽我一一細說。六個兒子之中，大兒子已四十歲了，如今依然住在當年他出生的家裡，過著務農的生活。雖說是務農，但在這廣東省台山縣的偏僻村落，人口比耕地還多，長男擁有的耕地只有六畝，收成只能勉強餬口。長男有兩個兒子分別到香港及澳門工作去了，目前還無法寄錢回家，此外家裡還有四個食欲旺盛的孩童，因此奶奶一旦來家裡住，原本就吃不飽的日子會變得更加腹中空虛。奶奶阿葉婆今年已七十二歲了，或許是年輕時太過操勞的關係，如今已是老態龍鍾，完全無法工作，食欲卻是比一般人還強上一倍。媳婦迫於無奈，只好在奶奶來住時將平常吃的地瓜飯改煮成地瓜粥。奶奶總是與孫子們搶著喝粥，因此孫子們都不喜歡這個奶奶。長男的媳婦是個個性隨和的農家女孩，對婆婆不曾有失禮之處。但一天只能喝兩次地瓜粥的日子實在讓阿葉婆餓得前胸貼後背，阿葉婆每次只住個三天就想逃走。但依規定她必須要在每個兒子的家裡住滿兩個月，除了忍耐之外也別無他法。

次男今年三十六歲，打從十歲就在村裡唯一一間米店工作。雖然村子本身產米，但大多數居民所收穫的稻米連自家吃也不夠。由於每戶人家都有親人到南洋、美國或世界上其他地方工作，有可能是丈夫，也有可能是兒子或兄弟，這些人偶爾會寄一點錢回家，家裡的人便靠這些錢到米店買米。阿葉婆的次男既然在米店工作，照理來說家裡應該不會缺米，但次男這個人老實得可以說是有點蠢，這點光從他可以在同一間店裡工作二十多年便能窺知一二。就阿葉婆所知，次男從不曾在店裡偷過一粒米。這個地區的慣例是老闆會供應員工早晚兩餐，因此次男在米店裡能吃飯吃到飽。但次男的家裡也有三個食欲旺盛的孩子，妻子要靠次男的微薄薪水維持家計實在並不容易，因此家裡煮飯總是會混入地瓜葉或地瓜鬚。阿葉婆最討厭吃地瓜葉跟地瓜鬚，每次吃飯時總是先將飯碗裡的米飯挑出來吃光，但肚子裡當然還是飢腸轆轆，這時阿葉婆就會忿恨不平地看著媳婦說道：

「妳煮的飯，裡頭有幾粒米都算得出來。」

「婆婆要吃更多米飯，當然也可以，但今天這麼吃，明天碗裡就只剩下地瓜葉了。」

阿葉婆又看了一眼孫子們的碗，說道：

「妳故意只給我一點米飯，卻給妳的孩子們那麼多。」

「沒那回事。」

「別想騙我。妳以為老人家眼睛不好，我告訴妳，我可是看得清清楚楚。」

「既然婆婆這麼說，那就交換吧。」

媳婦拿起孫子的碗，放在阿葉婆面前。阿葉婆開心地張口大嚼，但過了一會，她已把交換過碗的事情忘得一乾二淨，又抱怨起相同的話。媳婦氣得不再理她，她暗自忍耐，等到傍晚兒子回家後才向兒子訴苦：

「你老婆對待我簡直像繼母一樣，飯只給我吃一點點，還怪我難相處。」

「應該不會有這種事吧？」

「你的意思是我說謊？我要是說謊，情願遭天打雷劈，死後下十八層地獄。」

「媽媽，我知道了，我會罵她的。」

「豈止該罵，這種惡媳婦應該用趕牛的粗鞭狠狠鞭打一頓。」

「好，我會鞭打她。媽媽，妳不用再說了。」

次男很清楚母親的性格，因此只是隨口敷衍，並沒有當真。阿葉婆無計可施，只能碎碎念個不停，但跟其他兒子的家比起來，這已算是很和平了。

次男跟三男之間還有個長女，嫁到了鄰村，不僅有五個小孩，而且公公婆婆都還健在，因此阿葉婆不可能到她家住。有時長女心血來潮，會瞞著她的公公婆婆，派孫子拿一些剛生下的雞蛋或剛蒸好的饅頭給阿葉婆。由於長女並沒有與母親一起生活，因此會有這種關心的舉動，阿葉婆每次只要拿到長女派孫子送來的東西，就會大受感動，並到處向人抱怨幾個兒子都不中用，反而是嫁出去的女兒最孝順。

三男與長女差了一歲，今年三十四歲。六個兒子之中，三男的膽子最大。村子與鄰村之間有一座大池塘，三男與鄰村的人合夥在這裡經營養魚事業。養魚的獲利每年差距相當大，而且收入會隨季節而有很大的變化，當獲利佳的時候，每天桌上都是大魚大肉，簡直就像舉辦慶典一樣，可一旦獲利不佳，阿葉婆馬上會被當成吃閒飯的老人。不過三男個性豪爽，雖然不會對母親特別溫柔親切，但母親就算吃再多飯，他也不會有絲毫怨言。因此在阿葉婆心裡，三男的家是住起來最舒適的地方。三男的家裡只有一個今年七歲的孫女，每天從村裡的學校放學回來，都會找奶奶一起玩耍。如果可以的話，阿葉婆很想長久住在三男的家裡。但只要兩個月一到，借住在長男家的六男就會出現，不管三七二十一地將阿葉婆揹往下一個兒子的家。

四男約在十年前入贅給了鄰村的陳家當女婿，陳家擁有十畝田，在所有貧窮親戚裡算是最有錢的一戶人家。但四男當了太多年的入贅女婿，即便如今岳父岳母都已過世，他依然在妻子面前抬不起頭。這妻子不僅對丈夫頤指氣使，而且對待阿葉婆也絲毫沒有對婆婆該有的禮數。有時她拿點心給自己的孩子們吃，還吩咐孩子們別讓奶奶看見。阿葉婆雖然行動不便，眼力也大不如前，嗅覺卻是敏銳得超乎常人。只要媳婦在廚房切西瓜，阿葉婆即使坐在房間裡也聞得到。但是當阿葉婆扶著牆壁及柱子走到屋後的廚房時，往往孩子們跟西瓜都已不見蹤影，只有井邊留下滿地的西瓜籽。阿葉婆一來沒有滿足口腹之欲，二來不滿媳婦的無禮，總是氣得七竅生煙。但這股怒氣無處發洩，她只能舉起拐杖，朝著圍在西瓜皮旁邊的鴨子胡亂揮舞。

「嘎！嘎！」

鴨子總是嚇得四下奔逃。有時拐杖不小心掉到地上，阿葉婆還得費不少力氣才能拾起。

四男的媳婦確實有不是之處，但說到底媳婦畢竟還是外人，即便受到無情對待，還是可以忍受。最讓阿葉婆難以忍受的一點，是四男的個性甚至比媳婦更加吝嗇。

阿葉婆從不曾教導兒子要當個吝嗇的人。當然過了十幾年有一餐沒一餐的日子，兒子們就算生性大方，也得被迫過著節儉生活。直到現在，這些兒子們都還沒嘗過奢侈的滋味。節儉本身並不是壞事，但四男的情況卻是有些小氣過了頭。打從孩提時代，這個兒子就有些與眾不同。有時給他香蕉，他剝了皮之後總是拿在嘴邊慢慢地舔著吃，其他孩子兩三口就吃完了，他卻要花上半小時，甚至是一小時才會吃完。有時母親看不下去，威脅他若不趕快吃就要沒收，他才會趕緊吃下，有時眼眶還會含著淚水。

四男這種個性一直到長大都沒有改變，陳家招贅他正是看上了他的節儉性格。自從岳父岳母去世後，四男也得肩負起一部份扶養母親的責任，這點讓四男大為不滿。四男主張自己既然入贅到他人家，照理應該已沒有扶養母親的義務，但其他兄弟卻不這麼認為。四男怕遭世間批評為不孝子，只能乖乖配合，但阿葉婆住在家裡的期間，他對待阿葉婆簡直像對待貓、狗一樣。

阿葉婆曾氣得威脅要跳井自殺，但四男心裡很清楚，母親絕不可能自尋短見，既然她能熬到七十幾歲，沒有理由突然在這把年紀因生活苦悶而自殺。要是生活苦悶就得尋死，母親早已化成白骨了。

「媽媽，妳要死是妳的事，但可別往我家的井裡跳，要再挖一口井可不是簡單的事。」

「不，我要跳一定會跳你家的井，因為你家最有錢。」

「我家的井很深，而且井水冰冷，跳下去絕對救不起來，妳可要想清楚了，真的要跳嗎？」

「……」

阿葉婆默然無語。

四男下面有個次女，今年三十歲，跟次男只差了一歲。戰爭結束的那一年，次女前往香港當女傭，從此再也沒有回來，但逢年過節有時會寄一點錢給母親。雖然阿葉婆能拿到的錢比女兒實際寄的錢要少得多，但這是阿葉婆唯一有機會得到的現金。阿葉婆總是把錢藏在腰帶裡，就算腹中再怎麼飢餓，也絕不肯動用這些錢。

五男原本在幫三男養魚，去年前往香港投靠姊姊，如今據說成了船員，但已許久不曾捎信回來。六男則在當臨時工，閒暇時幫忙長男做些田裡的工作。

以上就是與阿葉婆有直接關係的所有親人。五男、六男尚未成家，而長女礙於公婆，因此只有以上這四個兄弟能照顧阿葉婆。阿葉婆的丈夫在過世前也是個貧窮農夫，當初由於兄弟們還住在同一個屋簷下，因此沒有誰來照顧母親的問題。但是後來兄弟們一一成家，長男開始感到吃不消了。

「孩子的奶奶，妳想不想去二叔那裡看看孫子？如果妳想去，我可以帶妳去。」有天長男突然這麼說。

「好啊，不然去看看好了。」

長男於是揹著阿葉婆前往次男的家，將阿葉婆留在那裡而獨自離開了。

剛開始的兩、三天，阿葉婆跟孫子們玩得很開心，但由於阿葉婆老是問一些相同的問題，孫子們漸漸變得不太想理她。阿葉婆變得孤單之後，便開始埋怨三餐吃不飽的問題。每天丈夫從米店回到家，妻子就會催他趕快把婆婆送回哥哥那裡。次男問阿葉婆要不要回長男家，阿葉婆卻顯得興趣缺缺。次男於是想了一個主意。

「孩子的奶奶，妳每天吃一樣的菜，應該膩了吧？」次男問道。

「是啊，早就膩了。」

「想不想吃新鮮的活魚？」

「想啊。」

「那我揹妳去三叔那裡吧。三叔每天捕撈那麼多魚，日子好過得很。」

阿葉婆終於點頭同意了，於是次男立即揹著母親出發。三男的家在村外的池塘邊，距離頗為遙遠。次男習慣做粗重的工作，因此雖然身強體壯，揹起母親臉不紅氣不喘，但動作像揹米袋一樣粗魯。

「你走慢一點，我快喘不過氣了。」

阿葉婆在次男的背上氣喘吁吁地說道。

「動作不快點，馬上就要天黑了。妳看看，太陽已經高掛在天上了。」

這一帶並不平靜，天黑之後行走實在相當危險。阿葉婆只好緊緊抓住了次男的肩膀，任由次男快步疾奔。抵達三男所住的小屋時，阿葉婆喊得喉嚨都啞了。

這年三男才剛開始參與養魚事業，但成績相當亮眼，賺了不少錢。只要口袋有錢，三男就是個慷慨大方的人，阿葉婆住在他的家裡，感覺終於嘗到了許久不曾嘗過的人生幸福。但養魚的獲利往往是一翻兩瞪眼，收穫的季節一過，桌上的白米飯全變成了地瓜。

「孩子的奶奶，家裡沒東西吃了，妳能不能快走？」三男問道。
「我要住在這裡。就算是吃地瓜也無所謂，你不用擔心。」
「四叔那麼有錢，家裡有雞有鴨呢。」
「他就算有雞有鴨，不會殺來吃的。」
「沒那回事，明天就要舉辦祭典了。」
「噢，要辦祭典了？日子過得真快！」
阿葉婆聽到祭典兩字，才終於點頭答應了。她心想四男就算再怎麼小氣，祭典總會殺隻雞來吃。於是三男將阿葉婆放在魚籠裡，與妻子兩人合力抬往鄰村。
但阿葉婆的期待卻澈底落了空。一到祭典的日子，家畜都能賣到好價錢，因此四男把家裡的豬、雞、鴨全賣給了親戚及朋友，只留下一些尚未長大的小雞、小豬。到了祭典當天，四男帶著孩子們到買了雞的親戚家接受招待，只留下阿葉婆獨自在家裡。阿葉婆只能聽著遠方不時傳來的敲鑼打鼓聲，將飯配著昨晚吃剩的醬油豆吞下。而且這樣的日子也沒有持續多久。三天之後，四男便不經阿葉婆同意，擅自將她揹起，走了六里[1]遠的路，將阿葉婆送回長男的家。

1　譯註：日本的一里（明治維新後）相當於三・九公里。六里約二十三・四公里。

類似的狀況發生了好幾次。幾個兄弟雖然沒有棄養母親的念頭，但由於兄弟眾多，大家各自將謙讓的美德發揮到極限，把孝順母親的好機會讓給其他兄弟。後來幾個兄弟愈想愈覺得這樣不公平，某天終於大家齊聚一堂，作出了輪流照顧母親的決議。期限為一個兄弟照顧兩個月。五男、六男由於還沒成家，得以免除這個義務，但必須負責將老母親從一個兄弟的家揹到下一個兄弟的家。原本五男、六男說好一人輪一次，但後來五男去了香港，六男只好一肩扛下揹母親的工作。

阿葉婆在這項決議中並沒有發言權。剛開始的時候她還曾提出抗議，但後來也不再說什麼。只要六男一出現，阿葉婆就會開始準備搬家。不過說是準備，阿葉婆須要做的事只是伸出雙手，緊緊抓住兒子的肩膀而已。為了不讓阿葉婆在途中摔下來，那一家的人會主動拿布條將兩人的身子牢牢綁在一起。

二

農曆七月朔，鬼門開。

這是一年一度鬼魂返家的日子，家家戶戶都會準備祭品祭拜亡魂。但在四男的家，只要遇上節慶祭典，就是到親友家串門子吃白食的日子，這天一如往昔沒有準備任何特別的餐點。

阿葉婆在這天一早醒來，便發現東方天空紅得異常，而且雲層流動速度奇快，強風將竹林吹得沙沙作響。由於今天是從四男家搬往長男家的日子，阿葉婆不禁有些惴惴不安。雖說住在長男家跟住在四男家並沒有多大不同，但若說因為天候不佳而要在四男家多住一天，四男絕對不會答應。既然非走不可，不如趁還沒下雨前早點啟程。

偏偏六男這天直到下午才出現。這時天空已佈滿了烏雲，從細微的雲層縫隙中射出的一縷陽光反而更透著詭異。

「今天恐怕走不得。」六男看著天空咕噥道。

「快出發吧。只要別說這些廢話，你早就已經走到了。」四男催促道。

「但途中要是下起雨，媽媽太可憐了。」

「這種天氣沒什麼大不了。老人皮厚，風吹不透、雨打不穿的。」

阿葉婆聽著兩個兒子的對話，不僅不發一語，而且有如泥娃娃一般面無表情。

「媽媽，妳怎麼說？」

六男憂心忡忡地詢問母親。

「走吧。」

阿葉婆伸出了雙手。

於是六男一如往常揹起阿葉婆，走出了哥哥的家。來到兩村交界的高牆外時，頓時狂風大作。

「媽媽，妳沒事吧？」

「沒事。」

阿葉婆微微頷首，將臉埋在兒子的肩膀上。

六男是阿葉婆年近五十才生下的兒子，是個善良率真的好青年。他對老人家相當體貼，揹著母親上下坡時從不曾讓母親感覺像坐飛機遇上亂流。阿葉婆唯有在被這個兒子揹著的時候才能安心入眠，有如被母親揹著的天真嬰兒。說得誇張點，比起住在任何一個兒子的家裡，阿葉婆反而感覺被這個兒子從這個家揹到那個家的過程最開心快樂。

我在剛開始的時候提到阿葉婆共有八個孩子，嚴格來說這並不正確。除了這八人之外，阿葉婆還有另一個親生兒子。這是她與前夫生的兒子，四十年前便離開她的身邊，搬到陌生的外國去了，從此音訊全無。

現在讓我們把時間往回推。阿葉是這個村裡的窮人家的孩子，從小就被賣到廣州當婢仔（奴婢）。主人是廣州相當著名的中藥商，但也出身於相同的村子。年輕時的阿葉做事相當勤快，因此頗受主人家的老太太疼愛。阿葉二十歲時，主人家作媒，將她嫁給了在同一家店裡工作的老實店員。這個男人的優點只有老實而已，腦筋有些不知變通，因此結婚後依然過著收入微薄的生活。當時正值動盪不安的多事之秋，物價節節攀升，夫妻倆的生活相當艱苦。

結婚後的第二年，阿葉生下了一個兒子。若是有錢人家，這是天大的喜事，但在窮苦人家，這卻是天大的負擔。由於主人的店裡已有好幾個年長的總管，丈夫就算再工作幾十年，也不太可能成為一店之長。有一天，兒子突然生了重病。夫妻拿中藥餵他，但病情不見好轉。夫妻於是想讓兒子看西醫，但五十年前的廣州沒有什麼醫生，而且醫藥費相當昂貴。為了心愛的兒子，兩人只好向主人家苦苦哀求，借到了一筆醫藥費。兒子的病終於治好了，但夫妻兩人無力還債，經過一番討論，丈夫決定賣身。

在十九世紀後期至二十世紀初期，世紀各地掀起一股開發蠻荒之地的風潮。中國的福建、廣東、廣西等華南一帶擁有大量勞動人口，可說是勞動力的寶庫，在這個時期成了勞工的主要供應來源。舉凡美國橫貫鐵路的建設、加州的金礦開採、菲律賓的開發、澳洲的淘金熱……這些偉大事業，可說都是以支那苦力的血與汗堆疊而成。譬如初期中國人將美國的三藩市稱為金山，但後來澳洲也出現淘金熱，雪梨被稱為新金山，三藩市因而被改稱為舊金山，從這個例子便可一窺當時的熱潮。在這樣的時局下，香港、廣州等地當然出現了不少招募苦力送往國外的商人，這些人被稱為賣豬仔，意思是把苦力當成幼豬一樣賣出去，由此可知當時的苦力完全不被當成人看待。

這一天，丈夫回到家中，從懷裡掏出了一個沉重的布包。打開一看，裡頭有五十兩墨西哥銀幣。

「我賣身了。」丈夫對著默默凝視銀幣的妻子說道：「目的地是大呂宋[2]，這兩、三天之內就要出發。」

「大呂宋在哪裡？」

「我也不知道。既然小呂宋是菲律賓，大呂宋應該也在那附近吧。」

「搭汽船要幾天時間？」

「聽說要大概一百天。」

「這麼遠……？」

阿葉聽到一百這個數字，不禁倒抽了一口涼氣。丈夫要到那麼遙遠的地方去，很可能這輩子再也無法見面了。一想到這點，阿葉不禁潸然落淚。

「契約只簽了五年，五年之後我就會回來。聽說到了那邊，還可以另外拿到薪水。我會盡量節省，多存一點錢回來的。五十兩銀子就算還了欠老爺的錢，也還剩下一半，妳就先帶孩子到鄉下生活吧。」

「你一定會回來吧？」

「只要我沒死，一定回來。」

「絕不能賭博，知道嗎？」

「我知道，妳也要好好照顧我們的孩子。」

兩人互相交代了這幾句話，丈夫便到國外去了。

阿葉於是回到了鄉下的村子，苦苦等著丈夫回來。

除了有臨時工可做的日子之外，阿葉經常揹著嬰兒站在村子的入口處。那條路通往縣道，因此任何人要進入村子，都會經過這裡。早在阿葉的丈夫之前，村子裡就有很多人賣身到海外工作。有些人一去之後便音訊全無，有些人則會偶爾捎封信、寄點錢回家。其中亦有極少數的人，在十年、二十年後帶著不少錢衣錦還鄉。

這些回來的人大多成了容貌與當年完全不同的佝僂老人，但穿著的華麗程度當然也與從前完全不同。既然是離鄉多年之後的衣錦還鄉，他們大多選擇坐在轎子上，裝模作樣地搖著扇子進村。轎子的後頭總是會跟著一些苦力，扛著沉重的行李。這些行李之中當然也包含了要給親戚及村中長老的禮物。

「再過不久，你爸爸就會坐著轎子回來了。」

阿葉對著背上的嬰兒說道。

「到時候我們就把村裡最好的田買下，街坊鄰居都要叫我太太，叫你少爺。過年的時候，爸爸會買你最喜歡的繡花球，還能每天吃山珍海味，不用再怕餓肚子。唉，真希望這天

2 大呂宋：指西班牙。由於菲律賓曾遭西班牙殖民統治，故有菲律賓為小呂宋、西班牙為大呂宋的稱法。

趕快來。」

在阿葉的殷殷期盼下，五年的歲月轉眼即逝。在這五年之間，丈夫甚至連一封信也不曾寄回來。阿葉雖然經常感到焦躁不安，卻沒有任何與丈夫聯絡的法子。阿葉只知道丈夫去了大呂宋，除此之外一無所知。村裡有個人曾經到過外國，知道很多事情，阿葉向他一問之下，才知道原來大呂宋比美國還遠，那裡盛行製糖產業。那個村人還說，大呂宋非常炎熱，而且正流行惡疾，因此很少有人能在契約期滿後活著回來。就算身強體壯，大部分也會因工作太勞累而酗酒或沉迷賭博，最後欠下一屁股債，一輩子也償還不完。

阿葉即使聽到這些話，還是堅信丈夫一定會活著回來。丈夫那個人個性認真老實，甚至有些傻裡傻氣，絕對會努力工作賺錢，不會喝酒或賭博。何況他的身體比別人強壯得多，也絕不可能生病，再過不久一定會搭著轎子回來！

但是歲月一點一滴地消磨了阿葉心中的希望。丈夫留下的那些錢早已用得一乾二淨。身體還硬朗的時候，她會到農家當臨時工來賺取生活費，但每年一進入農閒時期，她就完全沒有收入。由於三餐難以溫飽，母子兩人都營養不良，身上的衣服不僅破爛而且全是補丁，幾乎難以發揮遮蔽身體的效果。

這個地區有個慣例，那就是當大地主家中有喜事的時候，就會免費招待貧困居民飽餐一頓。主人家會架起巨大的鍋子炊煮米飯，不論是誰都可以來此填飽肚子。每當遇上這種機會，阿葉就會帶著兒子前往，不惜走上十里、二十里路，跟其他乞丐們一起爭先恐後地吃飯。不知不覺之中，她的行徑已與一般乞丐並無不同。但是以她的個性，當乞丐也不見得輕鬆。況且即便是在這種鄉下地方，乞丐也有各自的地盤，像阿葉這種只有特定季節才行乞的人，在乞丐的世界裡會被當成異類，因而遭到欺負。最後的結果，是她只能在有限的狹小範圍內行乞，就算想靠乞討來維生也不是件易事。

就在這個時候，潘三對她伸出了援手。其後潘三成為她的第二任丈夫，兩人互相扶持了三十年。潘三生於一分田也沒有的貧苦佃農之家，在家中排行老三，雖然工作認真但腦筋有些遲鈍，年過三十依然是個羅漢腳。他獨自居住在村外一間破舊小屋裡，那小屋不僅屋頂歪斜而且牆壁半傾，簡直不像是人住的地方。阿葉必須要到這種屋子的門前乞討，可見她的處境多麼落魄。但此時的阿葉才剛滿三十歲，破爛衣服底下露出的肉體還保有三分姿色。潘三邀阿葉母子進入家裡，特地煮了粥給他們吃，不知是看上了阿葉的美色，還是單純基於同情，這點連阿葉也不敢肯定。

一對母子忙著將粥往肚裡吞，潘三在旁邊靜靜等著，直到阿葉不再狼吞虎嚥，潘三才開口說道：

「妳願不願意嫁給我？」

「我已經嫁為人婦了，這點你應該很清楚。」

「讓老婆孩子餓肚子的老公，也算是老公嗎？」

「……」

阿葉沉默不語，潘三接著又說道：

「妳老公大概已經死了。」

「他還活著。」

「就算還活著，也不會回來找妳了。」

「總還有一點希望。」

潘三不再說話，帶著阿葉走到村裡的天后廟。

「妳老公會不會回來，擲筊問媽祖就知道了。如果一正一反，那就是不會回來了。」

潘三取筊一擲，果然一正一反。

「你擲的不算數，我來擲吧。」

阿葉接過筊一擲，仍然是一正一反。從這天起，阿葉便帶著兒子住進了潘三的家裡。

潘三雖然腦筋不好，但每天從早到晚有如牛、馬般勤奮工作，阿葉空閒之時也幫忙飼養豬、鴨，編些竹簍，一家勉強能夠餬口。第二年，阿葉為潘三生了一個兒子。

但是就在這年年尾，阿葉突然收到了一封信。寄信人便是前往大呂宋後失去音訊的丈夫。當初丈夫離開時，兒子還僅一歲，如今已十二歲了。

丈夫在信中說，他被帶到了大西洋上的古巴群島，在其中一座小島上協助主人開發甘蔗園。同行的苦力約有三百人，其中約有半數死於疾病，剩下的人絕大部分直到現在還沒辦法贖身。丈夫由於不賭博也不喝酒，努力把錢存下來，因而獲得主人賞識。當初約定的工作期限結束後，主人允許他在農園內開一家小咖啡廳，這陣子經營逐漸上軌道，終於能夠維持生計了。由於單身生活諸多不便，他在三年前娶了當地女人為妻，那妻子為他生了一個女兒。這妻子是個相當寬宏大量的人，不僅原諒他在外國另有妻小，而且還贊成把兒子叫來同住。這個地區目前正快速發展，他經營的事業也很有前途，因此希望盡早讓兒子熟悉這裡的工作，將來才能讓兒子繼承事業。他已將一人份的旅費及若干生活費匯入了香港的某某銀行，希望阿葉能將兒子送到香港，至於搭船及其它照顧事宜，到了香港自然會有人負責協助。信中最後還說，這些年肯定讓阿葉吃了不少苦，從今以後會多少寄一些錢回去，讓阿葉生活無慮。

阿葉不識字，請村裡的長老讀了信，才知道丈夫平安活著。阿葉氣急敗壞地奔回家中，揪著潘三的領口罵道：

「你這騙子！我早說老公還活著，你竟然跟媽祖一起聯手騙我！原本我以為你這個人憨厚老實，沒想到連神明也可以拉攏！」

「喂，妳別亂說話，褻瀆媽祖可是會遭天譴的！」

「我可不怕那種騙人的神明！」

「媽祖何時騙了妳？妳仔細回想看看，我們當初問的是妳老公會不會回來，可不是他是否還活在世上。妳這封信只能證明妳老公還活著，但他可沒說會回來。他不僅不回來，還要妳把辛苦拉拔長大的兒子送去給他呢。妳也真是可憐，哈哈哈……」

阿葉聽得啞口無言。她緊咬雙唇，對著潘三怒目而視，半晌後一面哽咽一面說道：

「休想要我把兒子送到大呂宋！休想！」

但是過了一陣子，村裡的長老把阿葉叫到面前，苦口婆心地勸她把兒子送到大呂宋去。長老在這件事上如此熱心，顯然是受了前夫暗中委託。長老告訴阿葉，送兒子去大呂宋，對兒子來說是件好事。如果阿葉拒絕交出兒子，前夫一生經營的事業財產全都會被其他女人所生的孩子搶走。

「我這是為你們好，聽我的包準沒錯。」

長老是村裡最有智慧的人，他說的話在這村子裡甚至擁有比法律還高的權威，阿葉根本無法拒絕。

隔年年初，阿葉便帶了兒子前往香港。阿葉雖然知道香港這個地方，但從來沒有去過。母子兩人自廣州搭乘開往九龍的火車，一進入英屬的九龍半島，窗外便不時出現海岸風景。過了沙田站後，火車駛近海岸線，岸上便是一座座高聳的山坡。

「那叫望夫山。」

坐在對面一個看起來像商人的男人指著窗外說道。

「你們應該也在戲裡看過這樣的故事吧……從前有個男人把妻小留在故鄉，獨自到遠方賺錢。男人在新的土地另娶妻子，不知情的前妻每天一到傍晚，便揹著孩子爬上那座山坡，等待載著丈夫的船入港。經過好多年後，前妻終於化成了石頭。你們看看，那塊岩石像不像一個揹著小孩的女人？」

阿葉聽了解釋，轉頭望向那岩石，確實有三分神似。當時夕陽正逐漸沒入海平線下，整片天空染成了鮮紅色，那塊岩石則變成了暗紫色，看起來分外淒涼。阿葉感覺自己彷彿就是故事的女主角。不僅失去了丈夫，而且連辛苦養育長大的兒子也快要離自己而去。

「你仔細聽好了。」

阿葉轉頭對著坐在旁邊的兒子說道：

「就算你爸爸不回來，你也一定要回來，知道嗎？」

「媽媽，妳別擔心，我一定會坐著轎子回來的。到時候妳要來村外接我喲。」

阿葉聽著兒子充滿稚氣的言語，臉上不禁露出微笑。但是再多的微笑也無法讓寂寞的內心獲得一絲一毫的慰藉。

「如果你沒有回來，媽媽也會變成石頭。」

阿葉這句話還沒說完，火車恰巧進入山洞，車廂頓時受煤煙與黑暗所籠罩。

……從那天算起，已過了將近四十年歲月。兒子平安抵達大呂宋後，剛開始還常寫信回來，但隨著日子一天天過去，來信的間隔愈來愈長，最後終於失去了音訊。阿葉與第二任丈夫過著十年如一日的貧苦生活，不知不覺已是六個兒子、兩個女兒的母親。由於村裡生活太苦，兒子們長大後都希望到海外工作，但成了老婆婆的阿葉堅決反對。只要留在村裡一天，兒子們就絕對不可能出人頭地，這點阿葉婆自己也心知肚明。但與其讓他們在自己眼睛看不到的地方飛黃騰達，倒不如把他們留在身邊當窮人。戰爭結束之後，阿葉婆年事已高，兒子們若想外出工作，阿葉婆事實上已無力阻止。但當時世界各地已開始對華僑的入境設下嚴格的限制，同時亦不再有商人到村裡來買「豬仔」。兒子們一來恨母親剝奪了他們改變命運的機會，二來也恨母親的胃袋竟隨著年紀而愈來愈大。雙方之間到底誰對誰錯，沒有人說得明白。但種種因素湊在一起的結果，就是六男每隔兩個月就會把阿葉婆從這個家揹到那個家。

三

六男揹著阿葉婆一走出鄰村，突然颳起一陣旋風，灰塵與樹葉在兩人眼前滿天飛舞。兒子差一點摔倒，急忙抓住了路旁的荔枝樹。

「媽媽，太危險了，我們還是先回四哥家吧。」

「沒那必要。」

背後傳來阿葉婆的沙啞嗓音。

「但風這麼強，我們可能會被吹走，我可沒有自信能把妳平安送達。」

「媽媽會保護你，你不用擔心。」

阿葉婆行動不便，光是抓住兒子的肩膀便已相當吃力，此時的口吻卻像是自己正揹著兒子走路。

「今天爸爸一定會回來，我們快走吧。」

兒子心想，母親又開始胡言亂語了。在母親的逼迫下，兒子無計可施，只好重新綁緊了身上的布帶。

兒子開始邁步前進，阿葉婆又說道：

「你爸爸成了有錢人，一定會帶很多禮物回來給你。有你最喜歡的羽毛球，還有會發出啪啪聲的西洋玩具手槍。你爸爸的行李箱裡，一定裝滿了新年穿的漂亮衣服、可愛的皮鞋，以及天鵝絨的帽子。當孩子真好，媽媽也好羨慕你呢。」

兒子這時最好的做法是假裝沒聽見，但六男畢竟年輕氣盛，忍不住想要反駁母親。

「媽媽，爸爸已經死了。」

「你爸爸還活著。」

「他死了。」

「他還活著！」

阿葉婆氣得大聲喝罵，兒子嚇得停下了腳步。但阿葉婆突然斂起怒容，在兒子的肩上伸長了脖子望向前方。

此處是一條陡峻的下坡路，放眼望去盡是荒原，一直連綿到谷底。前方可清楚看到蘆葦及芒草因狂風而形成了高低起伏的波浪。阿葉婆突然像發了狂般大喊：

「看啊，谷底來了一頂轎子！你看見了嗎？就在那片芒草堆的後頭！你看見那紅色的轎頂了嗎？後頭還跟著一群戴著斗笠的隨從！」

「我看看！」

兒子將身體往前探去，但前方只看見一大片荒漠原野。

「什麼也沒有。」

「怎麼會沒有！你才幾歲年紀，眼睛已經不中用了？我們得走快點！不然的話，爸爸會先到村子！」

雲霧愈來愈濃，山谷的另一頭皆已沒入雲中，想必那一帶已下起了大雨。兒子聽著呼嘯風聲，大跨步往前邁進。此地距離村子還相當遙遠，兒子心裡煩惱著在狂風暴雨中不知該如何自保。

但是阿葉婆卻顯得興奮莫名。兒子什麼也看不見，她卻清楚地看見一群人自遠方逐漸走近。

「老公，你終於回來了！我等這一天，可不知等得有多苦。生活過得悽慘落魄，連填飽肚子也沒辦法，這些年差點沒餓死在路邊！」

阿葉婆一個人呢喃自語。

「你問我當初你留下的那二十五兩銀子去了哪裡？那麼一點點錢，你以為能買多少米？你走了之後，米價可不知貴了多少。就算一天只買一粒米，二十五兩也早已花光了。我真該慶幸我沒餓死，如果死了，可就沒辦法再見到你。媽祖娘娘也真不老實，竟然對我說，你已經不會回來了。幸好我沒有相信媽祖娘娘的話，如果真的信了，我早就進鬼門關了。我說你也一樣，可別輕易相信他人說的話，畢竟在這個年頭，連神明也會說謊，更何況是凡人。買田的時候，仲介的豬母婆說的那些花花之詞，可別輕易當真。我在村裡待了那麼多年，很清楚各家田地的狀況。茶園下方的田地一定比較乾，稻子長不好。阿良爺爺的田地從前不錯，但自從兒子當兵戰死之後，田裡長的雜草恐怕跟稻子一樣多，要恢復成原本的良田至少得花五年的時間。河川南岸的田地在前幾年淹水時混入了許多碎石塊，鐵鍬一揮下去，前端的鋸齒可能會折斷。最好的田地是水井旁的那塊阿屋伯父的田，但阿屋伯父可能不肯賣。村裡的人都說他早已買好了棺材，恐怕連蓋墳墓的錢也早已存夠了。」

在阿葉婆獨自呢喃個不停的期間，兒子正在到處散落著碎石的坡道上全神貫注地疾走。一陣又一陣狂風不斷由下往上襲來，每次兒子都得趕緊伏低身子，才能避免被風捲走。這一帶有著茂盛的林投樹，經常可看見野兔、蛇等動物出沒，即使天氣好的時候，一個人通過也會有點心裡發毛。如今滿天烏雲、風聲四起，更是讓兒子嚇得魂不附體。

就在穿過樹林的瞬間，兒子似乎聽見了奇怪的聲音，愕然停下腳步。那是一種難以形容的聲音，似乎是啜泣聲，又像是低聲細語。阿葉婆說道：

「我打從剛剛就聽見那聲音了。你看看草叢的另一頭，是不是來了一群人？」

「我看見了！我看見了！」

遙遠的谷底約有十個人正朝著阿葉婆母子的方向往上走。這些人身穿白色服裝，合力抬著一個看起來相當沉重的物體。

不知不覺六男的步伐也愈來愈大，背上的阿葉婆彷彿輕得完全沒有重量。

「哎呀，那個坐在轎子上的人，不是鄰村的阿福嗎？」

背上的阿葉婆突然大喊：

「阿福這麼多年不見，看起來老了不少，頭上竟然一根毛也沒有了。不過看他吃得腦滿腸肥，那身材任誰看了都知道他成了有錢人。小時候我跟他是很要好的朋友，他很喜歡我，還說長大了要娶我呢。但是後來我被賣到了廣州，他被賣到了舊金山。從那時到現在，可不知已過了幾十個年頭。看他頭頂禿成那樣，怪不得我也老了。」

但走近一看，那群人所抬的並不是轎子，而是一副朱漆棺材。包含走在前面抬著棺材的四名苦力，以及跟在後頭的人，頭上全都戴著麻布頭巾，難以分辨每個人的相貌。

「搞什麼，原來是辦喪事。」

「噓！」阿葉婆連忙制止。「人家風風光光返鄉，別說這種觸霉頭的話。要是讓阿福聽見，你可就吃不了兜著走。你別看阿福那副老樣，他力氣可不小，年輕時村裡沒人贏得了他。」

那一行人已來到了眼前，由於道路狹窄，六男只能揹著阿葉婆走進路旁的草叢裡。前方的隊伍無聲無息地通過母子面前，這時阿葉婆突然縱聲大喊：

「阿福，你忘了我了嗎？」

下一瞬間，原本靜靜前進的隊伍竟然有如煙消雲散一般自六男的眼前消失。頭頂上的樹梢被風颳得沙沙作響，樹葉紛紛飄落。

「這傢伙真是的，多半是年紀這麼大了，又見到我有些難為情吧。你看看他，竟然脹紅了臉，匆匆忙忙地逃走了。」

「媽媽，妳有點古怪，真的沒事嗎？」

兒子戰戰兢兢地問道。

「你才有點古怪。好好抓著媽媽，可別摔傷了。」

「這下子麻煩了，前面恐怕還有一陣大雨。」

「前面那個不是雨。你看清楚了，又來一頂轎子。這次一定是你爸爸了。」

兒子仔細一瞧，確實又有一群人自谷底走上來。兒子加快腳步，背上的阿葉婆愈來愈輕。這讓兒子產生一種錯覺，彷彿自己正被一顆大氣球硬拖著走。

「哎呀，這次來的那個人，不是我們村裡的阿寬嗎？他從以前就瘦得像癆病鬼，這麼多年過去了，怎麼還是像根竹竿。當年我剛回村的時候，他還是個愛胡鬧的小毛頭，現在果然還是很年輕。不過他的樣子好像有點怪。他脖子上怎麼掛了個像狗環的東西，肩膀還挺得那麼高，是不是心裡有什麼不滿？噢，原來那是老蕃（西洋人）的服裝呀。我還以為是金山阿伯（外國回來的有錢人）被苦力敲竹槓呢。話說回來，阿寬怎麼能回來得這麼快？他當初是被賣到哪裡去了？對了，我想起來了，是新金山。聽說新金山那裡路邊都是金塊，怪不得他能短短幾年就這麼有錢。你爸爸真不該去大呂宋那麼遠的地方，當初去新金山就好了。」

那果然又是一隊喪葬隊伍，但模樣與之前的隊伍大相逕庭。一個身穿白領西洋服裝的男人走在棺材前面。那棺材的形狀長得跟過去見過的棺材都不相同。跟在後頭的一群人，則是全身上下都穿著黑色服裝。六男恍然大悟，這大概就是傳說中基督教的喪禮吧。

六男一邊這麼想著，一邊猶豫該不該讓出道路。但那隊伍還沒來到眼前，阿葉婆突然探出身子大喊：

「阿寬，你爸爸還活著。他今年九十六歲了，你可別讓他嚇一跳，不然他會翹辮子。」

下一瞬間，隊伍就在兒子的眼前宛如遭風吹散的煙霧一般消失無蹤。

「呵呵呵……」阿葉婆露出若有深意的微笑。「我想起來了，阿寬從以前就很怕我。有一次我看見他偷玉蜀黍，把他狠狠打了一頓。從那天之後，他一看到我就會一溜煙逃走。」

此時兒子已沒有應話的勇氣。他想要往前走，但兩條腿像釘在地上一樣動彈不得。就在這時，背上的阿葉婆突然又大喊：

「哇！你快看，好多人！」

兒子根本不敢抬頭，阿葉婆沒有理會，繼續喊道：

「今天到底是什麼日子？一下子回來這麼多人，整個村子恐怕要鬧翻了。他們怎麼都挑今天回來，簡直像是大家說好了一樣。啊，走在最前面的那個人不是隔壁的阿銀嗎？阿銀跟他後面那個人，還有再後面那個人，全都扛著沉甸甸的扁擔呢。我記得阿銀是到墨西哥去了，這麼說來，那籮筐裡放的應該是墨西哥銀幣？不過阿銀怎麼看起來沒什麼精神？他的臉腫成那樣，恐怕是腎臟出問題了。看他那副模樣，多半沒幾天好活了。或許他自己也很清楚，所以才巴巴地趕回故鄉來吧。就算錢財再多，死了也帶不走，何況落葉歸根，每個人都想死在自己的家鄉。要是連死後都得跟那些討人厭的老蕃作伴，日子可不知會有多難過。話說回來，等到阿銀進了村子，一定會嚇一跳吧。他的老婆跟小孩都被炸彈炸死了，就算現在他再娶續絃，也沒辦法生孩子傳宗接代。真是可憐，他死了恐怕沒人會給他上香。」

就在這時，六男忽然感覺好像有東西在臉上重重撞了一下。抬頭一看，喪葬隊伍早已不知蹤影，取而代之的卻是一大群豬。這麼多豬，到底是哪裡冒出來的？那至少有幾千隻、幾萬隻……不，那數量多得無法以這世間任何話語來形容。數不盡的豬隻彷彿正遭到追趕，不顧一切地往四面八方奔逃，彼此之間互相碰撞、踐踏，各自發出吼叫聲。那壯觀到令人嘆為觀止的景色，讓六男看得一時天旋地轉，忍不住閉上了眼睛。驀然間傳來一陣嘩啦聲，碩大的雨滴從天際落至山巔，又從山巔落至谷底。如此驚人的滂沱大雨，一定也有不少雨水落在阿葉婆的頭上，但阿葉婆只是將臉頰貼在兒子的肩膀上，有氣無力地說道：

「已經沒有轎子了……你爸爸果然還是沒有回來。」

「下雨了，媽媽。我要走快些，妳抓穩了。」

「我要變成石頭了，我真的要變成石頭了……」

阿葉婆以充滿倦意的聲音不斷重複著這句話。兒子不顧一切地往前奔跑。

四周有如黑夜一般漆黑。風勢愈來愈強，雨滴像冰雹一樣打在兩人的臉上及身上。

穿過了一片樹林，來到了寬闊的草原上。強風一陣又一陣颳來，每一次都讓兒子感覺身體快被吹起。但每當狂風大作的時候，背上的老母親就會突然變得異常沉重，讓兒子的身體牢牢地釘在地上。兒子感覺自己彷彿背負著一顆沉重的大石，一步一步地走在暴風雨之中。抬頭一看，不少遭強風連根拔起的灌木在空中上下翻飛。風聲嘯嘯，彷彿想要帶走地面上的一切，唯獨兒子還是勉強能夠向前邁步。

「媽媽，妳不要緊吧？」

兒子不時詢問背後的母親。阿葉婆總是以沙啞的聲音說道：

「放心吧，我的皮厚，風吹不透、雨打不穿的。」

「前面不遠就有間廟，妳再忍耐一下。」

「嗯。」

兒子重新鼓起勇氣，一步一步往前踏。煙雨濛濛之中，不一會前方出現一棟低矮的小屋。那是座落於兩村之間的一座小廟，專門祭拜孤魂野鬼。兒子好不容易走進了廟裡，一邊解開布帶一邊朝身後喊道：

「媽媽！媽媽！」

但母親沒有回應。兒子輕輕轉頭一看，阿葉婆將臉埋在自己的背上，睡得正香甜。那是一場不會再醒來的，冰冷的，永遠的睡眠。

（初發表於一九五六年二月）

國家圖書館出版品預行編目

看不見的國境線：邱永漢小說傑作選 / 邱永漢著；李彥樺譯．
-- 初版．-- 新北市：惑星文化出版：遠足文化事業股份有限公司發行, 2023.06
冊； 公分
譯自：邱永漢短篇小説傑作選：見えない国境線

ISBN 978-626-97079-1-1(上冊：平裝). --
ISBN 978-626-97079-2-8(下冊：平裝). --
ISBN 978-626-97079-3-5(全套：平裝)

861.57 112008630

看不見的國境線（下）：邱永漢小說傑作選

邱永漢短篇小説傑作選 見えない国境線

作　　者　邱永漢
譯　　者　李彥樺
副總編輯　黃少璋
特約主編　盛浩偉
封面設計　朱疋
排　　版　宸遠彩藝工作室

出　　版　惑星文化／遠足文化事業股份有限公司
發　　行　遠足文化事業股份有限公司（讀書共和國出版集團）
地　　址　231 新北市新店區民權路 108 之 2 號 9 樓
郵撥帳號　19504465 遠足文化事業股份有限公司
電　　話　(02)2218-1417
信　　箱　service@bookrep.com.tw

法律顧問　華洋法律事務所 蘇文生律師
印　　製　成陽印刷股份有限公司
出版日期　2023 年 6 月 20 日初版一刷
定　　價　490 元
I S B N　978-626-97079-2-8　書號 3GLI0002

KYU EIKAN TANPEN SHOUSETSU KESSAKUSEN MIENAI KOKKYOU-SEN by KYU EIKAN ©Kyu Eikan Office
Originally published in Japan in 1994 by SHINCHOSHA Publishing Co., Ltd.
Traditional Chinese translation rights arranged through AMANN CO., LTD., Taipei.
Traditional Chinese translation copyright ©2023 by Planeta Press.

著作權所有・侵害必究 All rights reserved
特別聲明：有關本書中的言論內容，不代表本公司／出版集團之立場與意見，文責由作者自行承擔。